JN155251

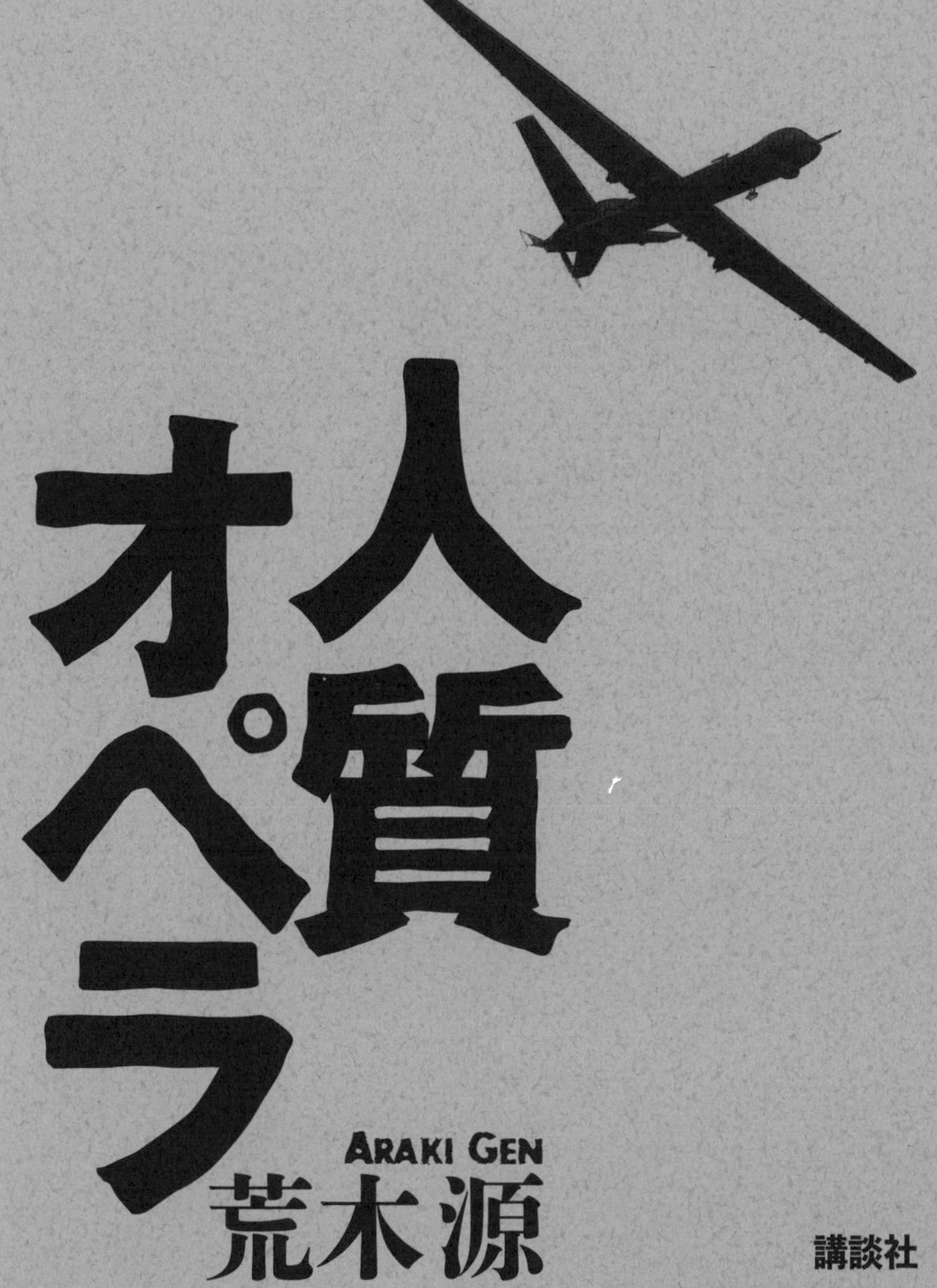

人質オペラ

ARAKI GEN
荒木源

講談社

目次

カバー・表紙・扉　画　村田篤司
装幀　鈴木正道（Suzuki Design）

人質オペラ

おもな登場人物

及川隆二　喫茶店「フローラ」店主
及川瑞希　隆二の娘
平谷英樹　内閣総理大臣
安井聡美　内閣官房長官
島岡博忠　内閣官房副長官（元警察庁長官）
矢島武彦　財務大臣
為永明伸　外務大臣
深田　央（わたる）　警視庁公安総務課
遠藤彰人　警視庁公安総務課
村瀬宣彦　外務省中近東一課長
白井　卓　外務省邦人テロ対策課長
山崎知美　外務省邦人テロ対策課
矢島成浩（しげひろ）　財務大臣の息子
矢島芳恵　財務大臣の妻
矢島麻紀　成浩の妻
味川省吾　ＩＴ会社社長
堤　俊郎　中央テレビディレクター
吉野美津子　エステティシャン

人質オペラ

第一章　人質

1

その電話がかかってきたのは、及川隆二（おいかわりゅうじ）がカツカレーのカツを揚げている最中だった。

「フローラです。そうです。え？　どちらさん？」

ワイヤレスの子機を傾けた首と肩のあいだに挟んで及川は声を張り上げた。油のはぜる音のあいまに、「ガ」なんとか「ショウ」という相手の声がかろうじて聞こえたが、その音列を「外務省」と結びつけることはできなかった。

「今、お話しできますでしょうか」相手は続けて言った。

「あー、今ランチでちょっと忙しいんで。後にしてもらえるほうが助かるな。そうね、二時くらいだったら落ち着いてます。はいはい。はいはい」

それからの一時間ちょっとに、及川は八人分の食事を作った。一番多く出たのがショウガ焼定食で次がカツカレーだった。今日もジンギスカン丼を注文した客はいなかった。

ここ滝川市には味付けジンギスカンのメーカーが集まっており、市は観光資源にしたい思惑もあって、メニューに取り入れるよう飲食店に働きかけている。しかしジンギスカン目当てに北海道の片田舎まで観光客が押し寄せるはずはない。

市民のその料理への愛着はよその土地に比べれば強いようだが、やはり食うならしかるべき雰囲気でビール片手にと思うのが一般的で、昼飯に選ぶ人間はさほどいない。専門店にまかせればいいとほとんどの店が決め込む中、フローラの冷蔵庫に今もマトンがストックされているのは、及川の素直ともあまり物事を深く考えないとも言える性格によるところが大きかった。

ランチタイム最後の客にコーヒーを出して、カウンターの奥でスポーツ新聞を広げた及川は、さっきの電話のことをすっかり忘れていた。開幕したばかりの選抜高校野球の記事に目を落としながら、かなり昔の話になってしまったが、地元の高校が強くてちょくちょく甲子園に出ていたのを懐かしんでいる時、呼び出し音が鳴りだした。

「ああ、さっきの。すみませんでしたね」

相手の男は低い、抑揚のない声で「いえ、とんでもありません」と応じた。

「ガイムショウっておっしゃいました？　ガイムショウって、あの外務省ですか？」

「ご想像なさっている外務省だろうと思います」

シライ、と名乗った男は及川に考える間を与えまいとするかのように続けて言った。

「失礼ですが、瑞希さんというお嬢さんがおられますでしょうか」

「ええ、おりますよ。ですが外国に行っとりまして。トルコとか言うとったな。何だか最近物騒なそうで。親としちゃ心配しとるんです。このところ連絡も寄越してこんし」

そう口にして、及川は初めて不安にとらわれたのである。外務省というところは外国との交渉事をする役所なのだろうとぼんやり理解していた。しかし外国に行った日本人の面倒を見るのも仕事のうちかもしれない。とすれば、瑞希の身の上に何かあってこの男は連絡してきたのか。

男の次の言葉は、不安の的中をほとんど宣言するものだった。

「電話でお伝えしにくいことなので、そちらに伺います。夜には着けるはずです。ご都合、大丈夫でしょうか」

「瑞希はどうしてるんですか」

及川はくり返し尋ねたが、男は会って話すと繰り返すばかりだった。

「滝川に着いたらまた電話します」

最後まで変わらない淡々とした口調で男は告げ、電話が切れた。虚ろな表情で子機をスタンドに戻す及川に、「マスター、どうしたよ」と声がかかった。さっきコーヒーを出した常連客の榎戸康孝だった。

「瑞希ちゃんのことなんだ?」

「何でもない。何でもない」

及川は呪文のようにつぶやいた。

「ほんとかよ。外務省って言ってたろ。瑞希ちゃんで外務省ってったらさ」

「分からないんだって」

相手の頭が自分と同じように動いているのに苛立って、声が荒くなった。

「分からないんだ、今のところ。でも大したことねえと思うよ。大したことねえ」

本当を言えば、大したことかどうか、外務省は分かっているのだった。それを教えてもらえていないだけだ。違いは小さくなかったが、説明する気にはもちろんなれなかった。自分に対しても、及川はあえてそこをごっちゃにしておいた。

普段は厚かましい榎戸だが、さすがに今日は詮索(せんさく)を控えた。残っていたコーヒーを飲み干し、ちょっと芝居がかって「無事だといいな。祈ってるよ」と言い残しただけで出ていった。及川は一人になった。少し迷ったが、「ＣＬＯＳＥＤ」の札を入り口に下げ、鍵をかけた。中に自分がいるのを人に見られるのも嫌で、電気を消し、子機を持って店の一番奥の席に行った。

及川は妻の典子(のりこ)の携帯につながる短縮番号を押した。彼自身は携帯を持っていなかった。五十代後半の人間としても今では珍しかったが、一日中店にいるので不自由は感じなかった。メールというものも、口ですむことをなぜわざわざ書いて伝えようとするのか、みなが素晴らしい速さで機械を操作しているのを、若干の憧れは抱きつつ、不思議な気持ちで見ているだけだった。

典子は出なかった。七回の呼び出し音の後で肉声ではないメッセージが流れ出し、及川は反射的に切ってしまった。もう一度かけたが、話し中になっていた。一分ほど置いてさらにリダイヤルし、今度は留守電に吹き込んだ。

「俺。すぐ店に電話くれ」

留守番電話さえ不得意な彼には、それが精一杯だったのだ。四人掛けのテーブルに肘をつき、中が暗いせいでやけにまぶしく見える通りの光景をガラス戸越しに眺めながら彼は待った。すぐじっとしていられなくなり、立ち上がってうろうろし、観葉植物に水をやった。

折り返し電話があったのは、二十分ほども経ってからだった。

「遅いよ。すぐって言っただろう」

及川はまずそう文句をつけた。

「だいたいなんですぐ出ないんだ」

「無理よ。こっちだって仕事してるんだから」

典子は市内の運送会社のパート事務員だった。パートといっても十七年目で、彼女にしかできない仕事がいろいろあるらしい。五年以上勤めたパートは希望すれば正社員になれるという法律ができたことを彼女は聞いていたが、社長にその話はしなかった。社長が知っているかどうか怪しかったし、正社員には劣るもののボーナスを貰え、同僚たちとの関係も良好な現在の境遇に格別不満はなかった。

「で、何なの？　そんな急ぎの用事って」

「ああ」と及川は我に返った。

「えらいことになったんだよ」さっき榎戸に言ったのとは正反対なのに、もちろん彼は気づいていなかった。「外務省から電話があったんだ。瑞希のことで」

「瑞希が何だって言うのさ」

「それは分かんねえ。教えてくんねえんだ」

「だったらえらいことかどうか分からないじゃない」

「そうじゃねえ！　電話じゃ話せないらしいんだ。だから来るんだって。滝川に」

「東京から？　いつ」

「今晩だってよ」

深刻さはようやく典子にも伝わったようだった。

「それって――事故とかそういう」

「分かんねえって言ってるだろうが」

「でも、そういうことじゃなきゃ、いきなり来たりしないよね」
「とにかくただごとじゃねえのは間違いねえよ」
詮索してもしょうがない、「外務省の人」が来るのを待つしかないとの結論に二人は一応達した。ほどなく自宅のほうの駐車場に車を入れる音が聞こえてきた。夫婦は店の二、三階に住んでいるが、入り口は別で、中で店とつながる通路もない。及川は外に出た。典子は軽自動車をまっすぐ停めようと悪戦苦闘していた。いつもやっていることなのに、何度やりなおしてもハンドルを切りすぎたり足りなかったりしてしまう。及川を見つけて、典子は諦めたように、曲がったままの車から降りてきた。

　及川は改めていきさつを説明した。分かる限りを話したが、外務省からの最初の電話をかけ直させたことだけは省略した。さっき「遅い」と妻をなじった後で彼はそれを思い出したのである。

　話は十分ほどで尽き、仕事を放り出した二人にすることはもうなくなってしまった。仕方なく二人は、店で洗い物をした。それから、夕食にはまだ早い時間だったが、外務省が来る前に腹ごしらえをしようと蕎麦屋に行った。二人とも腹は減っていなかったし、喉を通らないかもと思っていた。しかし及川は天ぷら蕎麦、典子は鴨南蕎麦を残さず食べた。瑞希の姉、優香と、弟の大貴に知らせるかどうかが議題になったが、とにかく外務省の話を聞いてからということにした。

「外務省の人、いつごろ来るのかしらねえ」
「どうだろうなあ」

　一番近い空港は旭川だが便数が少ない。新千歳なら羽田からいくらでも飛んでいる。滝川まで一時間半。早ければ七時ごろにも着くはずと二人は計算した。とすればそんなに時間があるわけでもない。蕎麦屋を出て戻ると、自宅のほうをざっと片付けて迎える準備をした。

結論から言えば七時から二時間以上彼らは待たされた。瑞希に起こったことを知る手がかりがあるかもと考えついてＮＨＫのニュースに注意を集中したが、それらしいことをアナウンサーはいっさい言わなかった。ほっとしたようながっかりしたような気分でテレビを消し、静けさに耐えられなくなってまたスイッチを入れ、流れていたバラエティー番組が不謹慎に思えて再び消した。

八時過ぎに電話がかかってきたが、隆二の釣り仲間からだった。時間が経つにつれ胸を締め付けられる感覚は耐えられないほどになってきた。昼間の電話はいたずらだったのではないか？　そんな考えも浮かんだ。だったら言うことはないのだが。

だがまもなく九時半になろうという時、再び電話が鳴った。二人は目を合わせ、隆二が立ち上がった。

「はい。はい――はい」

駅からかけたのだろうと思ったら、相手は、家の前まで来ているので今からお邪魔すると言った。びっくりしていると、本当にすぐチャイムが響いた。どたどたと隆二と典子は玄関に向かった。開けたドアの向こうに、背広の上にカジュアルなコートを着た四十くらいの男と、瑞希と同じくらいに思える若い女が立っていた。

「夜分恐れ入ります」

男のほうが先に入ってコートを脱いだ。続いた女はトレンチコートだったのでベルトを外すのに少し手間取った。

「東京より寒いですか」

何を言っていいか分からず、典子はそんなことをつぶやいた。女に向けたつもりだったが、男が「そうですね。でも昨日は東京も寒かったです」と答えた。

「シライさんは？」

隆二が尋ねた。目の前の男は、声からも今電話で話した「キムラ」に違いなかった。しかし隆二はてっきり、最初にかけてきた男も来るものと思っていたのだ。

「白井は東京で業務に当たっております」

キムラは言い、女のほうがヤマザキと名乗った。客間がないので、隆二は二人を食堂に案内した。典子が茶を用意しに台所に行こうとするのを、キムラは「お構いなく」と強く制し、隆二に名刺を差し出した。キムラは「木村幸治」、女のほうは「山崎知美」だった。がはるかに強い力で隆二の目を捉えたのは「邦人テロ対策課」という二人の所属部署の名前だった。

「瑞希は、テロにやられたんですか？」

隆二は声を震わせた。彼にとって「テロ」のイメージはまず「暗殺」だったが、新興宗教の信者たちが毒ガスを撒いた事件、さらには外国での爆弾、銃の乱射事件などもそう呼ばれるらしいとは知っていた。「最近物騒な」ところを物騒たらしめているのはまさにそれらである。ぼんやりしていた災厄のイメージが一気に形をとりはじめた。

夫の言葉を聞いた典子も口元に手を当てた。自分の顔が青ざめるのを、彼女ははっきり感じた。

「確認されたわけではありません。その点をまずご理解ください」

木村は二人を観察するように交互に見ながら言った。

「でも——」

「仮に本当なのだとしても、今のところ瑞希さんに危害は加えられていないと思われます」

典子はすでに赤くなっていた目を上げた。木村は続けた。

「瑞希さんを人質にしているというメッセージが、現地の日本大使館に伝えられてきました。何があったのか、ただ今全力を上げまして調査しております」

2

　翌日午前七時過ぎ、邦人テロ対策課長の白井卓(すぐる)は本省内の仮眠室から仕事場に戻った。課では二人の部下がデスクに向かっていた。部屋の隅の応接セットにもぼんやりテレビを眺めているのが一人、さらにもう一人がソファで横になっていた。

「動きあるか？」

「今のところ特に」

　デスクに向かっていたうちの一人が答えた。テレビを眺めていたのも「ニュースには出てないっす」と言った。

　ことの発端(ほったん)は、イスラム過激派組織「神聖機構」名でトルコの日本大使館にかかってきた、「ＭＩＺＵＫＩ　ＯＩＫＡＷＡ」を人質にしているという電話だった。「ＩＳＬＡＭＩＣ　ＨＯＬＹ　ＯＲＧＡＮＩＺＡＴＩＯＮ」を略した「ＩＨＯ」として知られる神聖機構の主な勢力圏はシリアだが、シリアの日本大使館は内戦が激しくなって封鎖されている。

　テロ対策課に一報が回ってきたのは一昨日の夕方である。この種の情報はガセのことも多い。白井はまず、法務省に出入国記録を照会するよう指示した。海外渡航中の「ＭＩＺＵＫＩ　ＯＩＫＡＷＡ」は六人いた。

　ＩＨＯに捕らえられたとすれば、シリアに入国した可能性が高い。内戦状態にあるシリアには入国しないよう外務省が勧告を出しているが、ジャーナリストや人道援助関係者の一部に渡航を試みる者が後を絶たない。そのほとんどはトルコからのルートを使う。「ＭＩＺＵＫＩ　ＯＩＫＡＷＡ」たちの中に、トルコ行きの飛行機に乗った者は見つからなかった。しかし最初の出国先からの動きは分からない。あとはトルコ政府への照会結果待ちだった。

　昨日の朝、果たして一人の「ＭＩＺＵＫＩ　ＯＩＫＡＷＡ」が一ヵ月少し前にトルコ入りしたままだという回答が届いた。六人のうちで飛び抜けてしょっちゅう外国に行っており、マークしていた人物だった。白井は家族との接触を決断し、部下を送り出した。

　白井が席について三時間後、北海道から今日の一回目になる報告があった。及川瑞希の両親はまだ動揺が激しいが、錯乱することはなさそうだった。二人とも仕事を休むと言っていると聞いて、適当な口実を考えてやるよう白井は指示した。

「黙っててもらえそうか」

「当面は大丈夫だと思います」

「できるだけ頑張ってもらえると助かるな」

　木村幸治との電話を切り上げると、白井は立ち上がった。向かった先は直属の上司である領事局長、北原保志（きたはらやすし）の部屋だった。そこで五分ほど過ごしたのち、北原と連れ立ってエレベーターに乗った。

　事務次官室には、中近東局長の近藤忍（こんどうしのぶ）と中近東一課長、村瀬宣彦（むらせのぶひこ）がすでに顔を揃えていた。実のところテロ対策課――領事局が今回のような事件で果たす役割は、名前のイメージと違ってかなり限られたものだ。言ってみれば被害者家族との連絡係である。

　部屋の主、田中慶一郎（たなかけいいちろう）は、テロ対策課のそれとは比べものにならない豪華な応接セットの一人掛けに長い脚を組んで座っていた。

歴代の事務次官にはどういうわけか銀髪が多かったが、田中もその系譜に連なっている。洒落者なのもいかにもエリート外交官らしかった。明るいグレーの背広は季節をわずかに先取りしたシャークスキンで、身体にぴったりの仕立てからしかるべき店のオーダー品と分かる。

若いころからエース視された田中は、重要ポストを渡り歩いて去年、事務方のトップである今のポストについた。系譜といえばそもそも、父親、祖父とも外交官というサラブレッドで、妹は東大で政治学の教授をしている。

「始めてくれ」

白井、村瀬がそれぞれの持ち場の現況を説明した。といっても新たな話は大してなかった。前夜の段階で、家族の話から瑞希がドイツの難民援助NGOで働いていることまで分かったが、NGOの名前がはっきりせず特定に手間取っていた。村瀬が担当する、トルコや周辺国の情報網も瑞希の足取りをつかめていない。

「まあそのへんはいずれはっきりしてくるんだろうがね――」

田中が言いさしたのを先回りするように、近藤が割り込んだ。

「IHOとのチャンネルのほう、当たってみてはいます」

近藤に促されて村瀬がまたしゃべりだした。何人かのイスラム聖職者、あるいは現地の部族長の名前が挙げられた。過去にイスラム過激派に拉致された日本人を解放させた実績のある人物もいた。しかしその人物も、新興勢力のIHOにはコネがないらしかった。IHOと関係の深そうな人物となるとほとんどテロリストそのものであり、接触が難しかった。結局のところ――。

「分かった」

今度は田中が村瀬をさえぎった。一応しゃべらせてみただけだった。IHOはこれまで存在したさまざまなイスラム過激派の中でも特異だ。指導者のザワーディがムハンマドの正当な後継者と自称し、既存の宗教権威の多くを攻撃する。教義に忠実な統治スタイルはほかの原理主義団体と共通だが、厳格さが際立ち、支配地域では住民が大規模に処刑されているという。

そう、彼らを有名にしたのは何より残虐さだった。捕らえられた何人もの外国人が首をナイフで切られて殺された。そうはっきり言えるのは、ＩＨＯがその動画をインターネットで流すからだ。戦闘員が生首をぶらさげる映像もあった。それらはすぐに削除されるけれども、しきれなかったものがまた増殖をはじめ、世界中に拡がってゆく。ＩＨＯはまた、銃の乱射や自爆のテロ事件でも、各国を恐怖に陥れている。

「引き続きやってくれ」

「分かりました」

近藤、村瀬が声を揃えた。田中は続けた。

「そろそろ赤坂にも伝えなきゃならんだろう」

赤坂はアメリカ大使館のある場所だ。

「北米局には私から指示する。北原君、伊藤(いとう)にそれも言っといてくれ」

北原は妙に嬉しそうに、顔に不釣り合いに大きな目をぱちぱちさせた。伊藤というのは官房長官付きの秘書官として外務省から首相官邸に出している伊藤史生(ふみお)のことである。田中はこのミーティングの内容とともに、アメリカに事件の発生を知らせる旨、官邸に報告させるよう命じたのだ。

田中は司令官みたいにふるまっていた。しかし彼だって駒の一つに過ぎない。さらに言えば外務大臣すら、全権を持っているわけではない。田中の威光は、外務省の真の主人と省の意向が、今のところ一致しているからこそ保たれている。

真の主人とは、他ならないアメリカと官邸だ。だからこそ外務省は、常に両者に気を配り連絡を絶やさない。

アメリカの尻について行くのは、そうすることで敗戦国が国際社会でそれなりのポジションを得るに至った成功体験に基づいているのだが、同じ思考、行動のパターンが半世紀をはるかに超えて繰り返されるうち、外交官たちはそうしなかった場合に起こり得ることを可能性としても正視できなくなった。アメリカに睨(にら)まれ、あるいは無視された時、どれほど惨(みじ)めな思いをしなくてはならないか。誇り高い彼らに我慢できるはずはなかった。

官邸についていえば、行政の機構上も当然外務省が仕える相手ではある。しかし外務省に限らず、省庁はいつも官邸に従順だったわけではなかった。それぞれの利益に反する施策を政治家が取ろうとすると、専門知識で丸め込んだり、時には騙(だま)したり圧力をかけたりして阻(はば)んできた。

ところがしばらく前から政治家たちの攻勢が強まった。役所も抵抗したけれど、それまで省庁ごとに独自のルールで決めてきた人事を、局長クラス以上について官邸がまとめてやるようシステムを変えられて万事休した。外務省も官邸の顔色に一喜一憂しなくてはならなくなった。

幸いにして現政権は、アメリカとの協調を最優先する姿勢をとっている。アメリカも政権がそうである限り、ひどくすげない対応はしない。アジアナンバー１の座を中国に奪われた日本にこの先どこまで気をつかってくれるのか、不安がなくはないけれど。

というわけで外務省の今の立場はとても単純だ。迷いも、ある意味悩みもない。

身代金の件に触れようとする者はいなかった。そんなものは存在していないかのようだった。けれどＩＨＯ名のメッセージは、受け渡し方法や期限の具体的な指定こそないものの、人質の解放を望むなら三千万ドルを支払う必要があるとはっきり述べていた。

ＩＨＯが要求する身代金は、特に当初の言い値において急激に高騰（こうとう）しているとの情報があったが、なるほどこの額も、これまで知られているものよりはるかに大きい。しかし金額の多寡の問題ですらないのだ。

アメリカは「テロリストに何も与えない」方針をとっており、同盟国にもそれを守るよう求めている。国連の安全保障理事会まで動かしてそういう決議をさせた。ならば日本に身代金を支払う選択肢はない。

外務省と官邸の考えは完全に一致した。昨日は北原と近藤が直接官邸に赴いたが、ブリーフィングを受けた官房長官の指示はただ一言、「原則第一で」だった。

もう一つのありがたい事情が、彼らをさらに楽にしていた。今の日本では、危険な地域に出かけてひどい目に遭ったとしても、それは自己責任であり、救いの手を差し伸べる必要はないという世論が優勢なのだ。

ぱっとしない経済情勢、あるいは経済情勢の如何（いかん）にかかわらずどんどん開いてゆく一握りの金持ちとの差のせいで、多くの人が、自分に関係のないことに税金が使われるのを泥棒に遭ったみたいに感じるからだろう。

危険な地域に好んで出かけていく連中が、立派な理由を並べてはいるけれども、結局のところはほとんどの場合、名誉心とか心の満足のようなもののためにそうしていると見透かされたのも大きかった。そんないい気な奴らなどなおさら知ったことではない。

イスラム過激派によるテロが激しくなってほどない十年ちょっと前の事件が決定的な流れを作った。イラクで日本人の若者たちが誘拐され、しばらくの後無事に解放されたのだが、世論は帰国した彼らをこてんぱんに罵（ののし）った。その後、人質が殺される事件が起きても政府の責任を問う声は強まらなかった。「人命は地球より重い」とハイジャック犯の要求通りに囚人を釈放した時代は、いつしか遠い過去になっていた。

とはいえ政治家にしろ役人にしろ、バカが死ぬのはしょうがないなどと口にするわけにいかない。公(おおやけ)には「人命第一」の立場は崩せない。とすれば、なるたけ公にならないのがいい。

白井が、及川瑞希の両親に事件を口外させまいとする理由である。課員を張り付けているのは、何より家族を監視するためだ。情報も最小限しか伝えない。身代金を要求されていることさえ家族に教えないのは、一般の感覚では考えにくいかもしれない。しかし役所には一般の感覚より大切な価値がある。

ＩＨＯに人質を最もたくさん殺されているのはアメリカだ。どこよりもＩＨＯを敵視しているからだ。しかし少なからぬ国が、決して認めはしないもののこっそり身代金を払って人質になった国民を取り戻している。アメリカの同盟国にだってそういうところがある。

アメリカのいいなりにならないで——。そう家族が騒ぎ始めたら少々厄介(やっかい)だ。国を合理的、効率的に運営する上での最大の障害、混乱と無秩序の芽になりかねない。

人質救出については何の手がかりもないまま、しかしのどかとさえ言いうる空気のうちにミーティングは終わった。

領事局長室の前で北原と別れた白井はトイレに入った。ちょくちょくあることとはいえ役所に泊まるとやはり身体のリズムが乱れる。二日続きではなおさらだ。朝食の後に大便に行くのが理想的なのだが、今日はここにきてやっと催(もよお)してきた。まだ微妙な感覚ではあるが、けりがつくならつけてしまいたい。

個室で便座に腰を下ろして便意が強まるのを待っていると、ドアの向こうに複数の人間の気配があった。

「十日後だったらなあ」

「何かのバチだよ」

嘆いているのもからかっているのも課員だった。嘆いているほうは新年度から経済局への異動が決まっていた。それが今度の事件で凍結されてしまったのだ。

心配することはない。どれくらいかかるかはともかく、凍結はいつか解除される。白井は胸のうちでつぶやいた。人事はこれくらいで覆ったりしない。政治家に首根っこを押さえられたとしても、組織にとって一番重要なのは組織が存続し続けることなのだから。

彼らが立ち去ったあともしばらく白井は努力したが、けりをつけるには至らなかった。諦めて課に戻ると、北原から電話があったとのことで、メモが机に置かれていた。官邸が及川瑞希の写真を欲しがっているという。

北海道に伝えなければと考えて白井は気を重くした。家族には切り出しにくい話だ。

要らないだろう、写真なんて。この先報道対応が必要になるとしても、そこまでサービスしてやる筋合いはない。確かに若い女なら、どんな顔なのかは興味を持たれるところだろうけれど。

文句はそこまでにしておいた。そういうものなのだ。相手に何も教えなくても、こっちはすべてを知っておく。権力者の基本動作というやつだ。そして自分も、その端くれであることは間違いない。

3

外務省から国会議事堂の南側を三百メートルほど進むと、機動隊車両が道路に横付けされているのが見えてくる。背後の敷地は数十メートル間隔で警官に囲まれ、人も車も何重ものチェックを受けなければ中に入れない。このあたりでの待ち合わせはやめたほうがいい。三分も立ち止まっていたら間違いなく職質を受ける。おそらく日本一警備の厳しい場所だが、首相官邸がその敷地に建っているのだから納得するしかない。

官邸の主はもちろん首相だ。しかし首相は国内外を飛び回らなければならない。ここを根城にする官房長官が、寄せられる情報をまず受け取り、処理方法を決める。最終的な決定権は首相にあるにしても、かなりの案件について官房長官が実質的に仕切るスタイルをほとんどの内閣がとってきた。だから官房長官は政権の要と言われる。

安井聡美は五十八歳。女性としては二人目になる官房長官だ。ただ一人目が出たのは四半世紀も前のことだし、スキャンダルで辞めた前任者に代わってクリーンイメージを演出するために据えられた飾りものだった。安井は国民自由党が政権を奪還してできた内閣でこのポストに抜擢された。

それでも初めのうちは何より女であることによって注目されていたかもしれない。しかし彼女は与えられた仕事に期待以上の成果を上げ続けた。内閣改造でも交代せず、ほどなく在職二年に及んで、その地位は押しも押されもしないものになりつつある。

骨惜しみしないこと、そして目立とうとしないことが安井の身上だった。

例えば政権発足ほどなくの日本銀行総裁人事である。首相の平谷英樹は金利を大胆に下げて景気を刺激してくれる総裁を民間から起用するつもりだったが、そうした政策は日銀の主流を形作る人々の考えと相容れなかった。また二回に一回は財務事務次官経験者から選ぶ暗黙のルールが存在していたため、日銀生え抜きだった前総裁のあとは当然そうなるべきと考える財務省も、候補者を押し立てて猛烈なプッシュをかけてきた。

この時安井は、関係者の話を辛抱強く聴き、彼らがどこまでなら我慢するのか、我慢の限界を超えた時どんな行動に出るのか、それはどれほどの脅威になるのかを見極めた。日銀主流派は勝手に怒らせておけばいい。財務省が本気でへそを曲げたら厄介ではある。が、彼らは指定席を削られさえしなければ矛を収めるだろう。

平谷は、財務省ＯＢの、しかし次官経験者ではない利下げ論者を指名した。国会で少々野党の相手をしてやらなければならなかったが、それでおしまいだった。平谷はこれで政権運営のペースをつかんだ。

しかし安井は落としどころを自分が進言したとは決して口にしなかった。水を向けられても、「総理のご判断です」と繰り返した。彼女はいつもそんなふうだった。余計なことをしゃべらないことで敵につけいる隙（すき）を与えず、成功者に向けられる嫉妬も必要以上に深くしないですんだ。それでも嫉妬する連中はもちろん少なくなかったが、自滅してしまうのは目立ちたい欲望に操られている彼らのほうだった。

もっとも官房長官は政権のスポークスマンでもあり、官邸記者クラブとのあいだに一日に二度会見をする取り決めができている。

建物の一階、記者クラブ室の隣にある会見室で、安井は午後の会見に臨んでいた。

「耕作放棄地の固定資産税強化を求める有識者会議の答申について、見解をお聞かせください」

「答申は当然できるだけ尊重されるべきものと政府は考えています」

安井は答えた。農業の国際競争力を高めるために、そういう答申を出してくれそうな委員を集めて会議を立ち上げたのである。しかし先祖伝来の土地を手放したくない農家は基本的に反対している。そして国自党には農村部を地盤とする議員が多い。

「一方で多様な意見があることも承知しております。関係方面と協議を重ねながら、最適な方策を見極めてゆきます」

　意思表示はしながら言質(げんち)は取らせない。面白みがないのが欠点といえば欠点だが、そこが安井らしさだ。定例会見の質問は事前の通告などない。いざとなれば控えている秘書官たちがメモを寄越すが、安井は滅多(めった)に世話にならなかった。朝はいつも五時に起きて新聞各紙に目を通しテレビのニュースを見る。スポーツ紙やワイドショーもチェックする。官房長官にはありとあらゆる質問が飛んでくるのだ。

「サッカーの三村(みむら)選手に評論家が引退勧告をして騒ぎになっていますが――」

「運動能力とかそういう話の議論は専門家におまかせしたいと思いますけれども、個人的にはベテラン選手が活躍を続けられることに感銘を覚えます」

　もっともさすがにこういうのは、ネタがない日に限られていた。この質疑が終わると進行役の当番になっている記者がぐるりを見渡した。

「よろしいですか？　それでは」

「すいません、もう一つ」

　手を挙げたのは東日(とうにち)新聞だった。平谷政権には批判的な立場をとることが多いリベラル系のメディアである。安井が指してやると、男は甲高い声で言った。

「子宮頸(しきゅうけい)がんワクチンで健康被害を受けた女性たちが国家賠償訴訟を起こすという報道がありました。どう対応されますでしょうか」

「報道とおっしゃるのは、東日新聞の記事ですね」

「ええ」

「今のところ政府としては内容の真偽を確認しておりませんので。コメントは控えたいと思います」

「よろしいでしょうか?」

再び進行役が声を発した。

記者たちが立ち上がり、安井も一礼して壇から降りた。専用エレベーターで最上階の五階に向かう。首相、長官、三人いる副長官の執務室はこの階にある。

自分の部屋に入ると前室で待っていた国自党本部の職員が畏(かしこ)まって書類封筒を差し出した。ひも付きの封筒で「安井長官親展」と仰々(ぎょうぎょう)しく書いてある。選挙対策委員会が一ヵ月後に迫った衆議院長野二区補選の情勢レポートを届けてきたのだ。この件で今晩、首相と安井、党からは幹事長と選対委員長が集まって話をすることになっていた。

中身にもマル秘のゴム判が押してあったが、びっくりするような情報はなかった。後援会、友好団体の活動状況、名簿の集まり具合、集会の動員人数、さらには相手陣営の動向。どれも予想の範囲内だ。投票先を尋ねた世論調査の結果は四十八対三十三。楽勝ペースといっていい。

平谷政権は好調である。立憲民主党(りっけんみんしゅ)の内閣が無能だったおかげはもちろんあるが、株価の劇的な回復に成功し、一方で財界に圧力をかけてその利益を賃上げに回させた。歴史認識問題で中国、韓国に妥協しない姿勢も基本的には好感されている。内閣支持率は一貫して高い水準にある。

平谷政権が初めて迎える大型国政選挙が、この七月に実施される参議院選挙だ。

参議院では現在、野党のほうが議席が多い。六年前の選挙で国自党が歴史的な大敗を喫し、三年前に半数が改選されてある程度持ち直したものの、過半数には達しなかった。政権奪回後、政策ごとに野党と協定を結んだりしてなんとかやってきたが、政権の足かせだったのは間違いない。

今度の参院選で「ねじれ」を解消できれば政権運営の自由度は一気に増す。まず平谷が狙っているのが、集団的自衛権の行使に向けた憲法解釈の変更だ。勝ち方によっては長期政権の目が出て来る。悲願である憲法の改正すら視野に入るかもしれない。

長野衆院補選は、七月に向けた前哨戦と位置づけられている。見通しが明るいのは喜ばしいことに違いなかった。

しかし安井はどことなく気にいらないものを感じた。

彼女も選対委員長をやったことがある。口を酸っぱくして言ったのは「気を抜くな」だった。どんなに固いと思った票も、油断したとたんにこぼれ落ちてゆく。手を差し伸べてもらうにはのたうち回らなければならない。楽をすれば必ず気づかれ、見捨てられる。嫉妬深いのは、有権者も政治家たちと同じである。

実践してきたから、安井は選挙では無類の強さを発揮した。地方議会からのたたき上げでもあり、選挙区の道は路地の一本一本まで知っている。

東京の大学を出たあと化学メーカーに就職、二人の子供を育てながら仕事も続けていた。転機は三十代の終わりごろ、会社の業績が急激に落ち込んだことだった。同僚たちも次々リストラされていった。

個人や一企業の問題ではない、それまで日本を繁栄させてきたいろいろな仕組みが時代遅れになりつつあるらしいといろいろな人が言い、彼女も思った。彼女が他の人と違っていたのは、政治に文句をつけるだけでなく、自分でやってみようとしたことだった。

会社を辞め、住んでいた埼玉で地元の市議選に出た。子供の学校での知り合いを訪ねて回るような選挙だったが、思いがけず二番目の得票で当選する。一期目の途中で国自党が総選挙の候補者を公募した。これに応じたのが次のステップになり、今度は出身地の岡山でまた一からといっていいスタートを切った。激戦の末勝利をおさめた後は、選挙を重ねるごとに相手との差を広げ、連続六期の当選を果たしている。

そんな安井の目に、補選のレポートは自らへの厳しさが不足しているように映った。客観的な情勢は書かれている通りなのかもしれないが、盤石ぶりを誇示するのはどうだろう。選挙運動にわざわざブレーキをかけるようなものだ。票は一票でも多いのに越したことはない。選挙は一回だけではないのだし、今回だってこれから何が起こるか分からない。

特に引っかかるのがＩＨＯの人質事件だった。

まだマスコミも勘付いていないが、いずれ事件は公になる。有体に言って身代金を払わずに人質を救出できる可能性は非常に低い。もちろんアメリカとの関係を壊したくないし、世論が人質に厳しいだろうことも外務省の講釈など聞くまでもなく分かっているけれど、風向きは突然変わることもある。批判が政府に向かわないよう手を打っておかなくてはいけない。

最初の知らせを受けた安井は、平谷に報告を上げると同時に、官邸対策室とトルコの現地本部を立ち上げた。立ち上げたといっても実態は看板だけだし、今のところ公表もできないけれど記録が残る。初動が遅れたなどとあとで文句を言われなくてすむ。潜水艦事故の発生から数時間、首相がゴルフから戻らず退陣に追い込まれた苦い経験が国自党にはあった。

これからどうなっていくのだろう。

日本人がＩＨＯの人質にされるのは初めてだが、外国人の例からすると、しばらくは本当に人質をとっているのか、生きているのかといったところからのやりとりが続くようだ。ある人質の時は、電子メールで家族に直接メッセージが送られてきたのが迷惑メールに振り分けられてしまい、一ヵ月以上気づかれないままだったという。それでもＩＨＯは辛抱強くメールを送り続けていたとのことで、そこまでせっかちでもなさそうだ。

とはいえ身代金に関する具体的な指示がそのうちあるのは間違いない。いつまでも応じないでいれば、人質はオレンジ色の囚人服姿で砂漠に引き出される。その首に、黒覆面(くろふくめん)のＩＨＯ戦闘員がナイフをつきつけ、要求に応じなければお前たちの同胞の血が砂漠をうるおすことになると語る動画がインターネットのサイトに投稿されるのだ。

この時には、身代金の額が事実上支払い不可能な額にまで跳ね上がっていることが多い。中東からの軍引き上げといった、やはり非現実的な要求がされる場合もある。ＩＨＯとしても見せしめの目的が大きいのだろう。そして多くは一週間ほどで殺害の映像が流れる。

最初のコンタクトからそこに至るまで、数ヵ月ということも一年以上かかることもあるようだが、補選は大丈夫としても、参院選の直前にならないとは言い切れない。残酷な映像は有権者に何を思わせるだろう——。

安井は机の上にあった、もう一つの小さな封筒に手を伸ばした。こちらは会見の前に、外務省から来ている秘書官の伊藤史生が持ってきたものだ。取り出した写真をもう一度見つめる。

及川瑞希は思っていたより愛らしかった。

親が持っていたなら帰省した時に撮ったのか。少し前の写真のようだが今もそれほど変わらないだろう。夏祭りでもあったか浴衣(ゆかた)姿でカメラに笑いかけている。顔の中で一番主張しているのは目で、そう大きくはないがくりっとして快活そうな光をたたえている。てっぺんの丸まった日本人らしい鼻。やや厚めの唇のあいだから八重歯がのぞく。

美人とは言えないけれど、不快を催させる要素もその顔にはなかった。何よりまずいのは彼女がありふれて見えることだった。ファッションもそうだ。襟足にかかるくらいのショートボブ、浴衣の紺をベースにした花柄。何も突出していない。見る側は自分や家族を安心して重ね合わせられる。

使命感とか善意とかが見た目にも滲(にじ)み出ている女だろうと安井は思っていた。いや期待していた。そういう女に人は高慢を嗅(か)ぎ取る。私は人と違っていると、そういう連中は心のどこかで考えているからだ。彼らが受け取るのは反感であり時には憎しみでさえある。

だが少なくともこの写真の印象は違う。安井自身が好感を持ってしまうような娘だ。

事件のことは幹事長、選対委員長にも伝えてある。だが今晩の会合で彼らの気分をむやみに害しても得られるものは少なそうだった。平谷でさえ、近年最速で予算が成立しそうだという高揚感のほうに支配されているように見える。

幹部職員の在席状況を表示する電光ボードで、島岡博忠(しまおかひろただ)のランプがついているのを確かめて安井は内線電話をプッシュした。島岡は「伺います」と言ったが、安井のほうから足を運んだ。

島岡は七十三歳になる小柄な老人だった。頭には白髪がまばらに残っているだけで、目はゴマ粒のよう、耳だけが大きいのがいっそう貧相な感じがする。

しかし島岡はこの国の官僚たちの頂点に君臨する存在だった。官房長官を補佐する副長官は三人いるが、うち一人は官僚出身者が選ばれる。事務次官会議を仕切り、官邸主導の省庁人事システムでも中心的な役割を果たす。何より首相、官房長官に一番近いところにいる。そのポストに平谷政権は元警察庁長官の島岡を据えていた。

及川の写真を見せられ、話を聞き終わって、島岡は小さくうなずいた。

「おっしゃる通り、使えるものは集めておくに越したことはないと思います。手配いたしましょう」

4

「ギリだけど二十代じゃん」

深田央（ふかだわたる）は手渡されたファイルを繰りながら楽しそうにつぶやいた。

「こんな普通っぽい姉ちゃんがうちにカク秘で回ってくるって何だろうなあ。想像ふくらんじゃうなあ」

カク秘とは、マル秘よりさらに取り扱い規則が厳しい書類のことだ。ハンコの形からそう呼ばれている。

「さあな」

班長の寺地正夫（てらちまさお）がまじめくさった顔で応じた。深田と六つしか違わないはずだが、ひと回りくらい上の感じがする。もっともそれは深田が若く見えるせいでもあった。それこそ二十代に思われることが珍しくない。

「課長でも聞いてるのかどうかって感じだったぞ。ものすごく上から来た話らしい」

「いいすねえ。ますます」

深田を無視して、寺地は班員たちに「だからしっかりやってくれ」と言った。

「ただ、くれぐれも慎重に」

「本人が日本にいないんでしょう？　抜けはしないんじゃないですか？」

班員が質問した。

「調査していること自体絶対表に出ちゃいかんってことだからな」

「どうするんです」

「とりあえずはうちの資料との突き合わせだなあ。それから信用情報、携帯の通話記録。出入り先を洗う」

「聞き込みもやりますか」

「いいのがいたらな」

ここ警視庁公安総務課、通称「ハム総」はもともと共産党の監視を任務とする部署だった。戦後合法化されたとはいえ、革命を目指すと公言しているのだから、警戒を怠るわけにいかないというのが警察の立場である。実際六〇年代、七〇年代の学生運動などで共産党はそれなりの力を発揮し、政府に痛手を負わせることもないではなかった。

しかしその後の世相の変化を受けて、共産党もソフト路線に転換した。暴力革命路線を完全に捨てたかどうかはともかく、現実的な危険はほとんどなくなり、左翼全体の退潮の中で党勢そのものも衰えた。

とすればハム総にはめでたいようだが、仕事がなくなったから組織も、となっては困る。刑事ドラマの主役になることこそないけれども、警察では本流中の本流、伝統と格式を誇る部署なのだ。

そこでハム総は共産党以外に少しずつターゲットを広げてきた。早いところでは新興宗教だが、その一つが東京の地下鉄に猛毒サリンを撒いたりしたものだから、新路線はお墨付きを得て、その後も環境団体や市民団体を監視対象に加えていった。このごろでは、犯罪性のあるなしさえ離れて、総合情報機関と呼んで差支えない組織になりつつある。

増えているのが「身体検査」だ。公職につく人間にスキャンダルがないかあらかじめ調べるのだ。建前上、警視庁の主人は東京都だが、国からも大臣や各種の政府任命案件について依頼が舞い込む。警視庁と国を結ぶパイプが中央省庁である警察庁だ。警察庁は、総監以下、多数のキャリア官僚を警視庁に送り込んでいる。公安総務課長もその一人である。

ただ今度の仕事の素性は深田にも見当がつかなかった。

及川瑞希という女の簡単な経歴はすでにファイルに入っていた。北海道滝川市出身。高校まで地元で過ごし、札幌の教育大学に進学したが教員にはならず、卒業後は上京して国際援助系のNGOに入った。そのころから援助先の外国と行ったり来たりの生活だったらしい。今はドイツに本部のあるNGOへ移って、日本にはたまに帰るくらいのようだ。

確かにNGOで働くような若者には反体制的な考えを持つ連中がいる。しかしそんなのはどこにでも湧いて出るハエみたいなものだ。青臭い作文を仲間うちのパンフレットや、ビューが三ケタもないブログに載せたり、素人演芸会のついた集会を開いたりするくらいが関の山だろう。

まあ、保秘の徹底ぶりからして別次元の大物なのかもしれない。集めるのが彼女にまつわる情報一切合切というのは「身体検査」っぽくもある。しかし写真を見れば見るほど危険人物には思えない。大臣やNHK会長の候補では絶対にないだろう。

「アキちゃんは何だと思う？」

「あんまり詮索すると怒られちゃいますよ」

相方の遠藤彰人が心配そうに言った。

「馬鹿だな。言われたことだけ黙ってやるって、ハムの美学かしらねえけど建前だよ。だいたい面白くねえだろう。アキちゃんだって興味津々だろうが」

「そりゃまあ、そうですけど」

「欲望に忠実でいいの。欲望が仕事の原動力だよーん」

　二人に割り当てられたのは及川のいたＮＧＯ「大きな木」だった。まずやったのは、ネットでの情報集めだ。ＮＧＯ自身のホームページをはじめ、百件を超すヒットがあった。もっとも少なくともぱっと見、ごく普通のＮＧＯだ。主にカンボジアとフィリピンで活動している。学校建設が柱のようだ。及川は大学で学んだことを、より貧しい国の子供たちのために活かそうと考えたのだろう。

　ホームページに載っていた写真の中に及川がいた。フィリピンのミンダナオで撮ったと書いてある。フィリピンがどんなところだか深田は詳しく知らなかったが、背景や写っている子供たちの恰好からすると、マニラでよく遊ぶという知り合いから聞くイメージより大分遅れた雰囲気に思えた。及川はほかのスタッフと一緒に子供たちに囲まれていた。ファイルの写真と同じ楽しそうな笑顔だ。

「少なくとも見た目は悪くないよ。俺の好みってわけじゃねえけど、アキちゃんどうよ」

「やめてくださいってば」

「班長といっしょだなあアキちゃんは。やっぱそういうのがハム総らしいのかねえ」

　ネットの記事を読む限り「大きな木」は安定した実績を上げているようで、これといった問題点は発見できなかった。代表者以下、理事たちの名前で検索をかけても状況は同じだった。公開されている財務諸表によれば、資金繰りに余裕があるわけではないが、おかしなところから金を借りている様子もなかった。

　新宿にある事務所に行ってみた。御苑に近い雑居ビルの一室で、事務所のドアにはあか抜けたロゴの入ったプレートがかかっていた。物陰になる非常階段でしばらく見ていると、チノパンにパーカーという恰好で、首からペンをぶらさげた若い男が現れてエレベーターに乗り込んだ。その時ちらっと見えた室内では、何人かの男女が、多くはパソコンに向かって働いていた。

「たいしたネタが出そうな気、しねえなあ」

深田が漏らした。

「やらないわけにいかないじゃないですか」

「まあな」

二人は夕方を待ち、再び非常階段に潜んだ。五時を過ぎてしばらくすると帰り支度を整えたのが一人、二人と出てきた。連れ立って帰るのがいると、交代で後をつける。だがその日追いかけた四組とも、まっすぐ駅に向かうか途中でばらばらになるかしてしまった。スタッフの人数は十人ちょっとくらいだろう。四組目を見送った深田が戻ってくると、事務所の灯りは消えていた。

翌日もチャンスは訪れなかった。翌々日には、女性の二人組がカフェ風のタイ料理屋に入ったが深田たちが続くには不自然な店だった。それにいかにも身持ちの固そうな女たちで、ナンパくさいアプローチをしても失敗すると判断した。

そのまた次の金曜日、今度は男二人と女一人が新宿通り沿いのチェーン居酒屋に入った。遠藤から携帯に連絡をもらって深田も駆けつけた。

「あの女、ちょっと年増だったたな」

遠藤は無視して状況を説明した。

「ちらっと見ましたが混んでます。カウンターに座ったんですけど、今のところ両隣ともふさがってます」

深田たちは店の前で再び待った。今日はついていた。三十分少ししたところで、遠藤が「あ、隣にいた奴らです」とささやいた。すかさず地下の店に踏み込みターゲットたちの右側に席を確保した。

生ビールとつまみをいくつか注文し、打ち合わせ通りにコピー機リース会社の営業マン同士という設定で世間話を交わす。もちろん隣の会話にはずっと耳を澄ましている。

深田が動いたのは、ＮＧＯの三人が援助先への不満を語りだしてしばらくしたところだった。やり玉に挙がっているのは現地の建設業者らしかった。どれほど働かないか、引き渡し期日を気にかけないか、一人が口火を切ったあと、俺もこんなことがあった、私もと、それぞれの体験談が披露されていた。ぱっとは憶えられそうにない地名や人名が話にちりばめられる。

「失礼ですけど、みなさんフィリピンでボランティアやってらっしゃるんですか」

声をかけられた三人は話を止めて深田を見た。

「ボランティアっていうか、ＮＧＯですけど」

深田と並んで座っていた三十になったかならないかくらいの男が、いささか警戒したふうに答える。あとの二人はもう少し上だろう。

「ひょっとしてファミマの角曲がったとこの。何ていいましたっけ」

「そうです。『大きな木』です」

「あー、そうだそうだ」

深田は頷いた。

「いやすみません。あのビルにうちの機械が入ってるもんでよく行くんですけど、おたくのポスター見て、立派なことやってる会社があるんだなって。あ、ＮＧＯってのは会社じゃないのか。ま、何にしても感心してたんですよ」

「立派ってことはないんですけどね」

真ん中にいた女が笑顔で口を挟んだ。

「でもそう言ってもらえるのは嬉しいな」

「フィリピンとか行くと言葉はどうされるんですか」

「フィリピンは英語でほとんど大丈夫ですよ。カンボジアだと通じないこともあるけど、助手やってもらうような人はみんなできるから」

「でも英語はしゃべれないとダメなんだ」

深田はため息まじりにつぶやいてみせた。

「慣れですよ。僕も最初は途方に暮れてました」

慰めるように言ったのは一番奥の男である。

遠藤も参加してきて「大きな木」についていろいろ話させた。すでに知っていることがほとんどだが、聞き入って相槌を打つ。時折突っ込みも入れてみる。おっと思える話はやはりなく、普通の、健全なNGOという印象がますます強まっていく。

ひととおりのことが出たかなというところで深田はまた語学力の件を持ち出した。

「おたくにいらっしゃる方は全員、英語おできになるんですか」

「まあそうかなあ」

幾分頬が赤らんできた並びの席の男がつぶやく。

「ぶしつけながら、みなさんのところにはどれくらいの大学の人が来るんです？」

「大したことありませんよ」

奥の男が大げさに手を振ってみせた。

「東大とかいないよな」

「いやきっとみなさん、東大じゃなくたってすごいとこ出てらっしゃるんじゃないですか。うちの会社の連中なんか、英語で仕事するなんて想像もつかないですよ」

「だから慣れですって」

「それもないじゃないでしょうけどね。素質ですよ、まずは。私たちだって一応英語勉強してたはずなんだけど。なあ」

と深田は遠藤に話を振る。

「実は俺、お笑いですけど、英語の教職持ってんですよ」

「まじかよ。初耳だぞ」

「隠してましたもん。恥ずかしくて」

「そういやお前、教育大学だったよな。北海道の――」

遠藤が大学の名を口にすると、女が言った。

「いましたよ、うちにそこ出てる子」

「ほんとですか」

「ええ、及川って子」

「やっべえ」

遠藤は驚いた顔を作った。

「知ってますよ。及川――瑞希さんだ。向こうがいっこ上だけど、うち小さい学校だから」

「世間は狭いんですね」

女のほうはもちろん本当にびっくりしている。

「どうしてます、及川さん」

「残念だけどもういないの。辞めたのいつだったかな。一昨年かな」

「僕も知らないですよその人」

奥の男が言って、女は「じゃあさきおととしだ」と訂正した。

「辞めたって何かトラブったりしたんですか？」

「ううん。そんなんじゃないの。いい子だったわよ。明るくって真面目で。うちだと活動が基本東南アジアに限られちゃうから、よそのことも知りたいって出ることになったのね。私たちの業界って割合人の出入りがあるの。珍しい話じゃないわ。彼だってそうだし」

そう女は奥の男を指した。

「今彼女確かドイツを拠点にしてるはずよ」

「へー。そりゃまたすごいな。確かにみなさんには国境とか関係ないんでしょうけど。うちの大学でもそういう人いたんだなあ。確かに何事にも積極的っていうか、元気のいい人ではあったなあ。ここじゃどんな仕事やってたんです？」

「私たちと一緒よ。日本でお金集めて現地に学校作って、人も雇って、軌道に乗るまで運営のサポートして」

「僕、ミンダナオで一緒だったんですけど」

深田と並んでいる男が言った。確かにこの顔も及川が写っていた写真にあった気がしてきた。

「彼女、子供たちに慕われてましたねえ。泊まりに来いってひっぱりだこでね。ミンダナオの田舎だと正直、現地の人の家って日本の女の子にはキツいところが多いんですよ。トイレとかね。でも彼女は全然平気でね。何でも食べるし。遊んでやるのもうまいんだな。っていうか、完全に対等になっちゃうんだな。サッカーやるってなったら、ほんと真剣に子供たちにまじってね」

「でもあの人、妙なところに出入りしてるって噂あったんですよね」

ＮＧＯの三人は顔を見合わせた。

「妙なところって？」

女が尋ねる。

「いや、俺も詳しくは知らないんですけど。誘われた奴がいて、何かの宗教じゃないかって。そいつも気味悪くて断ったんですけどね」

「そんな話聞かないよねえ」

うんうんと男たちはうなずいた。

「宗教とかとは縁遠い感じだな、むしろ」

「宗教かどうか分かんないです。政治団体？　そんなのかも」

「学生時代から援助活動してたらしいから、それを誤解されたんじゃないかな」

「あー時々いるんだよね。昔の『市民運動』みたいな感じでさ、偏見持ってる人。僕たちだって言われることあるもんねえ」

遠藤がさらに口を動かそうとするのを深田は目で制した。

「ですねえ。そりゃお前の知り合いのほうが妙な勘繰りをしたんだよ」

「らしいですね」

意図を察した遠藤も神妙な表情になってその場をおさめた。ほどなく深田たちはジョッキの残りを飲み干し、邪魔をした詫びを述べて立ち上がった。

「今度近くにいらしたらぜひ遊びに来てください」

女が愛想よく笑った。遠藤の態度も特に不審や不快を招いたわけではないようだった。深田たちの話が一から十まででたらめだったと知ったら当然違っただろうが。

たいしたネタが出せないのは深田班ばかりではなかった。札幌に送り込まれた三つの班も手ぶらで帰ってきた。彼らは、これは正真正銘の教育大の学生仲間たちやゼミの教授、バイト先のファミレスなどでも聞き込みをしたのだが、聞けたのはＮＧＯの連中と似たような話だけだった。最も期待された通話記録の精査も空振りに終わった。おかしな知り合い、取り引き、何もない。

ネタが出せないこと自体はよくあることだ。たいていそうだといっていい。悪いことでもない。何もないと確認するのは捜査の立派な成果だ。

しかし一体どういう目的で上は及川瑞希を調べさせているのか。深田は興味を抑えられなかった。

秘密はドイツにあるのかもしれない。だとすると窺い知るのは難しいだろう。海外は基本的に警視庁の縄張りではない。警察の海外ネットワークは、各国の日本大使館に出向の形で赴任しているキャリアたちだ。

不思議なのは、札幌に大勢の捜査員を出しておきながら、及川の出身地である滝川は触らないよう上から触れがきていることだった。

もっとも滝川に関心がないわけではないようだ。それどころか及川の実家、家族の携帯まで通話記録を取っていたし、市役所などにもあれこれ照会をかけていた。父親が昔何年か市税を滞納したそうで、寺地班長は「こんなのしょうがないよな」とぼやきながら係長に報告した。それが思いがけないヒットで、上がとても喜んだという話が二、三日して伝わってもきた。

なぜそんなことになるのだろう。及川瑞希はいったい何者なのだろう。

割り当てられていた仕事はひと段落した。しかし班全体としてももう出来ることは少なくなっていた。次にどんな指示が来るか分からないが、休める時に班員を休ませておけと課長が寺地に命じた。

「じゃあ俺、先陣を切らせてもらっていいすか」

深田はそう申し出た。

「今週末か？　そりゃくじ引きだ」

「平日でいいすよ」

「家族を大事にしなきゃいかんぞ」

「大丈夫っす。嫁、俺にベタ惚れですから」

寺地は露骨にこいつは苦手だという顔をして「じゃあ好きにしろ」と吐き捨てた。

「どっか行くのか」

「温泉でもつかってきますよ」

「せいぜいのんびりしろ」

「ありがとうございます」

深田は敬礼してみせた。

俺たちも札幌に行きたかったたな、と張り込みのあいだも深田はよく遠藤にぼやいていた。自腹は残念だが、格安チケットなら一万円以下だろう。ススキノで遊ぶついでにちょっと足を伸ばして滝川を覗いてこよう。ジンギスカンが名物だっけ？　それにはあんまり興味を持てないが、温泉はあるだろう。

鼻歌を歌いながら深田はスマホで旅行会社のサイトを検索しはじめた。

5

ビジネスホテルの小さな窓の向こうに、本州のそれとはどことなく違う茫洋とした風景が広がっていた。高い山も遠くに見えるが、その手前に山というより丘に近いなだらかな盛り上がりがうねうね続く。さらに内側の平らな土地もそれなりの面積があって、建物が互いの距離をとりながら植えられたように配置されている。建物自体も形が単純だ。ただの箱みたいだったり、住宅でもその上に三角を載せただけのようだったり。

ものの形のほかにここは北海道だと思わされるのは、四月も中旬を迎えようとしているのに緑があまり見えないことだろう。山や丘では木々が裸の枝をさらし、平地の畑は土がむき出しのままだ。石狩川のほとりにはまだどっさり残った雪が朝日を浴びて輝いている。

あれが消えるころには一回帰してもらえるかなあ。

山崎知美はぼんやりと考えた。

滝川に来て十日余りが過ぎた。及川瑞希の両親である隆二、典子のほか姉の優香と弟の大貴に事件を伝え、両親がそれぞれの仕事に戻るところまで見届けると木村幸治は東京に戻った。後は一人である。

することといっても隆二、典子と朝晩会うだけだ。しかし木村と一緒の時から気が重かった。今ははっきり憂鬱だ。

まずは伝えられる情報がすっからかんなのがきつい。

東京は何をしているのか。だいたい想像できる。自分の役所の悪口を言いたくはないけれど、外務省にＩＨＯとの意思疎通チャンネルすら見つけられるとは思えない。

トルコのほかだと地理的に近いのがヨルダン。イラクは統治機構ががたがただから使えないとして、イスラム過激派に多少なりとも影響力を持つと言われるサウジアラビア。イスラム諸国と正反対の理由だが情報力のあるイスラエル。そのあたりの政府に「協力要請」をしているのだろう。一応親日国だから「分かりました」と言うはずだ。

でも誰がよその国の人間のためにしゃかりきになって動いてくれるだろう。こっちだってお願いする立場でやたらにせっつくわけにいかない。せっついたところで「今やってます」「頑張ってるんですが」と言われておしまいだ。

そもそも中近東局なんていうところに一級の人材は配置されていない。産油国にはそれなりに気をつかっているが、そのほかは有体に言ってどうでもいい存在だ。国交があるから大使館を置いているけれど、行かされたら「しょうがない。ゴルフ休暇と思おう」ってなものだろう。

まあそんなことを言えば、中近東局からの連絡をじっと待つしかない領事局は何だという話になる。一応キャリアの一種職員でありながら、この若さでテロ対策課なんてところにやられてしまった自分には笑うしかない。同期にはワシントンや国際法局で華々しく活躍しているのも少なくないのに。

いや、嘆いている場合ではなかった。巻き返すためにも目の前の仕事はきっちりこなさなくてはいけない。外務省に何ができるかは別にして、世間へのインパクトでいえば超弩級の事件なのだ。

要するに、及川の家族から文句が出ないようにする。らちがあかないと思われると、世論に直接救出を訴える、なんてことになりかねない。記者会見で外務省批判でも繰り広げられたら——悪夢だ。今のところ彼らにそんな知恵はなさそうだが、左翼系の弁護士なんかがすぐしゃしゃりでてきて余計なアドバイスをする。防ぐためにも絶対事件を外に出してはならない。何にしても山崎が家族の信頼を得るのが大切だ。

しかし信頼してくれなどと、どの口で言えばいいのだろう。外務省は能力に欠けるだけでなく、家族からすれば背信でしかないことばかりやっている。少ない情報の中で一番大切な身代金の話をこちらの都合で教えない。及川瑞希の救出なんか二の次三の次。ダメですよ、うちらを信頼なんかしちゃ絶対いけませんよ。そう教えてあげたい衝動に時々かられる。

実情を家族が知ったら。彼らは山崎にどんな言葉を浴びせるだろう。関係を深めていればいるほど怒りは激しいだろう。想像するだけで身が縮む。

結局憂鬱を振り払えないまま時間が来た。基本的には午前午後、いずれも八時にフローラへ顔を出している。

最後にもう一度メールをチェックした。当然のように何も来ていなかった。また徒手空拳というわけだ。化粧は済ませていた。上着とコートを着て部屋を出る。建物の中は暑いくらいに暖房が効いているが、一歩踏み出せば冷たく引き締まった空気に身体がさらされる。

歩いて十分少々のフローラに着いた山崎は、ドアの前で呼吸を整え、ノブに手をかけた。

「おはようございます」

カウンターの向こうにいた及川隆二がこちらを向いた。仕込みをしていたようだが、手を拭いて出てくる。

「ご苦労さまです」

ぺこぺこ頭を下げるのを、早くやめさせたくて「いい天気ですね」と自分でも恥ずかしくなる陳腐なせりふを山崎は口にした。

「あ、ああ。そうですね」

隆二はぎこちなく相槌を打つ。

「朝めし、食べてこられたんですか」

毎朝同じことを訊いてくる。向こうも何をしゃべっていいのか分からないのだろう。山崎は「大丈夫です」とこれまた同じ返事をする。すると隆二はコーヒーの準備を始める。

「お構いなく」

「いやこれくらい」

「済みません」

あまり頑なのもよくないだろう。初日は茶を断った木村も、その後飲み物だけは貰っていた。白いカップに入ったコーヒーとクリームがステンレスの盆に載せて運ばれてくる。

「かみさん呼んできますから」

そう言って隆二はいったん出ていき、すぐ戻った。一分ほどして出勤前の典子が現れ、二人並んで山崎の向かいに座る。二人ともぴんと背筋が伸びている。

山崎は暗くも明るくもならないよう気をつけながら口を開いた。

「状況に変わりはないんですが――」

そうですか、と二人は揃ってため息をもらした。

及川瑞希が、ドイツのNGOの一員としてトルコ入りし、シリア国境に近い南部の町に向かったことまでは、NGOへの聞き取りで判明していた。町にはシリア難民キャンプがあり、NGOが行ったのも初めてではなかった。瑞希はここでも主に教育関係の仕事に携わっていた。

ＮＧＯはキャンプ内にテントを張って寝泊まりしていたが、メンバーの交代時期が来て大半がドイツに帰った。代わりのメンバーが少し遅れて、しばらくのあいだ瑞希ともう一人男性の職員だけになった。ところが新メンバーが到着した時、テントには誰もいなかったという。

男性職員はシリア国内での活動を希望しており、危険だからとＮＧＯ幹部に止められていたそうだ。

あたりのシリア側は反政府勢力「シリア革命戦線」の支配下にあって、難民にも戦線の支持者ないしつながりを持つ者が多い。メンバーそのものと思われるのも混じっている。

欧米人も日本人も国境は越えられない建前だが厳密に運用されているわけではない。柵もあちこち壊れている。革命戦線とわたりがつけばシリアでの通行証も手に入る。ただしその通行証は革命戦線の勢力圏でしか効力がない。瑞希らはシリアに入ったあと、反政府勢力ではあるものの革命戦線とも対立関係にあるＩＨＯに拉致されたのではないか――山崎はそう両親に説明してきた。

だが実は、瑞希たちが自分からシリア側に行ったのではない可能性もあった。革命戦線の拠点的な性格を持っている難民キャンプはＩＨＯの攻撃対象になり得る。難民を援助している外国人も敵とみなされる。ＩＨＯのほうから越境してきてさらっていった、ということも考えられるわけだ。

しかし役所はこれについても、わざわざ触れる必要はないと指示してきた。瑞希の責任を問いたい外務省としては、彼女が自分で越境してくれていたほうがありがたい。

「なんでそんな男のいいなりになったんだろうかねえ」

隆二がぼそりと言う。

「おっちょこちょいだけど、優しいだけはほんと優しい子なんですよ」

典子は愚痴るようなとりなすような口調でつぶやいた。

「戦争してるところの人はやっぱり、逃げてこられた人以上に困ってるわけでしょう。そういう人がいると思ったら、放ってはおけないのがあの子なんですよ。仲間の人が行くっていったら、余計のこと、その人を見捨てたりできないんですよ」

うなだれた典子の隣で、隆二がぶつぶつとしゃべりだす。

「あれきり、何も言ってこんというのはやっぱり私らには不思議なんですが——いったい何を考えておるんでしょうかねえ、ＩＨＯってのは」

「正直私たちにもよく分かりません。常識では計り知れないところのある集団ですから」

身代金について考える時間をこちらに与えているつもりなのだろう、とは解説できない。

「人質になって解放された人もいるわけですよねえ」

典子が言った。

「何が違うんですかねえ。解放される人と——その——怖いことになっちゃう人と」

「馬鹿なこと言うんじゃねえよ」

語気を強めた隆二が一転、声を震わせて続けた。

「ふつつかな娘ですが、なんとか。なんとかよろしくお願いします。私たちにできることだったら何でもしますんで」

「お気持ち、痛いほど分かります」

山崎は精一杯に同情をにじませた。

「瑞希よりお若い山崎さんがこんなにしっかりしておられるのに、お恥ずかしい次第です」

「とんでもありません」

急いで言って、山崎は定例会見を終わらせにかかった。

「毎回申し上げていますけれど、何かの間違いとかいたずらということだってまだあり得ますから」

「そうですよね。私たちが悪いほうにばっかり考えてちゃしょうがないですよね」

「安直なことも申し上げられません。けれど、必要以上に深刻になられないほうがいいと思います。お仕事のほう、いつも通り、というのも難しいでしょうけれども――」

「はい。気をつけてやってます。周りにもばれないようにしてます」

典子に負けまいとするように隆二も言った。

「例の、店のお客さんには、教えていただいた通り、しばらく連絡が取れなくなっただけだって言ってありますから」

「ご協力ありがとうございます。今晩また参りますので。その前に何かあったらもちろん連絡さしあげます」

会釈をしてゆっくりドアへ向かった山崎は、店から三十歩ほど離れたところで脱力した。

及川の両親とのやりとり全体が、蒸し返し、繰り返しばかりになっている。息がつまる。なのにまた夜には来なければならない。

うんざりする気持ちの一方で、山崎はうわべだけでない同情も彼らに感じていた。

先々の問題はともかく、及川の家族は今のところ山崎の説明を鵜呑(うの)みにしている。どうしておかしいと思わないのか、正直不思議だ。ＩＨＯについてネットで検索すれば、彼らが外国人をさらうのは基本的に身代金目当てと分かりそうなものだ。上司たちが、彼らの情報収集力の乏しさを見切って今の方針を立てたのだとしたらひどい話である。いや、それに従っている自分だって同罪だ。いかん。

山崎は首を振る。

こんなことばっかり考えてては、ほんといかん。

考えなければいけないのは、今晩の会見を少しでもましなものにするための方策だ。材料が与えられないならそれなりに話題を考えていこう。手土産(てみやげ)でも持っていって目先を変えるのがいいかもしれない。といって滝川で気の利いたものが見つかるか。まあ夜まで時間はある。すでに市内の主だったところは歩いてしまった気もするが、あとでネットで調べてみよう。


再び歩き出した山崎を、深田央はフローラの向かいの薬局の駐車場からうかがっていた。

昨晩張り込んでいたらあの女がやってきた。そしてまた朝に。鍵が見つかったかも、という思いは確信に変わった。

深田はバンの陰から出てターゲットの後をつけた。ホテルへ帰るらしい。女は何の用心もしていない。楽な尾行だった。

今日は一歩踏み込んでみることにした。ホテルの近くで距離を詰め、そのまま女に続いて建物に入った。いっしょにエレベーターに乗り込む。山崎が六階を押したのを見て、深田は五階を押した。エレベーターを降りると階段を駆け上がり、ドアの向こうに消える山崎を視界にとらえるのに成功した。

廊下に人影がないのを確認して、深田はそのドアに歩み寄った。耳を押し当てる。電話で誰かと話しているらしい女の声が切れ切れに聞こえてきた。

「はい。大丈夫です、今のところは何とか――ただ――」

中近東一課がどうこうと聞こえた。外務省なのか。及川瑞希が外国のＮＧＯにいることからしてうなずける話ではあった。ただあれはドイツの団体だったはずだが。

女が妙な言葉を口にした。アイエイチオーと言ったみたいだった。

何だっけ。イスラム過激派のＩＨＯか？　残虐行為で有名な。

はっとした。そうだ、日本だろうがドイツだろうが、国際援助ＮＧＯにいればいろんな国に行くのだ。貧しい国。災害のあった国。そして紛争地。

ＩＨＯがからむような場所に及川が行ったのだとすれば。なるほど、渡航自粛を呼びかけている外務省は黙っていないだろう。いや――。

もっと大ごとになっているのかもしれない。及川はＩＨＯに捕らえられたのではないか。

公安総務課に降りてきたミッションの意味を改めて考えた。「上」は何を探しているのか。それを何に使うつもりなのか。

すべてがつながってきた。滝川に来た勘が当たっていたのだ。深田はぞくぞくした。

第二章　二人目

1

各テレビ局は投票が締め切られると同時に国自党候補の当選確実を報じた。

長野衆院補選は大勝だった。選挙事務所では候補が支持者たちとバンザイをくり返し、首相、幹事長は党本部で満面の笑みを見せた。

安井聡美も官房長官として記者たちにコメントした。

「政府の施策が支持されたものとありがたく受け止めています」

さらに「私たちが上げてきた実績からすれば当然の結果ではないかと考えます」と胸を張った。

彼女にしては珍しい発言だった。

しかし安井の不安は止まなかった。負ければよかったとはもちろん思わないが、肝が冷えるくらいのほうが望ましかった。

これで本当に大丈夫なのか。本番では手痛いしっぺ返しをくうのではないか。

確かに平谷政権にとって最高の展開に見える。国内の大きな懸案事項はしばらくない。北朝鮮がこのところおかしな動きを見せているが、ミサイルなどいくら撃ってもらったって構わない。むしろ脅威論が高まるほうが、安全保障問題に力を入れたい平谷に好都合だ。六月のイギリス・ブリストルサミットで存在感を示し、そのまま参院選になだれ込む。

だが一つ狂えば歯車は逆に回りだすかもしれない。

例の娘はますます気がかりな存在になっていた。

補選の二日前、ＩＨＯから二回目のメッセージが届いた。一回目と同じくトルコの日本大使館に電話があったのだが、電話の主は今度、電子メールのアドレスをも知らせてきた。

やりとりができるようになっても、「交渉」はできない。外務省は、及川瑞希を本当に捕らえたのか、そうだとして及川は間違いなく生存しているのか、証拠を示すよう求めるメールを送った。及川の写真を添付した返信が来て、家族が本人と断言したが、どこで撮影されたものか分からないし、生存の証拠にもなっていないと返し、向こうの出方を待っている。

ようやくの動きではあった。しかし何一つ事態が良くなったわけではない。今やっているのは時間稼ぎに過ぎない。

事件が表に出た時メディアに流せる及川瑞希のネガティブ情報を集めてみたが、十分とはとても言い難い。浮かび上がってくる彼女のキャラクターは、安井の懸念を強めるばかりだった。

彼女と一緒に拉致されたと見られる男はスウェーデン国籍だったのだが、スウェーデン政府は身代金支払いにもある程度柔軟と見られている。もし男が助かって及川だけが殺害されるような結果になれば、国民の感情が刺激されるのは避けられない。

ほかにできることはないか。積極的な対策ではないが、安井は国自党が定期的に実施している世論調査に、テロに触れる項目を追加させた。

〈世界ではイスラム過激派などによるテロがたびたび起こっています。テロとの戦いのために、人権がある程度制限されることは許されると思いますか。

1　そう思う。

2　そうは思わない。〉

オブラートにくるんだ設問だが、世間の空気を読む手助けにはなるだろう。

あとは成り行きを見守るしかなかった。いくら気になるからといってこのことばかり考えていられない。懸案がないといっても、スケジュールは相変わらずの分刻みである。

安井に休日などない。補選があったのはゴールデンウィークの前半だったが、そのあとも予定がぎっしりだった。

国会議員なら誰しも「金帰火来」の生活ではある。平日は東京で働き、週末になると地元で顔を売る。しかし国会の開会中や選挙前を除けばみながそこまで忙しいわけではない。

安井の場合は、休日にも政府の仕事がしょっちゅう入る。公式行事から極秘の会合まで、相手の都合やマスコミの目を避ける目的であえて平日を避けることもある。ごくたまに身体が空けばもちろん選挙区の岡山を駆けずり回る。普段なかなか帰れない埋め合わせをしなければならない。

ゴルフも安井はやらなかった。確かにコミュニケーションの場になるし、首相の平谷英樹もかなりの頻度でコースに出ているが、安井には時間的に非効率過ぎると思えた。一から覚えるとなればなおさらだ。

酒はビールを舐める程度、食べ物にこだわらない。おいしい物が嫌いなわけではないけれど、効率を優先すれば、会食のほかはできるだけ簡単に済ませることになる。車の中でというのもしょっちゅうだ。一番よく口にするのは前室の職員に買ってきてもらう国会内売店のパンである。クリームパンが好みだった。

赤坂の議員宿舎に戻るのは早くて十時。日付が変わってしまうことはざらだ。部屋に入る前に、ロビーで夜回りの記者たちの相手をする。彼らから解放された後は、日中読み切れなかった資料に目を通す。あるいは電話をかけ、時にはまた急に呼び出される。

唯一の息抜きにしているのが、六本木のホテルにあるエステサロンで過ごすひと時だった。うまくいけば月に一回くらい、暇を見つけて駆け込む。

ひさしぶりにサロンに行けたのは、ゴールデンウィークが終わってしばらくしてからだった。二時間後に迎えに来るよう頼んで運転手の藤本正（ふじもとただし）を帰した安井は、シャワーを浴び、施術用の紙製の下着の上にバスローブを羽織って施術室に入った。施術室の壁や天井、家具やリネン類はベージュを基調にした落ち着いた暖色でまとめられている。香が焚（た）いてあって寺にいるような気分にもなる。

担当は吉野美津子（よしのみつこ）というエステティシャンだった。これから行くと急に電話をしても休みでなければ彼女になるので、ひょっとすると他の客に迷惑をかけているのかもしれない。申し訳ないが、これだけはもし地位の濫用になっていても許してもらうつもりだった。

「先生、おひさしぶりですぅ」

大柄で目鼻立ちもはっきりした吉野だが、のんびり歌うようにしゃべる。イントネーションにはほんの少し関西なまりがあった。肌のきれいさは四十過ぎとても思えず、同性が見てもため息が出る。もちろん自分の手入れも仕事のうちなのだろうけれど。

施術台にうつ伏せになる時にバスローブを取る。吉野は紙の下着だけの安井の身体をいたわるように今度はバスタオルで覆う。

「特にお疲れのところとかありますかあ」

「いつもと一緒。全部」

「分かりましたあ」

笑いながら吉野は肩のあたりのタオルをめくってオイルを垂らす。オイルの熱が身体を溶かすように伝わってゆく上を吉野の指がリズミカルに往復する。紙の下着を着るのは、オイルがついても平気なようにである。

「がちがちでしょ？」

「そうですねえ」

吉野は苦笑しながら答える。

一ヵ所のマッサージが終わると、次の場所のタオルがめくりあげられ、肌が吉野の視線にさらされる。連日の極限ともいえるストレス。不規則な生活。肌にいいわけはない。執務室でつま先立ちのウォーキングをしているのはせめてもの抵抗だが、体重もじわじわ増えつつあった。

しかし、くたびれ、たるんだ肌を吉野の目と手にゆだねる時、安井は得も言われぬ解放感を味わえるのだった。ここは服といっしょに、常に身に着けている何重もの鎧（よろい）を脱ぐ場所だった。

あまりの心地よさに安井はすぐ眠りに落ちてしまう。

「あおむけになっていただけますかあ」

「あ、ええ」

ゆっくり開けた目の前に吉野の穏やかな笑顔がある。

「いびきかいてた？」

「ええ、少し」

「ほんとは手術したほうがいいらしいんだけど」

「大丈夫ですよぉ。いびきなんか聞かれるの、ご家族だけでしょう？」

「家族にもしばらく聞かせてないかも」

「お忙しいですもんねえ」

東京で学生、会社員生活を送り、結婚後、埼玉の所沢に家を買った。岡山の代議士になってからも家族はそこに住み続け、安井も東京にいるあいだ所沢に帰っていた。しかし忙しくなると不便で、マスコミを家族から遠ざけたいのもあって、議員宿舎に単身で入った。

それでも当初は所沢と半々くらいで使うつもりだった。最後に所沢に帰ったのはいつだろうか。この前サロンに来たより昔なのは間違いない。

長女の郁はすでに結婚し、次女あずさももう実家を出てしまった。今そこでは、夫の照男が六年前に引き取った照男の母、久子と暮らしている。

会社の先輩だった照男は去年定年を迎え、今は嘱託で働いている。久子は若干認知症の徴候が出てきたものの、日常生活に大きな不自由はなく、ヘルパーも週に三回入っている。「あと四年で僕も完全引退だから、最後まで何とかなるだろう」と照男は言う。

介護が女の仕事、などと安井は思っていない。しかし照男に義母を任せきっていることに引け目を感じるのも事実である。

結婚し子供をもうけながら働き続ける、当時としては珍しい選択をした彼女は、政治家になってからでさえ主婦としての務めを果たそうとし、実際、死に物狂いの努力によってある程度果たしてきた。しかし今は逆立ちしても無理だ。

文句を言わない夫に安井は深く感謝していた。うぬぼれかもしれないが、妻が安井のような地位についてかつ自分が一介のサラリーマンだったなら、多くの男は嫉妬したり卑屈になったりするのではあるまいか。照男にはそういうところはなかった。

久子も、他所から安井の家に入ってきた女の、昔の感覚からはおそらく受け入れがたい振る舞いを許容した。子供たちだってそうだ。家事や何やで負担をかけたのに加えて、目立ち過ぎる母親というのは、彼らにとってもうっとうしい存在だったに違いないのに、じっと耐えてくれた。

にもかかわらず、安井は家族に対する熱い思いを持てなくなっている気がしてならなかった。感謝するほかないから感謝している、とでもいおうか。いつか恩義に応えたいと思う。だがそれだけだ。

「忙しいのは確かなんだけど、会いたい、顔見たいって衝動がわかなくなってるのよねえ」

こういうことが吉野には自然に漏らせる。

「ほんとの家のはずなのに、『帰る』っていうのがしっくりこないくらいになってるの」

「そうなんですかあ」

吉野は変わらず穏やかに笑っている。

「家族って面倒くさい時もありますもんねえ」

「私の場合は多分そういうのとは違うんだけどどね。吉野さんが言ってることも分かるけど」

「違うんですかあ」

「あんまりよくはないと思う。時々自分が心配になる」

「先生、真面目ですねえ」

「真面目よ、私は。なのにここに来るのが一番疲れがとれるっていうのが、怖いの」

「やっぱりもうちょっとお暇があったほうがいいんでしょうねえ。ご家族とも、もうちょっと会ったら馴染んできますよ。今、忘れちゃってるんですよぉ」

「それだけだったらいいんだけど」

会話が途切れ、安井はまたうとうととまどろんだ。あと二度、身体の向きを変えてエステは終了した。

ここにいる時でさえ携帯が鳴って大急ぎで身づくろいしなければならないこともある。今日はそうならなかったのに感謝して、その感謝が今は家族への感謝より大きくなっているかもしれないことをまたやるせなく思う。

安井がすっかり馴染んだのはこのやるせなさだった。困ったことに、馴染めば案外心地よい。

会計はツケにせずその都度済ませるようにしていた。財布から札を抜き出しながら、四万円近い明細を「高い」とまだ思えるのにほっとする。

「ありがとうございました」

「こちらこそお世話様」

深々と頭を下げる吉野に心からの言葉をかけて安井はサロンを後にした。藤本に電話を入れ、地下駐車場へ向かう。

出入りは正面玄関でなくこちらを使うことにしていた。「官房長官、高級エステを愛用」などと週刊誌に書かれては面白くない。

何の恥じるところもないと思う。警備上も安井がそのへんのサロンへ行くわけにいかないし、ほかの用の合間に立ち寄るのに、その時だけ公用車を降りてタクシーを拾うのも不可能だろう。しかし、建前というものはそれを要求しかねない。さっきの四万円が純粋なポケットマネーかと言われれば、それも多分違うだろう。ポケットマネーと事務所の金を完全に区別することなど不可能だ。さらに安井は、年十億を超える領収書不要の官房機密費を握っている。

駐車場に出る自動ドアを安井が開けると同時に、はす向かいに停まっていた黒いバンがするすると動き出して前に停まった。藤本が素早く降りてきてドアを開ける。

「お帰りなさいませ」

官邸に戻るよう安井は指示した。結局今の彼女にとって、帰るところはあそこなのだ。

せっかくほぐしてもらい、多少なりと肌の張りも戻せただろう身体をすぐまたぼろぼろにしてしまうことに、安井は背徳的な喜びを見出した。

「これこそ無駄遣いってものかもしれないわね」

「はい？」

「何でもないわ」

隣の席に積み上げられた書類から安井は一つを抜き出し、目を落とした。

2

財務大臣の矢島武彦は、水曜日の決まったスケジュールである、清政クラブの勉強会に出席するため、紀尾井町にあるクラブの事務局に来ていた。

清政クラブは矢島が主宰する派閥である。勉強会という体裁上、一応資料は配られるし、時折講師が呼ばれたりもするけれど、一番の目的は昼飯を一緒に食うことだ。要するに仲間の結束を図るためのものである。

「細井は明和会に入るらしいですね」

向かいに座っていたメンバーが出前の天丼に七味を振りかけながら言った。国会議員の大半は中年以上、かなりの高齢者もいるが、美食家であるかどうかは別にして、一様にこってりした食事を好む。国自党では特にその傾向が強いのではないか。ローカロリーでは政治家などやっていられないということなのだろう。

「多分な」

別のメンバーが言う。

寄らば大樹の陰。あまりに陳腐だからか、矢島の前であることをおもんぱかっているのか、口にする者はいなかったが、長野補選に受かった新人の身の振り方について、みな同じ感想を持っているに決まっていた。

明和会は現首相、平谷英樹の派閥である。補選を取って参院選での大勝が見えてきたとなれば、少なくとも党の総裁任期いっぱい平谷政権は安泰だし、もう一期というのもありそうな話になっている。派閥の存在感が昔に比べて低下したとはいえ、人事や選挙の支援面で、強いグループの後ろ盾を得ておくメリットは大きい。

そして平谷が長く首相をやるということは、矢島に番が回ってくる可能性がそれだけ小さくなることだった。

矢島はこれまでに農水大臣、総務大臣、党幹事長を歴任した、自他ともに認める首相候補だった。国自党が政権から転がり落ちたのは予想外だったけれども、たった三年で憲民党も自滅した。矢島は満を持して、首相の座に直結する党の総裁選に手を挙げた。

そこで対抗馬として出てきたのが平谷である。当初の予想では矢島が有利と見られていた。清政クラブと明和会の所属国会議員数はほぼ互角だったけれども、他の派閥の大半が矢島を支持していた。

ところが平谷は、テレビやネットを駆使した派手な運動で、議員以外の心をつかんだ。憲民党のリベラルな政策が破綻した直後のタイミングに、タカ派の平谷がぴったりはまった面はあるだろう。祖父も首相という飛び抜けた毛並みのよさ、少なくとも矢島よりはイケメン風の外見もプラスに働いた。一般党員による予備選挙の結果が明らかになると、議員たちは雪崩（なだれ）を打って平谷についた。

平谷政権の発足に際して、矢島が取り得た道は二つあった。一つは平谷と距離を取って機をうかがい、平谷の勢いが衰えたところで首相の座を奪い取る道。

もう一つは平谷の求めに従って閣内に入る道だ。それが矢島の行動に枷（かせ）をはめたい平谷の作戦なのは分かり切っているが、平谷だっていつまでも首相でいられるわけではない。関係を維持しておけば、その時の禅譲が期待できる。また平谷と敵対しては、清政クラブの若手まで冷や飯を食いかねず、派閥がぎくしゃくする恐れがある。

そんなこんなで矢島は後者の道を選び、財務大臣に就任した。もともとが財務省の前身である大蔵省の出身である矢島には、悪くないポストに見えた。

しかし平谷は、矢島が想定した以上に景気の刺激に重きを置く施策を打ち出した。

金融緩和はまあ構わなかった。日銀総裁の人事でも最低限だが財務省の顔を立ててくれたかのようだったけれど、すぐに法人減税が続いた。財務省が求めた代わりの増税はうやむやにされた。一方で歳出のほうはほとんど切り込んでくれない。

国の財布を守る、なろうことなら膨らませるのが財務省の仕事である。ＯＢとして、矢島も根っこにそういう志向を持っており、官僚も平谷に対する防波堤の役割を期待した。にもかかわらず矢島の主張は慇懃に退けられ、食い下がると冷たく無視された。

なお悪かったのは、平谷の政策によって景気が実際に回復したことである。格差が広がる一方だとか、いろいろ問題はあるものの、とにかく大企業の業績は伸び、失業率も下がって税収が増えた。ただ増えた分は、すでに気の遠くなるような額になっている国債の償還ではなく、新たな景気刺激策に費やされた。

こうして矢島は、城である財務省をがたがたにされ、影の薄い存在になりつつあった。明和会入りする議員も増える一方の平谷には、いっそう頭を低くするしかない。このところは本来の主張を封印しひたすら従順な協力者の役回りを演じている。しかしこれで展望が開けるのか。

「いい予算を通していただけて、私も後援会で鼻が高いですよ」

また別のところから、これは矢島に向けた声が上がった。地元の公共事業のことでも言っているのか。しかし予算を本当は絞りたかった矢島には、屈辱をよみがえらせる発言である。彼はその間抜けを軽くにらんだ。

案の定というべきか、普段から血のめぐりのよくない、威勢のよさだけで政治家をやっているような男で、にらまれてなお自分が何を言ったのか理解できていないらしく、無神経な笑顔のままだった。ここのところの流行りらしいつんつるてんの背広が、ラグビー選手みたいな体つきのせいでいっそう窮屈に見える。

議席が増えるとこの手が混じってくる。しかし、こんなのでも当選できる党の勢いを喜ばなきゃいかんわけだ！

そんなことを思いながら矢島は「すぐに補正も組まされるだろうよ」と吐き捨てた。

「えっ、もう決まってるんですか？」

「間違いないさ。平谷なら絶対やる。参院選対策だもの」

本予算さえ、補選のために利用された匂いがあった。例えば中山間地の農業、林業に手厚い補助をつけてきたのは長野を意識したのだろう。補正では、憲民党が比較的強い都市部にエサがばらまかれるはずだ。保育園の増設、首都高の一部料金引き下げなど、野党の主張を先取りするかの施策がすでに財務省サイドに打診されている。大筋は飲まざるを得まい。

いったいいくらかけるのか。その金は借金の返済に回すべきなのだ。景気には必ず波がある。今少しばかり調子がいいからといってあてになどできない。また落ち込んでしまったら？　残った借金をどうやって返すのか、さまざまなシミュレーションがされているけれども、いずれにしても日本は地獄を見る。財政破綻した国がどれほどみじめか、ついこのあいだもギリシャがいい見本になってくれたではないか。

十年後か、二十年後か。あるいは五年後か。国民は平谷を呪うだろう。いい気味だ。その時を想像して矢島はざまあみろと思う。しかし困るのは、今財務大臣をやっている自分も共犯になってしまうことだ。

この私が？　日本を破滅させた無能者？

耐え難かった。そんなふうに思われるなら死んだほうがましだ。いやその時には死んでいる可能性が大きいかもしれないが、死後にせよ汚辱にまみれるなど、あっていいはずがない。

やはり入閣すべきでなかったか。今からだって、何とか理由をつけて逃げ出したほうがいいのではないか。あるいはいっそ平谷と公然と対決して。

できるわけがなかった。世間からは仕事を投げ出したとしか見られないだろう。平谷だってやっていることのリスクが分かっていないわけではない。ただ彼はほかに道はないと信じて突き進んでいるのだ。そもそも中途半端な財政再建志向こそ、憲民党政権がみじめな末路を迎えた元凶ではないか。

とにかく総理大臣になるのだ。そのためにすべてを捨てるのだ。必要なら平谷にしっぽくらい振ってやろう。政権をとったら徐々に、今のあまりに危なっかしいやり方を修正する。それが日本を救う唯一の手段であり私の役割だ。

しかし平谷が禅譲を拒んだら？　奴より九つも年上の自分に次のチャンスなど巡ってくるのか？結局いつもの堂々巡りだった。自虐をにじませながら平谷内閣のやり口をくさしてみせるのが、自尊心を保つための精一杯だった。

そこをいくと、あの女なんかまったく大したもんだ。

矢島の腹立ちは平谷の腹心、安井聡美へ向かった。

あいつにはプライドなんてものはないのだろう。平谷に言われた通り、忠実に実行するのみ。何にしてもよくあれだけ働けるものだ。

ステレオタイプな見方には気をつけているし差別するつもりもないが、と矢島は一応自分にことわりを入れつつ考える。二流女子大卒の田舎者。無教養で面白みのない女。人生の愉しみも知らず、ほかに取柄（とりえ）がないからひたすら身を粉（こ）にし続ける。

盛り上がりのないまま「勉強会」は終わりの時間を迎えた。矢島は真っ先に席を立った。部屋の外で控えていた秘書と一緒に車に乗り込む。矢島の車はトヨタの一番大きなセダンだった。

この七、八年くらいだろうか、議員でも経済人でもバンを好む奴が増えている。スライドドアのほうが乗り込みやすい、頭がつかえない、広々していて寝る分にも楽だ、中で打ち合わせをする時も会議室のようだ。などなど利点がたくさんあるのは分からないでもないが、矢島は絶対に嫌だった。あんな幼稚園バスみたいな車！　威厳のかけらもない。

矢島が向かったのは自分の個人事務所だった。これは議員会館の裏のビルに入っている。すぐに補正が控えているとはいえ本予算が最速で成立した今、役所の仕事は比較的余裕があった。そこで彼は、彼本人が会わなければならないさまざまな人物、しかるべき企業なり業界団体のトップだったり、選挙区の自治体首長や地方議員だったりと面談し、それほどではない人物たちから秘書が受けた陳情その他について報告を受けた。

その日は、選挙区のとある首長が来ていた。工場の撤退をちらつかせているある企業の話だった。自分が引き止めに乗り出すことには、失敗した時の威信低下を恐れて矢島は慎重な姿勢を崩さなかったが、こっそり動いてうまくいけば手柄にしようと考えた。後釜になりそうな企業に声をかけてほしいとの依頼は引き受け、一方で工場の跡地を再開発する場合の利権の分けかたも思い描いた。

客が去り、自分もそろそろ役所に戻ろうとしていた時、上着の内ポケットの携帯が震え出した。携帯電話も矢島が嫌うものの一つだった。このご時世なので一応スマホを持ってはいるが、電話なんて基本的に秘書が取り次ぐものと思っている。むろん直接連絡を取り合うべき相手もいるが、そういう場合は一人きりの部屋にこもって電話をするのだ。こちらがどこで何をしているかおかまいなしにかかってくる無遠慮さが、世の中の連中は気にならないのだろうか。

今はバイブがすぐ止んだのでメールのようだったが、それすら矢島は必要悪とみなしていた。だからアドレスも限られた人間にしか教えていない。

何事だろうと思いつつ液晶画面に目をやった矢島は眉根を寄せた。持ち運びがわずらわしくて老眼の身におよそ不向きな小さいスマホにしているせいばかりではなかった。日本人でも名前をローマ字表記にしている場合が多いけれど、これは見出しまですべてアルファベットだった。グーグルあたりからのお知らせメールかと最初は思った。が、文字を拡大して読み取れたのは、「ISLAMIC HOLY ORGANIZATION」という三つの単語だった。

ひどいスパムだ。

対策ソフトをくぐり抜けてきたことにも感心しながら、矢島は苦笑した。迷惑メールもここまでくると手が込んでいる。

見出しは、ざっくり訳せば「神の怒りを鎮(しず)めよ」というような感じだろうか。本文も英文だった。日本語でないからフィルタリングされなかったのか。スパムにつきもののリンク先表示が見当たらない。こんなパターンは初めてだ。

どんなことが書いてあるのか、興味を惹かれて読みだした矢島は、正確に「TAKEHIKO YAJIMA」と呼びかけられていることに気づいてはっとした。そんなスパムはあるだろうか。本文中の単語を、送り先に応じて自動的に変換できるのかと考えたが、次に「SHIJEHIRO」の文字を見つけてその可能性も消えた。

成浩(しげひろ)だ。Gであるべきところが Jになっているが間違いない。背中を冷たいものが走った。これは矢島について情報を持っている者が、矢島だけに宛てて出したメールだ。イスラム神聖機構、IHOを名乗る者は、矢島の長男、成浩を捕らえたと書いていた。

成浩がどこに行っているのか。矢島は記憶をたどったが分からなかった。たぶん聞いてもいなかった。

矢島に言わせれば成浩は何者でもなかった。本人はカメラマンと思っているようだ。この七、八年は、である。

はじめ矢島のコネで広告代理店に入った成浩だったが、クリエイティブ職とかいうのでないのが不満で、三年もたたないうちに勝手に辞めてしまった。それから仲間とプロダクションを作ったのももちろん親がかり、ディレクターと名乗っていたが、矢島に頼まれて注文を出す者はいても、成浩が作ったCMが放送されることは決してなかった。

ディレクターに見切りをつけた成浩は、コピーライターに転向し、今度は言葉の才能がないと嘆きだす。いったいどういう思考回路でそうなるのか、一転デザイナーを目指し、絵も描けないと分かって、ならば写真でというのが今日に至る経緯らしい。

水着の女やら料理やらを撮っていたのではなかったか。そういえばこのところスタジオから飛び出すとか言っていた気がする。生の人間の姿がどうとかこうとか。外国にも行くようだった。英語だけは少しできるのだ。日本のまともな大学にはとても合格しそうになかったので、矢島が高校の途中からアメリカにやって恰好を整えたのである。

成浩がどこで「生の人間の姿」とやらを追いかけまわしていようが、矢島にはどうでもよかった。四十も過ぎてなお好き放題に親の脛をかじる男が自分の息子であること、しかも世間体を今以上に悪くしないために好き放題をさせておくしかないことがいたたまれなかっただけだった。

しかし矢島はその無関心を反省していた。このメールに書いてあることが起こり得る状況に、成浩が身を置いていなかったと言いきれないのに気づいたからである。

まさか。

まだその思いのほうが強かった。冷静であろうと矢島は努めた。メールの送り主が成浩を知っているのは疑いないが、知ってさえいればこのメールは書ける。矢島は文面を読み返した。

〈ＳＨＩＪＥＨＩＲＯは我が神聖機構へのスパイ活動を行い、アラーの怒りに触れた。アラーの怒りを鎮めるには、神の国を建設する事業に邁進（まいしん）している我が同盟に寄進をするほかはない。ＳＨＩＪＥＨＩＲＯの行為の重大性に鑑（かんが）み、彼の命を救うには一千万米ドルが必要である〉

及川瑞希なる女がこのあいだＩＨＯに捕まったばかりだ。極秘にされているが、矢島の耳には入れられた。日本人もターゲットになるということだ。

「どうかされましたか」

秘書に声をかけられて矢島は我に返った。

「ああ、何でもない」

言いながら、スマホの電話帳に成浩の携帯を探した。奇跡的に登録されていた。矢島はすぐにその番号に発信した。長い沈黙のあとで、電話がつながる状態にないことを伝えるお決まりのアナウンスが流れだした。回線を切って彼は事務所を出、車に乗った。車の中から、今度はメールで、すぐに折り返し連絡を寄越すようメッセージを送った。

ことを軽視すべく努力していた矢島は、財務省に着いてすぐ頭を抱えた。

単純な問題を忘れていた。成浩について知っていればこのメールは書けるとしても、送り主はどうやって父親の携帯アドレスを知ったのか？

自分が教えたのは家族のほか首相、官房長官、幹事長以下党三役クラス。あとは清政クラブのメンバーを中心とする親しい政治家、財務省の局長クラス、主だった秘書たちくらいのものだ。

成浩が教えたのだ。いや教えるよう強いられたのだ。

矢島は大臣室を歩き回った。ぶうん、という音がしてスマホに飛びついた。がそれは、さっき送ったメールが届かなかったと知らせるものだった。彼は決心した。この日いつになくスマホにたびたび触れることになった彼の指が次にタッチしたのは、外務大臣、為永明伸(ためながあきのぶ)の携帯番号だった。残念ながら為永は清政クラブではない。しかし贅沢は言っていられなかった。

「何でしょう」

すぐに出た為永だが、意外な相手に戸惑い、警戒している雰囲気も隠さず「今、会議中でして」と続けた。

「恥をしのんで、ということにならなければいいと願ってるんだが」

「はい？」

「力を貸してもらいたい」

3

二ヵ月のうちに二度となれば、邦人テロ対策課、中近東一課とも慣れたものではあった。

矢島成浩の足取りを追う作業は順調に進んだ。及川瑞希と同じく、彼もトルコに入国していた。日本から直接トルコに向かっていたため、すぐに確認が取れた。同行者の有無は不明だが、少なくとも日本を出た段階では一人のようだった。

フリージャーナリストの団体に問い合わせて、先月、シリアへの渡航方法について成浩が相談してきたことが分かった。国境を自ら越えたかどうかはともかく、近くまで行ったのは間違いないだろう。成浩をジャーナリストと呼んではほかのジャーナリストが怒るかもしれないが、その系統はボランティアとともにシリア行きの二大動機になっている。

及川の時と違っていたのは、何をするにも上への事前確認、報告が必要なことだった。いや、前だってそうだったが、細かさが段違いで、慣れで作業がスピードアップしている分を相殺してしまうほどだった。

そのことに気づいたのと、事務方のラインを通してやりとりする面倒に耐えかねたためだろう、ほどなく政治家たちは自分からやってくるようになった。テロ対策課には一度大臣さえ顔を出して課員を驚かせた。副大臣、政務官は言うに及ばずで、特に強いモチベーションがあるに違いない矢島派所属の政務官、山本幹夫などは、ほとんど一日中、二つの課を行ったり来たりしていた。

役所にとって痛恨だったことがある。矢島成浩はフリージャーナリスト団体の前に、外務省にも相談を持ち掛けていたのだ。

それが分かって、テロ対策課長の白井卓は首をすくめた。覚悟を決めて報告すると、予想通り山本は顔を真っ赤にして怒鳴った。

「どうして止めなかったんだ」

「止めました」

「もっと強硬にだな」

「いえ、止めたらその時はそうですかと、すぐ引き下がられたんです」

山本は肩透かしを食ったふうではあったけれど、別の攻め口をすぐ見つけた。

「だとしても、引き続いて注意、監視をする必要があったんじゃないか。特に矢島先生のご子息ということなら配慮すべきだろう」

「申し訳ありません」

白井は両手を身体のわきにつけて頭を下げてから小さく付け加える。

「矢島先生のことはまったく気づきませんで」

「馬鹿もん！　そんなことでよく霞が関で働いていられるな」

「申し訳ありません」

そうやって嵐が過ぎるのを白井はひたすら待った。山本もいつまでもボルテージを上げてはいられなかった。彼自身、矢島武彦の長男についてはろくでもないらしいというほかほとんど知らず、知ろうともしなかったのだから。

それにしてもとんだタマだ。役所のほうこそだまし討ちに遭ったようなものだ。

シリアに行きたいんですが、などと言ってくる素っ頓狂な連中は、実はちょくちょくいる。外務省のホームページに、絶対に行くなと赤枠で囲んで大書してあるのに、「なんとかなりませんか」とか「どうしてもだめなんですか」とか尋ねてくる神経に感心させられるが、こちらとしては「行かないでください」と繰り返すしかない。

すると連中はしたり顔で「そんなことを言う権利が国にあるんですか」とくる。

「海外渡航の自由は憲法二十二条で保障されています」

「その通りなんですが、みなさんの安全のためにお願いさせていただいております」

「私は私の権利としてシリアに行きます」

押し問答の果てはパスポートの返納命令を出したりすることになる。向こうは憤慨した口調でマスコミのインタビューを受けているが、内心は嬉しくてしょうがないのだ。

要するに連中にはハナから行く気なんかない。こちらを困らせて楽しんでいるだけだ。

本当に行きたいのなら黙って行くほうが筋としては通っている。まあそれはそれで大いに困るわけで、要注意人物はリストアップして常時所在を確認するようにしている。危ないなと思ったら電話なり直接会いに行くなりして説得する。振り切って行かれてしまうこともあるし、接触そのものを拒むのもいる。それでもこちらとしてできる限りの手を打った形は残る。

及川瑞希の場合は、外国のＮＧＯ所属ということでそういうリストにも載っていなかった。どのみち防ぎようはなかったろう。

何とも中途半端なのが矢島成浩だ。本省にやってきた時応対した職員によると、シリアの状況を説明するうち、「そんなに危ないんですか」「そりゃやっぱりやめたほうがいいですね」としきりに頭を掻くふうで、最後は時間を取らせたことを詫びながら帰っていったという。

「あんなヘタレ見たことなかったですけど、まあ安パイだと思いまして――」

打ちひしがれている職員を責めるのは酷だろう。

そういう態度は、話に聞く成浩の人物像に一致しているようにも思える。いったいどういう心境の変化でシリア行きを決行したのか。単に気が変わりやすいのか、見栄を張る心があとから盛り返したのか。何にしても今後同じようなのが現れたら気をつけないといけない。

他にも今回、及川の時と異なる点があった。

はじめから相手の連絡先が分かっている。メールに返信すればいいわけだ。ＩＨＯサイドのアドレスは及川がらみですでに一つ知らされているが、矢島成浩の時のメールは違うアドレスから発信されていた。ＩＨＯの行政機構というか軍事機構というか、あるいは犯罪機構というか、ともかくそういうものの仕組みがよく分からないけれど、別々のグループがやっているのだろう。

外務省はいろいろ考えたものの、とりあえずは定石通り、成浩の身柄がＩＨＯにあること、生きていることの確認要求を発信元のアドレスに送ってみた。二十四時間かからずに打ち返しが来た。こちらのグループは、及川を捕まえているほうより西欧的な時間感覚を持っているようだった。

添付された写真では、虚ろな目をした成浩が「ＨＥＬＰ！」と書いた紙を持って立っていた。二の腕に入れられたサソリのタトゥーをアップにしたものもあった。父親はそんなものが成浩の身体にあるなど夢にも思っていなかったが、成浩の妻が間違いなく本人のものと言った。十字架のタトゥーでなかったのがせめてもの幸いだったかもしれない。

生存証明については、電話で本人と話させるのは拒まれたものの、本人しか知らないような質問をしてみろと逆提案があった。何だかパスワードを忘れた時みたいだなと思いながらペットの種類と名前を尋ねたところ、フレンチブルドッグのリチャードと見事な答えが返ってきた。

「合格、だな」

白井は思わずつぶやいたものである。

問題はこの先だった。政府としてどうするのか？　矢島成浩と及川瑞希、同じ方針でいいのか？

身代金は支払わない。交渉もしない。大原則である。

だが矢島成浩の場合、それをのませる相手は北海道のしけた喫茶店主ではない。だいたい及川の家族に対してだって、知られれば修羅場になるに決まっているから、身代金の件を伏せてここまで来ている。例の動画が流れるまで引っ張り「今からそんな金は政府でも用意できない」と言い訳するしかないか、などとせこい議論もしているが、その時を想像するだけで頭が痛い。

なのに、だ。

重要閣僚にして、現在傍流にいるとはいえ次期首相の目もある国自党の重鎮をどう説得する？しかも矢島武彦は身代金要求を直接送り付けられている。でなくても矢島に隠し事をするわけにいかなかっただろうけれど。

逆立ちしたって白井の手には負えないので、気が楽といえば楽だった。もちろん局長、次官マターでもない。

為永は噛んでいるかもしれない。中心はやはり安井聡美だろうか。いや、矢島は安井を嫌っているようだし、さすがの安井も、実際の力関係はともかくキャリアがずっと上の矢島にめったなことは言えないだろう。首相が出てきたって、少なくとも自分のほうが下ということはないと思っている矢島相手にどこまで影響力を持てるか。

ここで白井は気づいた。

矢島は、言われなくても国の方針に従うのかもしれない。

役人にも一般人と感覚がかけ離れた部分はあるけれど、子供か国かどちらかを選ぶとなれば多くは子供を優先するだろう。辞職くらいするかもしれないが。

政治家は違う気がする。彼らは仮にも選挙で何万という人間の負託を受け、地域社会やら業界やらもろもろの利害を背負って、絶えることのない権力闘争の中を生きている。

それも一つの生き方だ。政治と地続きの世界の住人であり、今回の件については、矢島が政治家らしい判断をすることで恩恵を受ける立場の白井としては、それを否定するのは天に唾するようなものだろう。

しかし哀しいと思った。

ほとんどの人間にはたどり着けない、自らの選択が可能な立場にいながら、あるいはいるがゆえに、強制されたのと変わらない判断に導かれてしまうとしたら、力というものはいったい、何のためにあるのだろう。何とつまらないものだろう。

もっとも白井はこのごろ、もう少し自分に力があったならと嘆くこともしきりだった。

異動の凍結がさらに長引きそうな課員たちに何がしかの手当を出してやりたかったけれど、局長には切り出せないままだった。自腹で奢ってやるくらいしかないだろうか。彼自身、またまたの連続泊まり込みで、腸が不調におちいりかけていた。

4

深紅のビロード地のクラシックなソファに身体を預けて、矢島芳恵(よしえ)は吹き抜けの天井をぼんやり眺めていた。

シャンデリアが、三十畳はあるリビングの白い壁とやはり真っ白な大理石の床を煌々(こうこう)と照らしている。しかし今の芳恵には、自分で選んだこのインテリアのいき過ぎた明るさが耐え難かった。つけっ放しのテレビの音がこだまするように響くのもにわかにわずらわしくなって、芳恵はリモコンを取り上げ電源を切った。

「麻紀(まき)さん」

二階に向かって二度声を張り上げたが返事はなかった。芳恵は階段を上がり、吹き抜けにバルコニーのように張り出した廊下に並んでいるドアの一つをノックした。

ややあってごそごそと物音がし、矢島麻紀が顔を出した。後ろで犬が芳恵に敵意をむき出しにした視線を向けている。麻紀はジーンズにカットソー姿だった。髪の乱れは直したようだがカットソーが皺だらけなのを芳恵は見逃さなかった。目もしょぼついている。

「あなた、先にお風呂入って頂戴(ちょうだい)。それで寝るといいわ。矢島が帰ったら、話聞いときますから」

「お義母(かあ)さまがお先に――」

「私は後のほうがいいの」

「でもお義母さまこそ――」

しかし麻紀はその先に続ける言葉を思いつかなかったようだった。考えるのが面倒になったのかもしれない。

「じゃあお言葉に甘えます」

そうつぶやいて頭を下げた麻紀は、しばらくすると、リビングに戻った芳恵の視線を避けるように縮こまりながら降りてきて風呂場に向かった。

シャワーの音がかすかに聞こえてくる。風呂場まで何枚もドアを隔てているから気のせいかもしれない。それでも芳恵には、贅沢な湯の使い方をしている麻紀の姿が見えるようだった。

成浩が人質になったと分かってから五日、何よりきついのが、この嫁と一緒にいなければならないことだった。向こうだってうんざりだろう。日中はお手伝いが来るし、外務省の職員がひんぴんと訪れるのも鬱陶しいながら彼女の存在を薄れさせてくれるが、夜は二人きりなのである。あげく向こうは籠城（ろうじょう）だ。

一人ずつでは心細いだろうと、余計な気を回して麻紀をこの家に来させた夫が恨めしかった。まったくあの人は、こういうことが何も分かっていない。

麻紀が成浩とくっついたのは財産目当てに決まっている。女優だなんて笑わせる。昔ドラマに出ていたといっても、セリフもないちょい役だったのではないか。今は仕事などあるはずがない。でなかったら何日もここにいられるのがおかしい。それでいて子供も作らずいつまでもふらふら、だらだら。頭と目が不格好に大きい犬の心配ばかりして、ここにまで連れてきた。部屋が汚れたらどうしてくれるのだろう。

こんなことになって何を思っているのか。きっと身代金の心配だろう。十億なんか払えるのかと疑っているのではないか。よしんば払えても、それでは自分には何も回ってこなくなるとやきもきしているのではないか。

馬鹿な女！　私の夫がいったいどれくらいのお金を動かせるか、分かっているのか。あの人は財務大臣なのだ。九十何兆だったかの日本の予算を取り仕切っているのだ。

もちろんそれはうちのお金というわけじゃない。だけどあの人が自分のために使えるお金だってたいしたものだ。私もそんなによく分かっていないけれど、選挙のたび一億二億ですまない金を使ってきたのは知っている。成浩のためならば、十億くらいどうにでもしてくれるはずだ。そりゃそのあとちょっとくらい苦しくなるかもしれないけれど、それが何だというのだ。

ああ、可哀想な成浩。

息子の顔を思い浮かべようとした途端、涙で視界がぼやけた。

どうしてそんな野蛮なところにわざわざ出かけていったの。

いいえ、ママは分かってる。成浩は思ってるのよね。同じ人間同士、分かり合えるはずだって。話をすれば仲良くなれるって。だから試しにいったんだわね。世界中で一番ひどいっていわれてる国へ。あなたの考えはとても素敵だわ。

ただ残念だけど甘いのよ。それは認めなくちゃいけない。パパがよく言うじゃない。現実ってものも見つめなきゃいかんぞって。そこを成浩はどうしても納得してくれないのよね。仕事がなかなか軌道にのらないのもそのへんだわね。

仕事だったら別に構わないの。成浩には、そんなことどうでもよくしちゃういいところがいっぱいあるんだから。でも今度のはだめ。牢屋を作ってでも閉じ込めておくんだったわ。でなきゃ、鎖につないどくんだった。

私がいけないのよね。麻紀を信用しすぎた。それくらい気をつけてくれてるだろうって。自分のことしか考えてないものね、あの女は。

ちょうどその時、麻紀が風呂から上がってきた。バスローブ姿で、やっぱり縮こまってリビングを横切り、芳恵の前を通る時観念したように「お先でした」と言った。それから弁解するみたいに「お義父さまから聞いたほうがいいお話があるようでしたら起こしてください」と付け加えた。

「大丈夫よ。大きなことだったら電話ででもすぐ知らせてくるはずだから」

冷たく答えると、麻紀は会釈して、あてがわれている部屋に戻った。待ちかねていた犬がきゃんきゃんはしゃいだ。加えてドライヤーの癇(かん)に障る風音が、今度ははっきり耳に届いた。洗面所でやればいいのに。風呂を早く空けたとアピールしたいのか。

麻紀のことは忘れようと、芳恵は成浩の子供時代を回想しはじめた。

目のぱっちりしたハンサムな子供だった。体形も、ずんぐりした父親に似ず、手足の長い、今の子供を先取りしたようなスタイルだった。ただそれをちょっと持て余しているふうなところもあって、かけっこだのボール投げだのはあまり得意でなかったけれど、とにかく可愛かった。

成浩はいつもにこにこしていた。幼稚園の先生から、矢島くんは毎日楽しそうにしているね、と褒められた。クラスの友達とも仲良しだった。

でも大喧嘩もあった。芳恵が見ていたわけではないけれど、乱暴な子に突き転ばされ、お返しに嚙みついたのだ。その子は結構な血を出して芳恵が園に呼ばれた。成浩は泣きはらした目でふてくされていた。

先生の説明では、お遊戯会で成浩は王様の役をやることになっていたのだが、木こりたちが大勢で踊るダンスもやりたがった。じゃあ、王様を誰かと交代する？　先生が尋ねたけれども、成浩は両方をやりたいのだった。役は一つしかできないんだとしたり顔で言ったその子に成浩は怒って突っかかった。でも向こうのほうが力が強かった。

芳恵としては、友達を噛んだりしちゃだめでしょとたしなめるしかなかった。成浩はまた泣き出した。

「分かったよ、そんなにやりたいんなら両方やっていいよ」

根負けしたように先生が言った時の、成浩の嬉しそうな顔といったら。

雲の切れ間から陽の光が差し込んでくるたとえそのままに、ぐしゃぐしゃに濡れていた顔に笑顔が広がった。やった、と叫んでぴょんぴょん跳び上がった。今泣いてたカラスがもうわーらった、と芳恵がからかうのさえ気がつかない様子で、はやく木こりの衣装が着たいと先生をクラスの部屋へ引っ張っていった。

あのころからきっと、表現するってことに興味があったんだわ。きっと才能はあるのだ。すごい才能ではないかもしれないけれど、少なくともそういう世界で人並みにやっていける程度にはあるはずだ。だって、売れている人たちだって、みんながみんな大したものだとは思えないから。要するに何かのきっかけなのだ。それを見つけてあげられたら。親として、うまく導けていないのが悔しい。挙句にあんな女に——。

ありがたいことに、いつの間にかドライヤーは止まっていた。芳恵は階段をきしませないよう用心しながらそっと二階に上がり、麻紀の部屋の前に立った。建て付けがいいので確かめるのに苦労したが、中の灯りは消えているようだった。ドアに耳をつけても人が動く気配はない。

よく寝られるものだわ。

胸のうちで毒づいてまた階段を降りる。マントルピース風にしつらえたスペースの上の置き時計に目をやると十一時二十分だった。

夫を意地でも待つと決めていた。しかし神経が持ちそうになかった。成浩の思い出は辛さを増幅しただけだった。

芳恵はリビングから食堂に移動し、セラーから適当に出してきたワインをテーブルに置いた。酒はあまり好きではなかったが、中ではワインが一番ましだった。

自分でやったことがほとんどないので、コルク抜きの使い方がよく分からなかった。ねじ込み方が足りなかったのかもしれない。引っ張り上げようとすると途中でコルクが千切れた。仕方ないので、箸で瓶の中に落とし込んでグラスに注ぐ。血の色に見えたのを振り払うように、一気に半分くらい飲んだ。胃が熱くなった。確かに、アルコールが身体に入ることで、追い払いたい何かが押し出される感覚はあった。さっきより慎重に、しかし確実に効果が出そうな量をまた口に含んだ。

家の前に車の停まる音がしたのはそれから一時間近くあと、日付が変わってからだった。大臣警護で門の脇に二十四時間立っている警察官をねぎらう夫の声。いかにも夫好みのずっしりとした車のドア音。車が走り去る音。門扉(もんぴ)の音。

そのために起きていたのに、芳恵は立ち上がらなかった。玄関の鍵ががちゃがちゃいい、リビングに通じるドアが開いて、食堂の入り口に矢島武彦が立っても、彼女は肘(ひじ)をテーブルについたままワイングラスを両手で目の前に掲げていた。

「飲んでるのか」

矢島は言った。「まあ、仕方ないな」

「どうなったの?」

答える前に、一瞬矢島が躊躇(ちゅうちょ)したように芳恵には思えた。

「今日は何もない」

「それなのに遅かったのね」

「当たり前だ」

矢島は声を少し尖らせた。「成浩のことばかりやってるわけじゃない。財務省のほうは普通にあるんだぞ」

「それが分からないのよ、私には」

「前に説明しただろう。世間を騒がせるのは最小限にせにゃならん。今ことを公にできんのだ。とすると私もいつも通りに仕事をこなさなきゃいかんだろう」

「どうして隠す必要があるの？　日本の中の話で、子供が誘拐されたとかなら納得よ。でもＩＨＯってそんなのじゃないでしょ？　警察に知らせるな、とか言ってきてないでしょ？　関係ないじゃない、どっちみち手出しできないんだから」

「少なくとも、公にするメリットはない」

威厳を込めたつもりで言ったらしい矢島に、しかし芳恵は反論した。

「あるわ。あなたが成浩のことに堂々と専念できるってメリットが」

急所を突いたようだった。矢島はしばし絶句してから口調を変えて言った。

「それはだな――お前には分からんことがいろいろあるんだ」

「分かるか分からないか、聞いてみないと分からないわ」

「よさないか。酔ってるだろう。この話は明日だ」

「ねえ」

グラスを脇に押しやって、芳恵は夫のほうに身を乗り出した。

「お金、大丈夫よね？」

矢島の目がしばたたかれた。

「何のことだ」

「決まってるでしょ。身代金よ。十億。足りないの？　足りないから、払うってすぐ向こうに言えないの？　だったら私もできる限りのことはするわよ。田代のほうだって」

芳恵は実家の名を出した。矢島の選挙区がある群馬で、バス会社を中心に不動産やリゾート施設を手広く経営している。

「ご存知の通り貧乏ってわけじゃないわ。何だったら私が頼んであげるけど」

「今はとにかく私たちだけのことに」

どうして、と叫びかけて芳恵ははっとした。急いでリビングに行くと案の定だった。閉まる寸前のドアの隙間に、麻紀の寝間着の淡いピンクが見えた。

「寝るからな」

思いがけず逃げ出すチャンスをもらった矢島はすでに奥に向かいかけていた。風呂は、と尋ねたが、朝、シャワーにするとそのまま引っ込んでしまった。寝室に追いかけていっても無駄だろう。とにかく明日、で押し通されるか寝たふりか。

でも私だって諦めない。一日も早く成浩に会いたい。子供の時と同じあの笑顔を見たい。そう、今度のことが終わった時なら、抱きしめたっておかしくはないだろう。

思いがけない目標を見つけて芳恵は頬を緩めた。

だって私はあの子の母親なんだから。

5

矢島武彦は苦悩していた。

これほどの苦悩を味わう人間は世界中探したってそれほどいまい、と確信できるほどの苦悩だった。

苦悩すること自体の罪深さがいっそう彼を苦しめた。なるほど、有無を言わさず息子を奪われた人間に比べれば、俺は不幸ではないのだろう。しかし正直なところ、選択肢がないほうがましだった。

矢島が何より感じているのは成浩への腹立ちだ。

どこまで面倒をかけるつもりなんだ！

メールの数字をもう一度見た。それがどれくらいの額なのか、いちいち円に換算しなくても矢島にはもちろん理解できる。

半端な額ではない。しかしどうにもならない額でもない。交渉次第でかなり値切れるらしいことも、身代金を払ったと言われる国の情報として耳にしたことがあった。どちらかというと気になったのは、及川瑞希について聞いている身代金よりずいぶん安かったことだ。どうしてそうなるのだ？　バカ息子だとしたって、俺の息子にそこいらの小娘ほどの値打ちもないわけはない。

当初は、おそらくは憤慨から形を変えた英雄的な昂ぶりが矢島を支配していた。確かに成浩は愚かだったが、だからこそ救ってやらねばならない。アメリカの方針は承知しているけれど、そうしている国があるのだから、こっそり身代金を払うこともできなくはないはずだ。自分にはその力がある。もちろんしかるべき犠牲は必要だろうが。

それは誇らしく、美しい父親の姿だった。

「すまない」

滅多に下げることのない頭を為永明伸に垂れてみせたのも、続いて官邸に赴いて、平谷英樹、安井聡美の前で涙まで浮かべたのも、その昂ぶりの中でのことだ。

平谷も矢島の迫力に押されたのではないだろうか。作り物だとしても、沈痛な面持ちで矢島を迎え、肩に手をかけまでした。慰めの言葉を並べたあとは多くを語らなかった。

「申し訳ないのですが、我々に出来ることは限られています」

別れ際になってようやくそうつぶやいたのが平谷の精一杯だった。それも安井の目くばせがなかったら呑み込んでいたかもしれない。

そのころは本当に、身代金を支払うつもりだった。だが時が経つにつれ昂ぶりは少しずつ冷めた。そして矢島は隠れていた感情を発見した。

本当に自分は成浩を救いたいのだろうか。

ぽつんと浮かんだ疑問が、心の中を転がるうち雪だるまみたいに成長した。長年抱き続けていた成浩への疎ましさを矢島は思い出した。走り出す矢先にガス欠を起こしたみたいにエンジンは回転を止め、代わりに計算機が動き始めた。

しかるべき犠牲とは何だ。俺はいったい何を差し出そうとしているんだ。

金については我慢できる。妻の芳恵は大きな誤解をしている。ただ、金といっしょにテロリストとの対決姿勢も一緒に差し出すことは、最初に検討した以上に厄介な問題だと分かってきた。

日本は、世界の中でも特に、アメリカにすり寄ることに存立基盤を置いている国だ。憲民党政権の失敗は、緊縮財政と並んでアメリカの怒りを買ったことに起因していた。ほんのちょっと反抗の芽を見せただけで、アメリカは日本を突き放し、後ろ盾を失ったとみなされた日本は、どこの国からも軽く扱われた。

いくらしらばっくれたって、人質が解放されれば金が支払われたと分かる。たとえ全額を個人資産でまかなったとしても、身代金の支払いを容認する日本政府の姿勢そのものをアメリカは問題にする。日米関係を旧に復することを唱えて政権に返り咲いた国自党の政治家として、矢島がかなり困難な立場に置かれるのは間違いない。

首相なんて、夢のまた夢ということではないか！

今の日本の空気そのものも、自分探しでのこのこシリアに出かけるような手合いに非常に厳しい。金にあかせて助けたとなれば、矢島も嘲笑の対象になりかねない。国自党を離れて政治家としてやっていくことさえ難しいだろう。

失うものの大きさに気づいて矢島は慄然（りつぜん）とした。

分かっていたはずだが、昂ぶりに紛れて正視しなかった。ただ、今振り返れば、心のどこかに自分をいましめる声があったかもしれない。金を出します、とは誰にも明言していない。無意識に、引く余地を残していたかのようでもある。

エンジンが逆回転しだした。

成浩は自業自得だ。

他人が同じことをすればそう思うのだから、息子にだって同じ姿勢で臨むべきだろう。でなければダブルスタンダードという奴だ。

だいたいあいつにはとっくに見切りをつけていたんだ。

矢島にはもう一人子供がいた。成浩の四つ下になる次男、健司（けんじ）である。

健司は成浩とは比べものにならない出来のいい息子だった。矢島と同じ東大の法学部を出て、彼は経済産業省に行った。というのが癪（しゃく）だが、財務省からトップ省庁の座を奪おうとしている役所である。平谷政権の引き立てで、そこで十分な経験を積み、上層部の評価も高い。

矢島は三、四年のうちに健司を政策秘書にするつもりだった。地元の参議院に空きができれば出してもいいし、衆議院のブロック比例区という手もある。いずれにしてもゆくゆくは自分の地盤を継がせる。

健司だけでいいじゃないか。成浩みたいなのがいると健司の足まで引っ張りかねん。だが逆に——。


さらに矢島はシミュレーションを続けてゆく。

身代金は払わないと、逆に宣言したらどうだ。

会見室でマイクに向かっている自分の姿を思い浮かべた。

「わたくしの長男、成浩はテロリストに捕らえられ、一千万ドルを支払わなければ殺すと脅されています。ただの脅しと思いたいですが、これまでのＩＨＯの蛮行からして、そうではない可能性を否定することはできないでしょう」

矢島は胸を反らせて続ける。

「ですが我が国は国際社会の責任ある一員として、テロリスト集団を利する行動を断固排さねばなりません。そしてわたくしの息子も国民の一人として、我が国が義務を果たすことを願っているに違いありません」

ここでひと息を入れ、カメラを見つめたまま一気にしゃべる。

「まことに残念ながら、今回の事態は成浩自身の軽率な行動が招いた結果であります。彼は深く悔いているでしょう。脅されて助けを求めるポーズをとっていても、決して本心からではないはずです。彼には至らぬところ、心の弱いところが多々ございますが、日本人としての誇りを忘れるような人間でないことは——」

矢島は声を詰まらせ、しかし涙をこらえて絞り出す。

「親として確信しております」

どうだ平谷よ。イメージ戦略とパフォーマンスはお前の専売特許じゃないんだぞ。

国民は俺に同情し、感嘆し、熱狂してくれるだろう。そんな俺が政権の重要ポストにいることは、参院選にも計り知れない好影響をもたらすだろう。

でなくても国自党はそこそこ勝つはずだが、もっと議席を伸ばせるだろう。大事なのは、勝利の立役者が、平谷ではなく俺になることだ。手柄を奪い取ってやる。勝つだけでは平谷に長期政権のパスポートを渡してやるようなものだが、党勢を盤石にしつつ奴を追い落とすウルトラCが可能になる。真の安定政権が俺のものになる。

想像にうっとりする矢島は、しかし今度は真逆の怖れにとらわれるのである。

お前は何ということを考えているのだ。

自分の立身のために人命、それも息子の命を犠牲にするなど、到底許されることではない。政治家として損得勘定で動くのに慣れ過ぎて、心がおかしくなっているのではないか。親子の情というものは深遠でなくてはならぬ——。

いやいや。

別の声もまた聞こえる。お前は別に、首相になりたいためだけに息子に命を捨てさせるわけじゃない。それによって日本の名誉と国益が守られるのだ。首相の座は結果に過ぎない。恥じる必要などない。

親子の情だって神聖視されるのはおかしい。徳川家康は、織田信長に忠誠心を示すために息子信康を切腹させた。そんな例は枚挙にいとまがない。

信康も長男だった。優秀だと言われていたのに、彼が死んだため、関ケ原に遅参した臆病者の弟、秀忠に将軍職が回ってくる。成浩を捨てるのははるかに罪のない判断ではないか。

迷いに迷い、床についても考え続けでろくすっぽ寝られなくなった矢島は、国会の審議中に居眠りをくり返し、辛うじて起きていても答弁がとんちんかんになった。

早く決めねばという焦りがいっそう彼を追い詰めた。でなくてもいつまでも結論を先のばしにするわけにいかない。ＩＨＯ側のレスポンスのよさは、こちらにもそれに応じたスピードを求めているものと考えられたからだ。

「どうするんです？　お支払いになるおつもりだったら、いろいろこっちも手を打たせてもらわないといけないんですがねえ」

面と向かって尋ねてはこないものの、外務省の連中がそう思っているのは明らかだった。後ろにいる官邸軍団も苛立っているだろう。大いに苛立たせてはやりたいが、このままでは自分が先にやられてしまいそうだ――。

発覚直後の報告以降も平谷と顔を合わせる機会が何度かあったものの、この件を話すのは避けていた矢島だった。しかしＩＨＯが安否確認に応じてから明日で一週間という日、ついに会談を申し入れた。

平谷は、矢島の個人事務所から目と鼻の先のホテルを会談場所に指定してきた。官邸への人の出入りは常にマスコミに監視されている。財務大臣が来ること自体不思議はないが、動揺が表に出て勘繰られたら厄介だ。矢島を呼びつける恰好になるのを避ける配慮もあったのだろう。一方で安井の同席も求められた。一対一が矢島の希望だったが、強く主張はしなかった。というよりそこまでの気力がなかった。

用意されたスイートルームに矢島が着くと、すでに二人が待っていた。党が、こうした秘密度の高い案件のために常時押さえている部屋だ。スイートなのは伊達でなく、ある程度の人数の会議や、泊まり込みになる場合も考えているからだ。もっともその日は、廊下にSPがいるものの、部屋の中は三人だけだった。居間の応接セットの端っこで、矢島は平谷と向き合った。安井は平谷の脇に陣取った。それぞれの席に座る前、三人は握手を交わした。

「このような場を設けていただいたことに感謝します」

矢島はそう口火を切った。

「こちらこそ、先生のご心労お察しいたしますよ」

平谷が応じ、安井もうなずいた。が彼女の視線は探るように矢島に向けられ、心中の動きを一切見逃すまいとしているようだった。

矢島は安井を気にしないよう、かつこの場の主導権を握っているのが自分であることを相手に意識させるべく努めた。少し上半身を前傾させ、平谷と目を合わせて重々しい声を作る。

「ありとあらゆる要素を考えさせてもらいました」

平谷が小さくうなずいた。

「私の立場は、ご理解いただけると思いますが極めて複雑です。ただ個人的な感情に引きずられるべきではないでしょう」

安井の目の奥がかすかに色を変えたように思った。しかし矢島は続けた。

「一方で、私の感情を超えて、人命が尊重されるべき究極の価値であることも論を待ちますまい」

「もちろんですとも」

平谷はまたうなずいた。だが矢島の言わんとすることが読めなくなって戸惑っているのが感じられる。

「国民の多数は、私同様に息子を愚かな人間と考えるでしょう。しかし、だとしても見殺しにするには忍びないという意見が無視できぬ数あるはずです。人命か、テロには屈しないという政治的理念か。結局は国家の意志の問題なのです。日本がどのような国であろうとするのか、と言い換えてもいい」

矢島は手を膝に置いて頭を下げた。しかし胸は逆に張って、服従のニュアンスが混じらないよう注意した。

「私はすべてを総理のご判断にお委ねしたい。内閣の一員としてだけではない、日本人として、人間としてそうするのが最善であると考えるに至りました」

しばらくのあいだ平谷は黙っていた。

「それでよろしいのですか」

「総理を信じております」

「顔をお上げください」

平谷に言われてから五秒ほど間をあけて、矢島は姿勢を戻した。平谷の芝居がかった口調が部屋に響いた。

「承りました。お気持ち、ありがたく存じます。私も全力を尽くしたいと思います」

矢島は立ち上がって平谷と安井の手を握った。長居は無用だ。ボールを向こうに渡したのだからさっさと立ち去ったほうがいい。

「難しいでしょうが、少しでもお休みになるのがいいと思いますわ」

安井が握り返してきた手に言葉を添えたのに、国会での失態をあてこすっているのかと矢島は一瞬むっとした。しかしなすべきことをなしおえた安堵が勝った。せずに済ませた安堵というべきなのかもしれないが。

ともかくうまく立ち回れた。そう自分に言い聞かせた。どちらに転んでも責任を問われるのは平谷だ。俺は悲劇の父親の役割が回ってきた時だけ、首相にすべてを委ねたと強調すればいい。それで十分点数を稼げる——。


矢島がいなくなった部屋で、平谷は安井に笑いかけた。

「思った通りだったな、タヌキめ」

「お逃げになりましたね。無理からぬことでしょうけれど」

うつむき加減に安井は言った。彼女は地味なグレーのスーツを着ていた。女の政治家は華やかな色の服を好むことが多く、それが選挙で有利なども言われるのだが、安井はいつもこんな感じだった。

「しかし、説得の手間がなくなったのはいいとして、貸しとまでは言えないんじゃないか。結果的にしたって私が、奴の息子を死なせることになるんだぞ」

「貸しです。矢島先生も七割か八割方はそちらに気持ちがいってらっしゃるんです。ただ自分の手を汚すのが耐えられないんです。無理からぬことです」

さっきと同じ言葉を繰り返してから、安井は付け加えた。

「ですが、甘いと言われても仕方ありません」

6

平谷英樹に厄介ごとを押し付けてからの数日間、矢島武彦は心身ともに爽快だった。

霧のかかったようだった頭はすっきり冴え、財務省の役人たちのブリーフィングもすらすら理解して鋭い質問を連発した。彼らには数人を除いていきさつを伝えておらず、みっともない姿を見せてしまった言い訳もできなかったのだ。

どうだ、本来の俺はこんなものだ。

清政クラブでは、為替相場の先行きについてメンバーの勉強不足を叱りつつ上機嫌に解説してやった。このところ控えていた夜の会合も、取り戻すようにはしごした。「大丈夫ですか」と、事情を知っている秘書が心配したくらいだ。

ただ矢島は、自宅でだけは相変わらずの緊張にさらされていた。

妻の芳恵である。何時に帰っても必ず待ち構えている。大抵は酒を飲んでいて、成浩のことを問い質(ただ)してくる。

「お金、払うってまだ言ってないの?」

ど真ん中の剛速球だ。永田町や霞が関では絶対に使われない球種である。矢島はそれにどう対処すべきか分からない。思い切り振ればいいのかもしれないが、当ててもバットが折れてしまいそうだ。といって見逃しているだけではどんどん追い込まれる。

「いろいろあるんだ」

「何があるのか知らないけど、あなたメールアドレス知ってるんでしょ。あなたのケータイに来たんだから。返信したらおしまいじゃないの。英語得意でしょ？」

ファウルで粘ろうとしてもだめだ。球が速すぎる。そして最後はいつもこうなる。

「お金、足りないの？　もう私、田代の家に頼んじゃうわよ」

「それはダメだ。困るんだ」

矢島は必死に言い募る。

「話が外に漏れたら、ＩＨＯは成浩を殺してしまうかもしれない」

「何でそうなるの。あなた、前はそんなこと言ってなかったじゃない」

「このあいだ来たメールで急に話が出てきたんだよ」

苦しい言い訳をする矢島に、芳恵は容赦なく迫った。

「あなた、どうして嘘ばっかりつくの。事情があるのなら私にも教えて頂戴よ。私はあの子の母親なのよ！」

一度、芳恵から逃れるために出張と偽って財務省近くのホテルに泊まった。もちろん本当の出張も騒動が起こって以降何回かあり、その時は何事もなかったのだが、芳恵は秘書に裏取りをしていたらしい。出張なんかないはずだとスマホに電話がかかってきた。

必死にごまかしてあとは無視した。次の日の夜までに数えきれない着信とメールが来た。家に帰らないとどうなるか恐ろしく、言い訳をシミュレーションし、芳恵の情報源となりそうなところとも徹底的に口裏を合わせて乗りきったが、妻が芯から納得したわけでないのははっきり伝わってきた。

適当なところで、平谷に「すべてを委ねた」話をするつもりだった。しかし、客観的に見て十中八九、平谷は身代金要求を無視するだろう。芳恵の鼻息の荒さを目の当たりにして、どうにも言い出せなくなった。あいまいにしているから余計彼女はいきり立つ。悪循環である。

どうして最初に、身代金のことを話してしまったんだろう――。

後悔しきりの矢島であった。そういえば外務省の次官も、奥さんに伝えるのは慎重にされたほうがなんて言っていたな。及川瑞希の家族には伏せているとも聞いた。その時は気に留めなかった。思い返すに、あのころは自分も成浩を救い出すほうに心が向いていたからだろう。

「私が何とかする」

そう胸を張った憶えがある。今も「大丈夫だ、何とかする」と連発してはいるものの、いかにも軽い言葉になっているのが自分でも分かる。

今何とかしなければならないのは芳恵だ。

女というものはどうして理屈を受け付けようとしないのだろう。

自分だって、成浩を見殺しにしたいわけじゃない。助かってほしいと願っている。その気持ちは芳恵と変わらない。しかし――。

冷静にことの軽重を計れば、成浩のために何でもしてやるわけにはいかんのだ。そこを分かってもらいたい。そりゃ俺だって辛い。自分で成浩に引導を渡すのは辛すぎるから、平谷に任せる形にしたのだ。

いやいや、俺は成浩に引導を渡したいわけじゃないぞ。平谷がどうでるか、まだ決まったわけじゃないんだし。

慌てて矢島は自分に言い聞かせる。

何より言いたいのは、俺が利害関係者だってことなんだ。社会常識的にも、利害関係者は決定に参加しちゃいけないんだ。

女には、そのあたりが分からない。女性差別で言うんじゃない。女にだって優秀なのはいる。安井聡美はともかく——役所の幹部に上がってきてるのなんかそりゃ大したものだ。ただ一般的に、女は感情に走って本質を見失いがちだ。生物学的にきっとそうなのだ。

それにしても、妻があそこまでうるさい女になるとは。子供の話になるとまるで見境がない。成浩の嫁もわけのわからない女だが、ヒステリックでないのは助かる。やっぱり女は、夫より息子ってことかもしれないが。

芳恵からすれば、麻紀は愛する息子を奪っておいて孫も産まないとんでもない女なのだろう。ちょっと気の毒な気もする。そりゃ俺だって少子化は危惧しているけれど、強制できることじゃない。俺は国自党だけどリベラルな価値観だって分かるんだ。うちの孫は健司のところにもういるんだし、それで十分だ。

麻紀を夫の実家に来させたのがよかったのかどうか、矢島は評価しかねていた。芳恵の機嫌を悪くするマイナスが大きい気がする一方、攻撃対象が分散する分、矢島への当たりが弱くなるとも考えられる。いや、もともとは純粋に二人のためを思っての発案だったのだ。ここまで険悪とは知らなかった。やめてもいいのだが、矢島を含めみんなきっかけをつかめない。

しょうがない、これもそのうち何とかなるだろう。

矢島はその朝も逃げるように家を出た。車に乗っているあいだにスマホが震え出して、見るとＩＨＯだった。

来たか。

内容は想像した通り、身代金要求の諾否を迫るものだった。ざっと目を通して矢島はスマホを胸ポケットにしまった。ＩＨＯからのメールは自動的に外務省に転送されるようにしてある。テロ対策課からはなかなか反応がなかった。まだ開庁時間ではないが、テロ対策課には関係あるまい。だらけてきたのかとちょっとむっとした。

個人事務所に立ち寄ったあと早めに財務省に向かい、九時を待った。それでも何も言ってこない。矢島はとうとう自分から電話をかけた。

「ああ、これは大臣」

課長の白井卓の、のんびりとした声が聞こえた。

「ＩＨＯからメールが来たぞ。転送されなかったのかね」

「いただきました、いただきました」

「どうするんだ」

「あ、ご報告したほうがよろしかったですか」

「当たり前だろう」

思いがけない返事に、怒りを顕にして矢島は言った。

「私に報告せず誰に報告するんだ」

「安井長官から、この件は任せていただいたからと連絡を受けましたもので」

「だからと言って当事者に一言もなくていいわけがないだろう」

「ええ、ええ。分かりました。分かりました」

いちいち言葉を繰り返されるのが、何とも矢島の癇に障った。白井は謝りもしない。

「じゃあこれから、決まったことはお知らせするようにいたします」

この時は卓上の電話でかけていた受話器を叩き付けかけて、矢島は肝心のことを聞いていなかったのに気づいた。

「で、どうすることにしたんだ」

「しばらく放っておきます」

「それだけか」

「また催促があるようでしたら、我が国はイスラムを敵視していないといったような話をすると思いますが――そのあたりは安井長官に聞いていただいたほうがよろしいかと」

「もういい」

今度こそ電話を切り、即座に安井の携帯を鳴らした。が安井は出ない。矢島は悪態をついた。もっともその日は閣議の日だった。一時間もしないうちに安井も平谷もつかまえられる。

矢島はいくつかの決裁をこなしてから官邸に向かった。恒例の閣議前の撮影では、指定席である平谷の隣に座り、他愛ない冗談と笑顔を交わした。政府提出の独立行政法人の機構改革に関する法案だの、皇太子の外国訪問だの、閣議の議題もどうでもいいものばかりで、実際、それぞれに花押（かおう）を書き終わるまで五分少々しかかからなかった。大臣たちが立ち上がる中、矢島は目当ての二人に声をかけた。

「総理。安井くん」

「すみません、総理はこれからドイツ大使との面会が入っておりまして」

安井が平谷とのあいだに入るように近寄ってきて言った。

「私なら、少しはうかがえます」

「そうなんだ先生。すみませんが」

平谷は会釈してさっさと閣議室を出ていく。

「私の部屋へいらっしゃいますか?」

「いや、ここでいい」

二人だけが残った閣議室の隅に矢島は安井を引っ張っていった。すると安井はぺこりと頭を下げた。

「先ほどはお電話いただいておりましたのに出られませんで、申し訳ありませんでした」

そして矢島を見上げるように言った。

「その件ですね?」

「そうだ」

矢島はくじかれた勢いを取り戻そうとまくしたてた。安井はただじっと聞いていた。少し気味悪くなっていったんしゃべるのをやめたその時、彼女が口を開いた。

「といたしますと先生は、やはりこの件の方針決定に関与し続けられるご意向でらっしゃいますか」

「いや――」

矢島は詰まった。

「そんなことは言っていない。総理にお任せしたんだから。ただ、何がどうなっているのか私がまったく知らされないのはどんなものかと疑問を述べてるんだ」

「承知いたしました。先生に隠すとか、そういうつもりは毛頭なかったのですが、誤解を招きましたのならまことに申し訳ありません。いずれにしましても以後改めさせます」

安井はもう一度頭を下げ「では、私はこれから記者会見をしなければなりませんので」とつぶやいた。

「財務省は、今日は閣議後の大臣会見をなさらないのですか？」

「あ、ああ。そうだ。私も行かねば」

安井は先に立ってドアを開けた。閣議室を後にした矢島が振り返ると、彼女は背中を向けて小走りに遠ざかっていくところだった。

ふん、そんなに忙しいか。

胸のうちで吐き捨てたが、あしらわれた感覚を振り払うことはできなかった。こみ上げる激情をこらえて矢島も歩き出した。ここで取り乱しては安井の思うつぼだった。

「待たせたな」

秘書にいらだちを気取られぬよう気をつけつつ、矢島は車に乗り込んだ。しかし彼は自分の心に気をとられて、もう一方の脅威への用心を忘れていた。

7

外務省の職員が矢島邸にやって来たのは午前十一時を少し回ったところだったが、矢島芳恵はすでに数杯のワインを口にしていた。

もともと昼間にすることといえば買い物か、友達と展覧会や映画に出かけるくらいだったから、どれも楽しむ気分になれない今、手持無沙汰になるのは当然だった。

酒の味は相変わらず分からなかったが、少なくともワインなら、チョコレートやケーキとセットでも大丈夫だと発見したのが、明るいうちから飲みだす引き金になった。怖くもなかったが、欧米ではランチでワインは常識らしい、という婦人雑誌から得た情報で自分を納得させた。
飲む最大の効用は時間がいつの間にか過ぎることと、深く考えられなくなることだ。成浩の身の上についてさえ、考えようとしても、いつの間にか頭の動きが止まっていてまた一から始めなくてはならなくなり、くり返しているうちに何ひとつ結論に達しないまま疲れ果てて眠ってしまうのだった。

すでに眠気を催しつつあった芳恵は、お手伝いを玄関に行かせ、男がリビングに入ってきても立ち上がらなかった。時間はまちまちだが、外務省からはほぼ毎日人が来たし、そのテロ対策課員大和田修治(おおわだしゅうじ)とも何度も顔を合わせていたからだ。

「今日は早めでしたのね」

それでも何か言葉をかけるのが義務だと思って彼女は言った。

「ええ。お伝えしたほうがいいだろうと思うことがありまして」

「何なの」

芳恵はワイングラスを遠ざけて男を見たが、頭はぼうっとしたままだった。外務省の連中から意味のある情報がもたらされることは絶えてなくなっていた。夫には違った対応なのだろうが。彼らはどちらかというと芳恵の様子を見に来ているふうで、尋ねても何も教えてくれない。何も知らない人間をわざと寄越しているのではないかとさえ思えた。

「ＩＨＯのほうから、メールが来ました」

ふーんと生返事をしかけて、芳恵ははっと目を見開いた。

「どんなことを言ってるの」

「麻紀さまにもご一緒に説明させていただきたいのですが」

早く話を聞きたい思いは麻紀を排除したい気持ちに勝った。「麻紀さあん！」芳恵はほとんど絶叫した。

「はい？」

ややあって吹き抜けに面した二階のドアが開き、麻紀が顔を出した。

「いらして頂戴。向こうからメールが届いたんですって」

麻紀は速足で階段を降りてきた。今日はさすがにつべこべ言わないわ、と思った芳恵だが、麻紀の腕に犬が抱かれていたのには唖然とした。だが難詰する余裕がなかった。ソファの端に寄って麻紀と犬を避けながら、芳恵は大和田を促した。彼は折りたたんだ紙を取り出した。

「ご自分でお読みになりますか」

麻紀が手を伸ばしかけたが、英語が分からない芳恵は「訳して頂戴」と言った。五十過ぎに見える大和田は老眼が出ているのだろう、広げた紙を遠ざけたり近づけたりしながらぽつりぽつりと言葉を口にしはじめた。

「アラーの名のもとに、罪深き者たちに改めて告げる。我々は――」

数分の後、大和田の口が停止した。しかし芳恵には、何が書いてあったのか、英語のまま読み上げられたのとそう変わらない程度にしか理解できなかった。

「もう少し、分かりやすく訳してもらえないかしら」

「要約してよろしければ――身代金を早く払ってほしいというふうな」

芳恵は声にならない声を漏らした。顔からワインによってもたらされていた赤みがみるみるひいていった。

「だから言ったのに。あの人に言ったのに」

芳恵はうわごとのように繰り返した。

「すぐに払うわ」

そして携帯を取りに立ち上がった。

「奥様、どちらへ」

「矢島に連絡するのよ」

「大臣もすでにご存知でらっしゃいます」

「ああ！」

ほっとして彼女は振り返った。

「もう払ったのね。じゃあ、あの子も帰ってくるのね。いつ？　その連絡はまだなの？」

「奥様。身代金は支払われておりません」

芳恵の顔色の変化は信号機さながらだった。いや、本物の信号機だってこんなに慌ただしく変わったら、横断歩道を渡り切れないと文句が出るに違いない。

「あの人は、何してるの」

「大臣には、政府の方針をご了解いただきました」

「何よ政府の方針って」

「大臣がお話しになってませんでしょうか」

「誘拐のこと、人に言っちゃいけないってやつ？」

「それもそうですが――」

大和田が、芳恵の反応を楽しんでいるのに気づく余裕は彼女になかった。彼の上司は、朝方、矢島武彦をいたぶっただけで満足せず、うかつな抗議をしたことをとことん後悔させるべく、矢島と平谷のあいだのやりとりを芳恵にぶちまけてくるよう大和田に指示したのだった。

「どうして平谷さんがうちの息子のことを決めるのよ！」

芳恵の逆上ぶりは大和田の期待を上回るものだった。

「今回の件は、日本の外交政策の根本にかかわりますので」

「知ったこっちゃないわ！　成浩が殺されるかもしれないのよ！　うちの人がそれでいいって言ったっていうわけ？」

「詳しくは承知しておりませんが、矢島大臣は政府の一員として、政府の方針を第一にお考えになられたのではないかと」

「馬鹿言わないで！　それが父親のすること？」

炎を吐かんばかりに芳恵はわめいたが、あの男ならそうかもしれないとも思い始めていた。十分にありうることだった。夫に限らず、政治家は権力のためなら喜んで悪魔に魂を売るものだと彼女は知っていた。

何にしても、平谷との話を取り消させなければならない。

とにかく電話だ。いや直接会おう。逃げられるかもしれないから予告はなしだ。だがどうやったらあの男の考えを変えさせられる？

突然、一つのアイデアが閃（ひらめ）いた。芳恵はお手伝いにタクシーを呼ぶよう命じた。大和田も止めようとはしなかった。他省の大臣が仕事中に邪魔をされたところで知ったことでなかったからだ。声を上げたのは、ずっと押し黙っていた麻紀だった。

「お義母さま」

芳恵はぎらついた目で嫁をにらみつけた。麻紀の膝の上のフレンチブルドッグが怯えて顔をそむけたが、麻紀自身は芳恵を正面から見返した。

「私も行きます」

「来たいんならどうぞ。矢島に加勢して取り入ろうってつもりかもしれないけど、意味ないわよ。成浩が死んだらあんたなんかうちと一切関係なくなるんだから」

「そんなこと考えてません」

麻紀が言ったのは無視して、芳恵はリビングを後にした。着替えと化粧を済ませて下に降りると、麻紀も本当に支度して待っていた。

「犬は連れていかなくていいの」

皮肉のつもりだったが、麻紀は真顔で「この子人見知りですから、留守番させます」と答えた。

「大和田さん、良かったら外務省までお送りするわよ」

「大丈夫です。電車で戻ります」

どいつもこいつも好きにすればいい。成浩を助ける邪魔さえしなければ。

芳恵はすでに到着していたタクシーに麻紀と乗り込んだ。少しでも急ぎたくて高速を使ったらかえって混んでいた。そのあいだにも成浩の首がちょん切られてしまいそうな気がして、芳恵は運転手に当たり散らした。


芳恵と麻紀が財務省に到着した時、矢島武彦は経済団体との会合で不在だった。

帰りを待つと言い張る彼女たちに秘書課長は困惑したが、今朝のメールのことまでは知らなかったものの、事件について一通り聞かされていたから、関係する話だろうとそこは正しく推測して、応接室の一つを提供した。ただ、自分たちが来たのを夫に知らせないでほしいと芳恵が頼んだのには従わなかった。

随行の職員からメッセージを伝えられた矢島は顔をしかめた。しかしすべてがばれたとまでは想像が及ばなかった。

ヒステリーの極みというやつだな。麻紀までというのが不思議だが、巻き込まれたのか、ほうっておけなくて付いてきたか。まあ、言いたいことをぶちまければ気がすんで帰るだろう。役所の人間にみっともないところを見られるが、追い返したら追い返したで冷たいと陰口を叩かれるだろう。ことがことだけに、分かる奴は分かってくれるはずだし、いずれ公になればみな納得するに違いない。

そんなわけで矢島はのこのこ財務省に戻ってきた。

「すみませんが五分だけでお願いします」

秘書課長が大臣室を後にした途端、芳恵は夫に襲いかかった。矢島は仰天しながらどうしてこんなことになったのか懸命に原因を探り、朝方、外務省にかけた電話に思い至った。悔やんでも後の祭りだった。

サンドバッグにされながら、矢島はいずれはこうなったのだからと考えるよう努めた。いつまでも逃げられる道理はなかったのだ。今はっきりさせておくのは、後々を思えば悪くないかもしれない。家で同じ目に遭うより、自分のホームグラウンドでラッキーだったじゃないか。何より五分の時間制限がありがたい。有利な条件をうまくつかって、この際こちらも主張すべきをはっきり主張し、物事を決めるのは自分だと芳恵に分からせよう――。

「お前の気持ちは痛いほど分かる。だがな、私には日本の政治家としての責務がある」

「総理大臣になりたいだけでしょ」

「どう取ろうと構わん。とにかく私はこの件でお前を満足させてやることはできん。薄情と言いたければ言え。どれだけ私が成浩を思っているか、お前には分かるまい」

矢島は腕時計に目をやった。

「約束した通りだ。おしまいだ。仕事がある」

「身代金を払うって約束してくれたらすぐ帰るわよ」

「くどいぞ。それはできん」

「じゃあ私にも考えがあるわ」

「お前に何ができる」

「私、知ってるもの。田代からのお金のこと。私が預かってきたことだって何回もあったわよね」

「だから何だっていうんだ」

矢島の声が強張った。

「もちろん届けてなんかいないわよね。新聞社かテレビか。ああ、最近いっぱいスクープ出してる週刊誌があったわね。あそこがいいかしら」

「正気か」

「息子を見殺しにして平気な人よりよっぽどね」

妻が冗談やただの脅しを口にしているのではないと悟って、矢島は慄(おのの)いた。こんな災厄は想像もしていなかった。だが確かにこの女は危なかった。用心すべきだったのだ。

動揺を押し隠して矢島は反撃に出た。政治家として夫として、絶対に負けるわけにいかない。

ははは、と彼は笑ってみせた。

「確かにな。表に出せない金だ。しかし証拠がない」

これは芳恵の虚を突いたようだった。

「私が証言するのよ」

「それだけだ。領収書も帳簿もないだろう？　真実だってよりどころはお前がそう言ってるってことだけだ。裁判じゃ通用しない」

「裁判がダメでもマスコミは」

「取り上げないな」

遮（さえぎ）って矢島は断言した。

「やつらだって我が身が可愛い。証拠なしに報道したら自分が訴えられる。危ない橋は渡らないさ」

本当は矢島にもここは自信がなかった。政治家の妻の告白であれば、雑誌なら記事にするかもしれない。また名誉棄損で訴えるといっても、媒体とともに芳恵を相手にすることになる。それ自体がとんでもないスキャンダルだ。

しかしそんな内心はおくびにも出さず、矢島はひるんだ芳恵にたたみかけた。

「馬鹿なことを考えるのはやめなさい。これまでも言ってきただろう。世の中はお前が考えてるよりずっとややこしいんだ」

芳恵は泣き出した。

「それじゃあの子はどうなるの」

「できる限りのことはするさ。その後は、天にまかせるしかない」

その時矢島は、芳恵の後ろに控えているようだった麻紀の姿がないことに気づいた。

麻紀は最初に矢島に会釈しただけでひと言も口をきかないでいた。矢島もほとんどその存在を忘れていた。だが消えてしまうのはこれまた尋常ではない。

あたりを見回しかけて、矢島はぎょっと凍りついた。麻紀は彼のすぐ斜め後ろで、顔の前にスマホをかざしていた。スマホの背面がこちらに向けられており、その真ん中には矢島を見つめる一つ目小僧のようなレンズがあった。

「何をしている」

矢島は麻紀にとびかかった。が、麻紀は身体をかわして芳恵のそばに駆け寄った。

「動画か？　どこから撮ってた」

自分のしゃべったことを必死に思い出しながら矢島は言った。

「お教えする必要はないと思います」

「寄越せ」

伸びてきた腕から逃れた麻紀はソファをはさんで矢島と向かい合った。少々調度がくたびれてはいるものの、大臣室は矢島の自宅のリビング以上に広かった。ソファセットと出入り口のあいだには何もない。ヨーイドンで駆けっこをすれば、身長で矢島とほとんど変わらず、若い麻紀がかなりの差をつけてゴールインしそうだった。そうならないとしても、彼女が悲鳴を上げれば外に聞こえるだろう。大臣といえど職員の前で力ずくでスマホを取り上げるのは難しかった。

「お願いだ。やめてくれ」

懇願する矢島にまたレンズが向けられた。

「それを使ったらどうなると思う」

矢島は芳恵にも訴えた。しかしそれは、彼に劣らず混乱していた芳恵に、状況の逆転を悟らせただけだった。

「あなたは破滅ね」

「俺だけじゃない。お前のオヤジさん、兄さん、一族郎党巻き添えだぞ」

「うちのパパだったら、会社が潰れたって孫の命には代えられないって言うはずだわ」

「それは分からんぞ、男ってものはな」

「ああもう、そんな話は聞きたくないの」

芳恵は最後通牒（つうちょう）をつきつけた。

「身代金出してくれるの？　出さないの？」

「だからそれは――」

矢島は絶句した。長いあいだうつむいていたが、ついに絞り出すように言った。

「時間をくれ」

「いやよ。今すぐよ。でなきゃあの子殺されちゃう」

「分からんのか！」

すっかり涙のあとも乾いた芳恵に力なく怒鳴りながら、今度は矢島が泣き出した。

「出すよ。出せばいいんだろう。それでもな、手順ってものがあるんだよ。お前たちとは違うんだ」

彼は呼吸を整えてから、さぞいらいらしているだろう秘書課長にまず電話した。

「今日の予定は全部キャンセルしてくれ。それから車を用意してくれ」

そして今度は携帯を取り出した。

「矢島だ。今朝時間をとってもらったばかりなのにすまんが――」

第三章　転進

1

「お父さん！」

フローラに駆け込むなり山崎知美は大きな声を出した。

「あ、ああ？」

及川隆二はびっくりした顔で時計を見た。

「どうかしたんですか」

彼がそう訊ねたのも無理はなかった。山崎が来るのは朝晩八時のはずだからだ。今はさっき店を閉めたばかりの午後六時十分である。

はっと隆二は山崎を見た。

「何かあったんですか」

不安の色が彼の顔に拡がるのを見て、慌てて山崎は「大丈夫です」と言った。

「瑞希さん、生きてらっしゃいます。思ったよりお元気そうです」

そして持ってきたパソコンを鞄から取り出した。

「そうだ、典子さんを」

ぼんやり山崎の動きを眺めていた隆二がはっとしたように飛び出していった。二人はパソコンが立ち上がるより早く駆け戻ってきた。こんな時に限って「ログイン中」の表示が長く続く画面を、山崎ももどかしく眺めた。やっとデスクトップ上に浮かび上がったショートカットのアイコンを彼女はクリックした。動画再生のウインドウが開いた。

「あ」

典子が小さく声を漏らした。隆二はごくりとつばを飲み込んだ。画面に、及川瑞希が映し出されていた。

「心配をかけているみなさん、ご免なさい。私は大丈夫です。私が生きていることを証明するためにだと思いますが、一昨日、中国で大きな竜巻があったのを知っていると言えと言われました」

それから瑞希は英語を話しだした。しゃべり終わったところで映像は終わった。

「何て言ってたんですか」

典子に訊ねられて、山崎は「日本語で言っていたのと同じ内容です」と答えた。

本当を言えば、英語のほうには「竜巻は異教徒への神の罰です」という一節があった。さらに「私を救えるのはあなた方の行動だけです」とも言っていたらしく、そちらは及川の両親に見せる前に外務省が削った。こうした文句はＩＨＯが言わせたのだろうが、ＩＨＯがきちんとチェックできない日本語では、わざと瑞希が省いたと役所は分析していた。

五日前にはなるが、確かに中国で竜巻があった。

「髪の毛なんかも、前の写真と比べて伸びてますよね。時間的に合うと思います」

山崎が説明すると、隆二、典子はそろってうんうんうなずいた。今のところは無事、確認できたのはそれだけだ。何が解決したわけでもないが、情報に飢えていた二人は、娘の動く姿、声を何度も見返し、聞き返して涙を浮かべた。

そして、肉親のそれと比べるなどおこがましいと重々分かっていたけれども、山崎も息ができないようだったこのところの苦しさを思い、しばらく逃れられそうなことにほっとしていた。

前に瑞希の写真が送られてきてからひと月近い。生存確認になっていないと返信したものの、難癖に近いとは山崎でさえ思っていた。案の定、IHOは、行動を起こすことを求められているのはお前たちのほうだと、身代金の支払いを改めて求めた。

対してこちらは、日本はイスラム教を何ら敵視していないとか、中東地域に多大な援助をしてきたとかのお定まりの言い訳と、どんな理屈があるにせよ人質をとって相手に要求をのませようとするのは間違っているという、IHOの神経を逆なでするに決まっている説教をしただけで、身代金については完全にスルーした。以後連絡は途切れ、こちらからもメッセージは出さないまま時間が過ぎた。

再度IHOが督促してくるのはいつなのか。何回まで我慢するのか。人間の盾としての役割なども人質にはあるのだろうから、身代金だけでことが決まるわけでもなさそうだが、いつかは限界がくる。

瑞希と一緒に拉致されたとみられるスウェーデン人の男についてもまったく情報が入らなかった。スウェーデン政府と連携してことに当たれればと外務省は期待を寄せていたが、拉致されたかどうかというところから確認を拒まれた。スウェーデンが裏でＩＨＯとの交渉を着々と進めているのだとしたら、日本には何ともきつい話だった。

東京は「やりきれないなあ」なんて嘆いてりゃすむかもしれないけど。及川の家族と毎日会ってる私はそうはいかない。

山崎のストレスは激しかった。身代金に関することは一切、及川家に話せない。そこを抜いてしゃべるから、当然あちらもこちらも不自然になる。

「どうしてまた何も言ってこなくなったんでしょうかねえ」

ため息をつく隆二に「私たちもそれが分からなくて」と悩んでいるふりをする。

「いったいＩＨＯってのは、何を私たちにしてほしいんです！」

たまりにたまったものが爆発するように典子が叫ぶ。山崎には顔をこわばらせることしかできなかった。でなければ、本当のことを口走ってしまいそうになるからだった。

それがどういうわけだか、突然の進展を見せた。動画を送ってくるなんて、ＩＨＯがこちらを交渉相手として認めたかのようだ。正直、不思議だった。あんな言い訳や説教で奴らが動かされるはずはないのに。

しかしわけはどうでもよかった。本当に久しぶりに、嘘もごまかしもない報告を隆二と典子にできる。一緒に喜び合える。

東京から一報を受けた山崎はうきうきして、動画を添付したメールが来るのをパソコンの前で待ち構えた。動画を見て興奮し、今度はフローラの閉店時間まで時計とにらめっこして過ごした。客が残っているといけないのでゆっくり来るつもりが、つい小走りになってしまい、閉店の札が出たガラス越しに隆二が一人なのを確認してドアを押し開けた、という次第である。

「向こうに軟化のきざしがあるようです」

木村幸治が口にしていた通りのことを山崎は伝えた。

「これから少しずつ動きが出てくると思います。楽観は禁物ですけれど、瑞希さんの解放にむけて全力であたらせていただきます」

同じ言葉でも、虚しいと分かって言っている時と心からそう思っている時と、まったく響きが違う。今日は、鉛の服を脱ぎ捨てたように心も身体も軽やかだ。

「山崎さん、夕飯まだですよね」

「ああ、ええ、まあ」

「よかったら食べてってください、たまにはほんと」

今日はコーヒーも出すタイミングがなかった隆二が言った。

こんな日くらいいいか——。

お言葉に甘えます、と山崎が答えると隆二も典子も喜んだ。隆二はまだ店の片付けが残っているため、典子が山崎とまず二階に上がった。

「食べてってくださいなんて言っといて、何もないですけどねえ」

外して置いてあったエプロンを着け直して、典子は台所に入った。家の食事は彼女が作っているのだ。

テーブルに座った山崎のところに甘じょっぱい煮汁の匂いが漂ってきた。炊飯器が蒸気(じょうき)を噴き上げはじめ、その音にフライパンで何かを焼く音が重なった。

食卓に並んだのは、メバルに似た魚の煮つけ、出来合いのコロッケ、小松菜のお浸し、ちょっと異質な感じがしないでもないベーコンエッグ、それにご飯、味噌汁だった。魚もコロッケも、典子と隆二の分は半分に切って分けてあった。ベーコンエッグはおかずが足りなくなった分を補おうと急遽追加されたのだろう。

「朝ごはんみたいで済みませんねえ。若い人向けのものと思ったんですけど、今できるのがこれくらいしかなくて」

「いえ、こちらこそ済みません。私、魚とか小さいほうで大丈夫ですから」

やっぱり遠慮したほうがよかったかなと思いながら山崎が言うと、典子と戻ってきていた隆二が「ダメですよ、若い人は食べなきゃ」と声を揃えた。

「瑞希も結構食べるんですよ」

「そうよねえ。大貴より食べるかもねえ」と典子が弟の名を出して隆二に同意した。

「これ、あの子も好きなの。近所のお肉屋さんで売ってるんですけど」

彼女は自分の作った料理ではなく、コロッケを指して言った。

「そこ結構いい肉扱ってるんですよ。うちのも仕入れてます。あ、そういえばイスラムって、豚肉食べられねえんだな」

つぶやいた隆二に、山崎は急いで言った。

「でも牛肉とか鶏肉とかは大丈夫ですから。あと羊も」

「じゃあジンギスカンはいいわけね」

「そういうことになりますね」

笑い声こそ出なかったが、穏やかな着地ができたのに山崎はほっとした。解放された元人質の話では、十分な食事が与えられないこともあるらしい。しかし動画の瑞希は、多少痩せたものの健康を保っているように見えた。だから、日本でこんな会話が交わせる。

「酒も向こうじゃダメなんだよな。瑞希にゃ悪いですが」

隆二が缶ビールを開けて山崎の前のグラスに注いだ。一応断るポーズだけとった山崎だったけれど、実質的には無抵抗に受け入れ、口をつけた。例のコロッケは取り立ててどうこうとは感じなかったが、ビールに合った。一番山崎がおいしく思ったのは魚だった。ソイという魚だそうだ。北海道ではポピュラーらしい。

「外食ばかりなもので、煮魚とかあんまり食べる機会がなくて」

「そうなんですか。お忙しいんですものねえ」

「ええ、まあ」

しかしこの「ええ、まあ」が本当なのか、山崎は自分でもよく分からなかった。

忙しくなかったとしても自炊するとは思えなかった。親と一緒にいるあいだもほとんど家事を手伝わなかった。一人暮らしを始めて洗濯、掃除はやるようになったが、社会生活が破綻しない程度にでしかない。料理については多分、やり方を覚える気になれない。

そもそも自分は忙しいのか？　確かに入省後、忙しい時はあった。しかし仕事をしくじってはチームから外されということを繰り返して、ばりばり働いていたのがいつだったのか思い出せないくらいだった。あげく今やっていることといったら、精神的には辛いけれど、実働時間でいえば一日一時間あるかないか。滝川の町をぶらつくのにも飽きて、ホテルでただぼんやりする毎日だ。

「瑞希さんは料理もされたんでしょうね」

「うちは御覧の通りの共働きですもんでね。子供たちはみんな小さい時から」

典子が言ったのに、隆二も「外国じゃ、レストランもないようなところだから自分で作るしかないなんて言ってたな」と応じた。

「お上手なんでしょうね」

「どうですかねえ」

「いえきっとお上手なんですよ。お仕事だって、私なんかよりずっと忙しくしてらしたはずなのに」

「いやあ、そんなことは。ほんと何やってるんだかこっちにはさっぱり」

苦笑いした隆二に山崎は「私、心の底からそう思ってるんです」と言った。

「何とかして戻ってきていただいて、日本のためにまた働いていただきたいです。外国の人のために頑張るのは、結局日本のためになることなんです。本当は私たち――外務省がもっとしっかりしなきゃいけないんですけど、至らないところが多いから、民間の方にお世話をかけてしまって」

ビールのせいもあっただろうか、山崎は熱っぽく、たくさんしゃべった。仕事への暗い思いもかなり漏らしてしまったが、おかげですっきりできた。

結局二時間近くも及川家にいた。食事の礼を述べると、典子は「恥ずかしいですよ」と言いながら「またいつでもどうぞ」と付け加えた。

ホテルに戻った山崎は、鞄を置き、上着を脱いだだけでベッドに身を投げ出した。しばらく余韻に浸っていたが、東京に報告をしていないのを思い出した。いつもなら報告も義務でしかない。しかし今日は瑞希の両親の喜んだ様子を人に伝えるのがまた楽しみだった。

テロ対策課の直通に電話をすると木村幸治がすぐ出た。

「遅くなってすみません」

「遅いのか？　いつも八時に行くんじゃなかったのか」

「そうなんですけど、久しぶりの情報だから、早く教えてあげたくて」

「ふーん」

「でもそのあと、夕飯どうですかって言われて、断れなくなって――」

そこを話す時は少し緊張したけれど、ははと笑われただけだった。そして報告を終えた山崎に、木村は「明日、戻ってこい」と唐突に言った。

最初に滝川に来て二ヵ月と少々。その間さすがに三回の休みがあり、うち二回は東京に帰った。しかし二回目に東京に帰ったのは先週だ。確かに今日は一つの節目だろうが、少し間隔が短い気がした。

いや、昨日までだったらそんなことはどうでもよく、滝川を離れられるだけで大喜びしたに違いないけれど、今からしばらくは苦痛なく及川の家族と会えるはずだ。またゆき詰まるころまで休みはとっておいてもらったほうが、などと考えて山崎は返事をためらった。

「休ませてやるわけじゃない。ミーティングがあるから戻れって言ってるんだ」

心を読んだように木村が続けて、山崎は「はい」と電話を持ったまま背筋を伸ばした。

「分かりました。明日の朝もう一回及川家に行ってから空港に向かいます」

「いいだろう」

それから木村は声を低くした。

「妙なことになってきてるんだ。お前には伝えてなかったがな」

「ＩＨＯから、何かほかに言って来てるんですか」

「違う。こっちの話だ。課内で秘密にしなきゃいけないわけでもないんだが」

何だかしゃべりにくそうな木村だったが、思い切ったように言った。

「身代金、払うみたいだ」

「ええっ」

山崎もびっくりして次の言葉が出てこなかった。

「そうか。そう向こうに伝えたんですね。それで」

「まあそういうことなんだが」

「いったいどうしてです」

「財務大臣のバカ息子をやっぱりほっとけなくなったらしい。バカ息子だけ助かって及川瑞希を見殺しじゃあ、マズいだろ」

重要な情報をすぐには教えてもらえないことが多い山崎だけれど、矢島武彦の息子が及川に続いてIHOに拉致された話は知らされていた。とんでもないことになったと一時は思ったが、与党の大物がこの国のシステムを揺るがす行動になど出られないと明らかになっただけだった。役所も粛々と普段の営みを続けていたようだが。

「大臣もやっぱり人の親ってわけですか」

「そういうことになるのかねえ」

「よく官邸が受け入れましたね」

「だよなあ。想像できないだろ、あの女狐がそれで首縦に振るなんてさ」

「でも現に身代金払うってことになったんですよね」

「まあな」

曖昧な返事をした木村は「何にしてもてんてこまいなのがわが社さ」とつぶやいた。

「こうなったら中近東局は結果出せないじゃ済まされない。それ以上にわさわさしてるのが北米局だな。審議官も次官も、今はそっちにかかりっきりだ」

「バッジの方たちは」

「あいつらが火中の栗拾いにくるもんか」

一時期テロ対策課に入り浸っていた彼らが、矢島が対応を官邸に丸投げしてから姿を見せなくなったところまでは山崎も聞いている。官邸とアメリカの間に入らなければならない事態となれば、ますます寄り付こうとしないだろう。

「でもうちの課は絶対そのほうが楽ですよね」

ぽろりと山崎が口にすると、木村はまた笑った。

「国益のために心を鬼にするのが役人だぞ。俺なんかはともかく、お前一応キャリアだし」

「とっくに終わってますよ」

「そうかもな」

「ひどい」

「自分で言ったんじゃないか」

ますますおかしそうな木村である。

「確かに課長もどう反応していいのか困ってる感じだったけどな」

「でしょう？」

「いや、山崎は若いもん。これから大逆転できるかもしんないぞ。先は分かんないんだ。ＩＨＯに金出すなんて、誰も思ってもなかったことが起こるくらいだからな」

「分かりましたよ」

「出世して俺を引き立ててくれよ」

「もしそうなったら考えさせてもらいます」

冗談を交わしていた二人に、もろもろを変えるきっかけになったのが財務大臣の嫁が撮影した動画だったと知るすべはなかった。いやキャリアノンキャリアを問わず、彼らのはるか上司までそうだったのである。

2

「沖縄にしましても、ＡＳＥＡＮとの対中連携にしましても、極めて重要な局面にさしかかっておるのですが、いずれも米国との――」

外務事務次官の田中慶一郎が上目遣いにこちらをうかがいながら話すのを安井聡美は遮った。

「緊密な協力関係が欠かせない？」

「はい」

「これまでも耳にタコができるくらいうかがいました。そんな分かり切ったことをおっしゃりに来られたのですか」

「米国との協力関係が欠かせない案件ゆえに、今後の戦略を見直す必要がございます」

「どうしてです」

田中はごくりとつばを飲み込んでしゃべりだした。

「ＩＨＯへの対応如何では影響が避けられません。例えば来月にはマニラで、対中連携につきまして、米国務省、国防総省を交えました実務者ミーティングが開かれる予定でございます。しかしそういう席で場合によりましては、わがほうとＡＳＥＡＮ各国との扱いに差をつけられるといった事態も考えられるのでございまして」

安井は再び田中を遮り「影響を出さないようにするのがあなた方の仕事のはずです」と言った。なおも田中は抵抗した。

「そのあたりについてご説明いたしたく、北米局長の同席をお願いしていたのですが」

「不要です」

安井は無表情に短く告げた。そして引導を渡した。

「来てもらいたい時にはこちらから呼びます。次官、あなたもブリーフィングを絞ってください。やたら押しかけられても、同じ意見をくり返し聞く時間がこちらにありません」

彼らは官邸の首相執務室にいた。しかし平谷英樹はずっと不機嫌に押し黙ったままで、役人たちとやりとりしているのはもっぱら安井だった。彼女は続いて、田中の隣の中近東局長、近藤忍に直接尋ねた。

「イラクの宗教指導者のルートはどうなりましたか」

「えーその件は」

近藤が緊張した声で答えた。

「ナイーフ・アル・ザムル師なる人物がＩＨＯとのコネクションを持っているのは間違いないようですが、どのような立場で動いてくれるのかまだはっきりしないところがありますので、引き続き周辺の調査を進めております」

「その調査は、イラクの政府に頼んでいるのですか」

「いえ。今回はその、金銭面での交渉をその人物に委ねることになる可能性があるとなりますと、外交ルートを使いました場合、米国に伝わる危険なしといたしませんもので」

「では独自調査を？」

「まあ、そうです」

「どんなふうに」

「現地の新聞ですとか雑誌ですとか」

「公開情報のみということですか」

畳みかけられて近藤は視線を泳がせた。割って入ったのは、もう一人ブリーフィングに参加していた官房副長官、島岡博忠だった。

「ザムル師の情報は現地の警察が持っておるのではないかと思いますがね。警察も政府の一部ではありましょうが、アメリカさんにご注進なんてことはまずしないのでは」

「は。確かに」

そんなことは近藤も田中も分かっていた。彼らは二つの理由でわざとそうしてこなかったのである。一つは、身代金の支払いに根本的に反対だから、その実現に近づく仕事をできるだけサボタージュしたい。もう一つ、外国の警察との接触は、警察庁から外務省に出向している連中にやらせることになる。つまり外務省としては警察庁に借りをつくり、独自に情報収集できない非力をさらしてしまうわけだ。

島岡は、すでにザムルの情報を集めさせたのかもしれない。何食わぬ顔でこちらが手を挙げるのを待っているとしたら——。

「ただちにやらせます」

たまりかねて田中が引き取った。

「可及的すみやかにお願いします」

安井が応じ、それから五分ほどでブリーフィングは終わった。

外務省の二人がドアの向こうに消え、島岡も退出した。安井と二人になると、最後までほとんどしゃべらなかった平谷が立ち上がりながら「くそっ」と吐き捨てた。

「申し訳ありません。あれだけ言えばおとなしくなると思います」

「どうだかな」

平谷は物憂げな目を壁の絵に向けた。新緑の山並を描いた日本画だが、そろそろ掛け替えの時季かもしれない。

「アメリカに冷たくされたら、奴らはずっとおどおどしてなきゃいけなくなる。国際会議でふんぞり返るのが連中の生きがいだからな。省内の出世競争以前の問題なんだろう」

平谷の分析は多分当たっていた。間違いないのは、これからも外務省がしつこく巻き返しを狙ってくるだろうことだ。だからこそこちらとしてはつけ入る隙を与えないよう厳しく接しなくてはならない。

しかし平谷の怒りは外務官僚の不服従だけに向けられているのではなかった。彼は愚痴り続けた。

「なんで交渉に応じるのか、理由を言えないのが痛いよなあ。我々も本当は金なんか払いたくないんだって、見透かされてるんじゃないのか」

「だとしても絶対そんなふうに思わせてはいけませんし、交渉は必ず成功させなければなりません」

「分かってるよ、安井君」

投げやりな口調で平谷はつぶやいた。

平谷が腹の底で、矢島武彦を切ってＩＨＯへのスタンスを元に戻したがっているのが安井にははっきり感じられた。しかしそれはあまりに危険だった。

現職財務大臣の金銭スキャンダル。辞任は避けられまい。刑事責任云々を別にしてもダメージがあまりに大きく、一ヵ月と少々に迫った参院選への影響は予測しきれなかった。絶対に漏れてはならず、この件を知っているのは平谷、安井のほか、教えざるを得なかった外務大臣の為永明伸、国自党幹事長だけだった。

島岡博忠にも伝えていない。警察の代表としての立場もある島岡に、政治資金規正法違反を見逃せとは言えないからだ。もっとも彼も、身代金をめぐる方針転換の理由を詮索してくることはなかった。見当はついているはずだ。お互いのため触れないのが一番と分かっているのである。

すっぱり矢島を切り捨てれば批判も尾を引かないと平谷は考えているのかもしれない。政治資金のすべてを合法的に動かしている議員など与野党問わずいない。世間だって政治がそんなものだと知っている。だから発覚しても本気で怒ったりしないのではないかと。

そういう有権者もいるだろう。かつて完全無欠のヒーローだった検察もメッキがはがれて久しい。この種の問題は確かに昔ほど大騒ぎされなくなった。

とはいえ決して軽く見てはならない。人は憤る（いきどお）のが大好きな動物だ。正義を振りかざして他人を叩くのはすばらしく気持ちがいい。政治家が扱っている金の額が、多くの国民には目にすることもかなわないほど大きいのも忘れてはならない。

そして矢島がすっぱり切り捨てられてくれると期待すべきでもない。今のところはしおらしいが、何とか逃げきれそうだと思っているからに過ぎない。身に危険が及べば死にもの狂いで抵抗するだろう。国会やマスコミでつるし上げられても苦しい言い訳を繰り返すに決まっているし、妻との全面戦争だって辞さないだろう。

結果、国自党全体のイメージが大きく傷つく。ほかの議員のスキャンダルも連鎖的にほじくりだされるかもしれない。でなくても、任命責任やら何やらを追及される平谷の映像がテレビに流れるたび、有権者は確実に離れてゆく。アメリカとの関係はいずれ修復できる。しかし選挙の負けは取り返せない。

平谷だって頭では理解しているはずだ。ただ彼は物事を悲観的に捉えるのが苦手なのだと思う。時に強気に前に進むのは、リーダーに必要な、安井には備わっていない美質である。だからこそ彼を引き締め、補うのが自分の役割と安井は任じていた。

「くそっ」

再び平谷がうめいた。

「どうしてこんな苦労をしょい込まなくちゃいかんのだ。間抜けじじいめ」

矢島の妻と嫁は、例の動画を撮影したスマホを銀行の貸金庫に預けたらしい。やられほうだいの矢島をののしる平谷の気持ちはよく分かった。しかし平谷や安井にも非はある。女たちの行動力を見くびっていたのだ。

起こったことを嘆いてもしようがない。どうフォローするか考えなければ。

安井はファイルに挟んでおいた一枚の紙を平谷に差し出した。何だと言いたげな平谷だったが、プリントされていた写真に落とした目はそのまま動かなくなった。

飛行場で撮られたらしいそれには、満面に笑みを浮かべたフランスのルカール大統領と、頰のこけた二人の中年男が写っていた。大統領は一人と固い抱擁を交わしている。かたわらのもう一人も、慈父を仰ぐような表情で大統領を見つめていた。

「一昨年でしたか、ＩＨＯに拉致されていたフランスのジャーナリストが、解放されて帰国した時のものです」

　平谷は顔を上げてうなずいた。

「うまくいけば、支持率をアップさせるこの上ない材料になります。そのために人質を救い出すわけではありませんが」

「もちろんそうだな」

　平谷は緩みかかっていた頬を引き締めた。

「為永さんともよく連絡をとって、外務省を働かせてくれ」

「最善を尽くします」

　一礼して安井は首相執務室を出た。

　とりあえずうまくいった。抜かりのない準備が功を奏した。

　しかし安井の仕事はまだまだあった。まずは、これまでと逆に人質の救出が正当化されるよう、彼らの好感度を高めなければならない。特に矢島成浩については簡単にいきそうにない作業だった。

　そして身代金を値切らなければならない。そのために外務省の尻を叩くのだが、彼らの態度、もともとの能力不足を思うと心許ない。一人当たり日本円にして数億、というところまでは下げたかった。表にしなくても、後で必ず漏れてくる。とにかく有権者は金に敏感なのである。

　安井は、アメリカを軽んじているわけでは決してなかった。日本が国際社会を生き抜くにはアメリカの力が必要だ。どうあがいても否定できない現実だ。ただアメリカに従うのは手段であって目的ではない。そこをはっきりさせたいだけだ。

　一時的にアメリカとぎくしゃくするのを受け入れさせた後は、外務省が腐らないようにそれなりのフォローも必要だろう。

国自党ももちろん使う。平谷とパーカー大統領とのコネクションは最後の切り札だが、アメリカにパイプを持つ議員たちに援護射撃をしてもらいたい。安井自身は残念ながら英語も苦手で、外交にあまり関わってこなかったけれど、誰に頼めばいいかは分かっているつもりだ。

めまいがしそうだった。しかし安井は遠大すぎるように思えるプランを実現させるこつを知っていた。ひたすらに、目の前の課題をこなしてゆくのだ。

まずはダメ息子――。

彼女は胸のうちでつぶやいた。

3

窓の外では、真夏さながらの太陽に照りつけられた通行人たちが、上着を抱えただけでは足りずにシャツの袖をまくり、額の汗を拭きながらぐったりした表情で歩を運んでいた。

「深田さん。そろそろ出ましょうよ」

遠藤彰人は時計を見て苛立った声を出した。目の前のアイスコーヒーはとうに飲み終わり、残った氷もあらかた溶けて、薄く濁った液体の高さまでグラスが水滴をまとわりつかせている。

「ちょっと待ってよ」

スマホから目を離さず深田央が言う。

「ちょっとって、さっきも言ってたじゃないですか」

「前のステージでさ、早く使わないといけない武器ゲットしちゃったんだよ」

「知りませんよそんなの」

「アキちゃんゲームやんねえんだもんなあ。若いのに」

「俺、そういうの苦手なんです」

「教えてやるよ。一人でやるよか二人のほうが面白いんだ。アプリはタダでダウンロードできるぜ」

「武器も、いいやつは買わないといけないんでしょ。結構金かかるって聞きましたよ」

「俺は金なんかかけねえよ。マル共の事務員ではまってる奴がいてさ。支部の金引っ張ってアイテム買いまくってやんの。チクるぞって脅かしてS（エス）にしたんだけど、恩にきられちゃってさ。俺にアイテムくれるんだ」

　マル共は共産党、Sとはスパイのことである。

「何やってんですか」

　呆（あき）れたように遠藤がつぶやいたが、深田は聞いてもいなかった。

「あ、出やがったな。おい。こら。よしよし。いけ。そうだぱっくり」

「とにかく早く終わらせてください」

　忙しく指を動かしていた深田は、やがてうめき声を上げ始めた。

「あ、あ、あああー。畜生」

「終わりましたか。じゃあ行きますよ」

　深田はスマホを仕舞いながら「何を好んでくそ暑い中、外に出ようとするかねえ」とため息をついてみせた。

「三十二度とか言ってなかったっけ？　まだ六月になったばっかりだぜ。ねえちゃんたちが薄着になるくらいしかいいことねえ」

「今から弱音吐いてちゃ先が思いやられますよ」

「先は先だよ。今はまだ暑さに身体が慣れてないだろ。熱中症になりやすいんだって」

「だからどうだってんですか」

「こうやって、冷房の効いたとこからねえちゃん眺めてるのが一番――じゃなかった、闇雲に動き回っちゃ効率が悪いって言いたいの。我々に求められていることをきちんと整理して戦略的にだな」

深田は言葉を切って遠藤と目を合わせた。

「やっぱり分かんねえなあ、アキちゃん」

今度は遠藤がため息をつく番だった。

この話になると付き合わざるを得ない。教えてもらった引け目があるからだ。いや、公安総務課員としては、必要以上を知ろうとせず、降りてくる任務をただこなすべきなのだけれど、これほどのトップシークレットを探り出してきた深田の能力には感服せざるを得ない。

それでいて深田は、及川瑞希がＩＨＯの人質であることを、遠藤にしか言っていないらしい。情報集めは趣味、班長なんかに話したらあれこれ面倒臭いと深田は顔をしかめてみせる。一目も二目もおかれるだろうに。滝川に触るなという禁を犯したはばかりはあるにしても、それくらいどうにでもごまかせるはずだ。

その上で深田は冗談めかしてつぶやく。

「誰かには教えとかないと。前から分かってたぞって威張る相手がいないと寂しいからな」

しかし遠藤は共犯者にもされてしまっているわけで、このちゃらんぽらんな先輩をどうにでもできない。

　及川の調査が大した成果のないままひと段落とされてしばらくたったころ、今度は矢島成浩の話がハム総に来た。本人は海外にいる、周辺から情報を拾ってこい、ただし調査とさとられるな。及川とまったく同じだ。

　財務大臣の息子というのは驚きだったが、また人質らしい。遠藤は深田に指示されるまま裏取りをした。矢島武彦は明らかに調子を狂わせていたし、その自宅に外務省のテロ対策課が出入りしている。推測に間違いはなさそうだった。

　矢島の調査そのものは及川よりはるかに簡単だった。上が期待しているであろう種類の話がぼろぼろ出てきたからだ。学校のクラスメートや教師、最初に就職した広告代理店の同僚、独立してプロダクションを作った仲間、取引先。

　矢島と同類のボンクラだった何人かを除けば全員が、最初は遠慮しながら、後になると矢島の父親の威光さえ忘れたようにこきおろした。

　最もいい評価は「まあ悪い人間ってわけじゃないのかもしれないけど」だったろうか。「無能」「勘違い」「馬鹿」ほとんどの相手が矢島をそんなふうに思っていた。特に「一緒に仕事するのは死んでも嫌」な奴らしく、そんな目に遭ったらそう考えるようになって仕方ないと納得させられるエピソードが、分厚い報告書を作るのに十分なだけすぐ集まった。

　ただ、矢島がずいぶんむしられていたことも報告書に載せなければ公平とはいえなかったろう。彼の名誉になるかどうかは別だけれど。例えばプロダクションは一時期、かなりの金を怪しげなITベンチャーに投資した。もちろんリターンなど皆無のままベンチャーが潰れ、社長も雲隠れという顛末(てんまつ)である。

いずれにせよ調査はすぐ終わって、あとは書類仕事の上手い二、三の課員がまとめるだけになっていた。なのに、数日後にまた班の全員が呼び集められた。

「もうちょっと材料が欲しいそうなんだ」

班長の寺地正夫も戸惑ったふうだった。矢島がＩＨＯの人質になっているとは知らない寺地だが、及川の時、親の税金滞納ネタが喜ばれたことから、今度もマイナス情報が求められているくらいの推測はしていたらしい。貶(おとし)めるのに十分な材料を渡したつもりだったのである。

「足りないってことですか」

課員の質問に、寺地はさらに自信なげに答えた。

「よく分からないんだが――いい話も拾ってこいって指示だ。偏りなく、幅広くってことだろうと思うんだが」

例のベンチャー社長なら矢島を褒めてくれるんじゃ、なんて冗談とも本気ともつかないアイデアまで出されたが、そいつはずいぶん前に日本を離れたのが分かっていた。班のメンバーはまた関係者を追いかけて街に出なくてはならなかった。

「もともとは悪い話だけでよかったはずなんだよ」

深田は近くのテーブルに人がいないのを確認して続けた。

「いい話が欲しいんだったら最初からそう言うだろ」

「見殺しにするしかないから批判されないように準備しとくっていう深田説ですね」

「でなきゃ、人質の身辺調査なんかする理由ないじゃん？　ひげもじゃ君たちが人間関係のもつれで日本人を拉致るわけないんだし」

「ＩＨＯと一般のイスラム教徒を同一視するような表現はやめたほうがいいと思います」

「分かってるって。ほんとアキちゃんは真面目だな。えーと何だっけ。そうだよ。いい話を何に使うかなんだよ。っていうかどうして急にそっちも要るようになったのか」

すでに何度か二人で考えた。しかしぴったりくる説明を思いつかない。

「素直に考えたら、見殺しにしないことにしたんじゃないですか」

「なんだけど、あり得ねえって思うんだよなあ。日本ってのはさ、アメリカにくっついてくしかない国だもん。そこはもう大大大原則ってやつだ」

「でも世界の中で見たらアメリカの相対的な力は落ちてきてるわけでしょう。公安がこんなこと言っていいのかどうか分かりませんけど、先々を考えたら中国にくっついといたほうが得って可能性あるんじゃないですか。少なくともハーフハーフくらいで」

「ピンポーン」

深田は親指を「いいね」の形に立ててみせた。

「まさにそうだよ。先々のこと考えたらってところがな。先々っていつだ。五十年後？　三十年後？　すごく早ければ十年後かもしんない。でもその十年、誰も待てないんだよ。今とりあえずアメリカとつるんでいろんなことやってて、それでみんなおまんま食ってる。やめたらどうなる。十年飲まず食わずは無理だからな」

「そんなこと言ったら」

「そうだよ、何にも変えられない。今のままでいくしかないんだよ。方向のいい悪いは問題じゃない。ペースをちょっと調整するくらいだ」

首を傾げた遠藤に、深田は例を挙げて説明してくれた。

「例えば沖縄で基地の反対運動が激しくなったら、しばらく計画進めるの待ちますとかさ。しばらく待つってだけだけど。大筋としてはおっしゃる通りにしますって流れの中なら、アメリカもそれくらいの配慮はしてくれるわけよ。ただもういいなりになりません、て宣言するのは話が違うわな。向こうも力ずくになるよ」

「分かりました。でも結局、沖縄は犠牲になっちゃうじゃないですか」

「しょうがねえよ。のこりの奴らのおまんまが大事だもん」

なだめるように深田は言った。

「で、平谷君がだよ、悲願である憲法改正が視野に入ってくるかどうかって選挙を前に、アメリカに弓引くようなことするわけがねえ。人質も沖縄もいっしょだよ。ただ同情する奴もいるから言い訳を作っておきたいだけだ」

「確かに、そういうことだと身代金、払えませんね」

「だろ？　親父がごねるとも思えねえ。ごねたって最後は抑え込まれるはずなんだよなあ」

結局分からないことは分からないままだった。

「やる気起こらねえなあ」

「結局それですか。諦めてくださいよ。及川の時は、意味分からなくてもやってたでしょう。ぶつくさ言ってたけど」

「女の子がらみだもん。季節もよかったしさ。なあアキちゃん、いい話なんかいざとなったら適当にでっち上げるさ。悪い話と違って誰も文句言わねえから。俺たちが汗水たらすことないよ」

深田は再びゲームアプリを起動させた。遠藤もさじを投げるしかなかった。

「明日はちゃんと働きましょうね、深田さん」

明日は土曜だが、もちろん任務中の警察官には関係ない。

「いや、明日は俺、こっちがあるんだ」

「何ですかそれ」

今度遠藤に突き出された深田の右手は、小指だけが立てられていた。

「知らないのか？　おっと。やばいやばい」

深田は急いでスマホに手を戻した。

「いや知ってますけど――女ってまさか」

「まさかもくそも女だよ。買い物連れてけってせがまれてんだ」

「もう好きにしてください。俺、一人でやりますから」

「アキちゃんもたまには彼女のケアしてやんないと振られるぞ」

「いませんよ、そんなの」

「紹介しようか？　でもあのへんはアキちゃんでも結婚対象としちゃ若すぎるかもな」

「どんなのと付き合ってんですか」

遠藤は呆れを通り越して怖くなっていた。

「ほんと捕まったりしないでくださいよ。頼みますよ」


翌日、深田は朝六時に目を覚ました。小学校二年生になる下の娘、香那（かな）が「お父さん、起きてえ」と叫びながら布団の上に飛び乗ってきたからだ。

「痛いよ香那」

時計を見ながら深田は顔をしかめた。

「いくらなんでも早過ぎるだろ」

「だめ」

「だーめ」

襖が開いてこちらは小四の長女、理来が声を揃えた。

「早く行って並ばないと可愛い服取られちゃう」

「分かった、分かったよ」

妻の志織が食卓に塩鮭や納豆を並べていた。手伝っているのか邪魔をしているのか、妻のまわりをちょこまか動き回る娘たちは、それぞれ一番お気に入りの服で着飾っている。

「央さんご免ね。央さんも仕事あるんじゃないの」

「パート休めないならしょうがない。こっちは普段サービス残業の山だから。ちょっと取り返してやるさ」

香那などまだ八つだというのに、娘たちのおしゃれなことといったら大変なものだ。もっとも近頃のJS、女子小学生はそんなものらしく、JS向けのファッション誌がいくつもあって、二人してむさぼり読んでいる。その手の雑誌でしばらく前からさかんに取り上げられているガールズファッションショー&即売会なるものがこの日開催されるのだった。

志織がパートで働いているデイサービスセンターもちょうどバザーの日でどうしても出なければならず、深田が連れていってやることになった。そうしなければ娘たちがどんな報復に出るか怖いのもあったが、彼自身、娘が流行りっぽい恰好をしているのは嫌いでなく、子供のファッションショーなるものがどんなふうなのか、怖い物みたさも含めて興味を抱いた。

会場は幕張メッセだから官舎のある江東区からだと一時間ちょっとで行ける。十時開場の三十分前に着けば余裕だろうと考え、娘たちをなだめて八時まで出発を遅らせた。しかし錦糸町で総武線に乗ったあたりから、それらしい小さな女の子たちをちょくちょく見かけるようになった。電車が東に進むにつれてその数は増えていったが、乗換駅の西船橋（にしふなばし）でみんな降りた。武蔵野線では、車内はほとんど彼女たちに占領されていた。

　南船橋で京葉線に乗り換え、ほどなく海浜幕張（かいひんまくはり）に電車が滑り込んだ。深田は理来、香那と両側で手をつないで、女の子たちの波に押し流されつつ、負けじと駆け出した。コンクリートの平原のようなだだっぴろい埋立地を走ることおよそ十分。昨日以上の暑さもあって汗だくになったが、ショーの会場であるホールの入り口にはすでに十重二十重（とえはたえ）に折りたたまれた人の列ができていた。

「だから言ったのにい」

　理来はふくれっ面である。

「悪い悪い。でも大丈夫だよ。こんだけ人が来るんだから、服もたくさん用意してるって」

「いいの見つけたらすぐ買ってくれないとだめだよ。迷ってるヒマないんだからね」

「分かったって」

　苦笑しながら深田は改めて周りを見回した。あっという間に自分たちの後ろにも列が伸びている。大したものだ。少子化というが、これだけ子供がいるなら当分大丈夫なんじゃないか。子供が少ないから、これだけ贅沢させてやれるのでもあるだろうが。

　しかしうちの娘たち可愛いな。何人来てるか分からないけれど、絶対上位一割に入るね。

　この娘も、あの娘も、とほかの女の子たちを観察して深田はほくそえんだ。

　悪いけどみんなイモ臭い。うちのの足元にも及ばない。

　ショーっていうからにはモデルがいるんだろうな。どんな娘たちなんだろう。でも理来や香那だったら対抗できるんじゃないか。デビューできるかもな。読（ど）モとか言うんだっけ。

などと考えていたら、列のわきをテレビクルーが通りかかった。なるほど、ビジュアル的にもいいネタである。

レポーターの若い女とカメラマン。そしてもう一人の男と目が合って深田は「あ」と声を上げた。

「トシちゃんじゃん」

「オウさん。こんなとこで何やってんです」

深田央（わたる）の下の名を音読みにして呼ぶこの男は、堤俊郎（つつみとしろう）という中央テレビのディレクターだった。

「子供にせがまれてさ。かみさんが今日だめなもんで。トシちゃんこそ、こんなのも取材すんだ」

「ワイドショーですからね。何でもやりますよ」

堤はしばらく前まで社会部の警視庁回り記者で公安部にも出入りしていた。記者と話していいのは部長、各課の次長以上と決まっているのだが、深田はこっそり何人かと付き合っており、堤もその一人だった。

上が部下とマスコミの接触を嫌うのは、情報を出し入れするおいしさを知っていて、独占したいからなのだ。だから味も分からないままにしておこうとする。

しかし深田に言わせればずるい話だ。公務員法の守秘義務違反なのが明らかなネタも、上はばんばん記者にリークする。むろん、報道されることが警察の利益になったり、引き換えに記者から情報が取れたりするのを狙っているわけではある。加減の分からない奴が真似をすると目も当てられない事態になるのは分かるけれども、加減を覚えるには経験が必要だ。今上に行っている連中など、みんな若いころからやっていたはずだ。

何にせよ堤はもう記者ではない。互いに気楽なものだった。まして会ったのがこのシチュエーシヨンだ。

「すげえもんだなあ。こんなに混んでるなんて思ってなかったよ」

「お父さん、テレビの人と知り合いなの？」

理来が興味津々のまなざしをクルーに向けていた。

「そうだよ」

深田も威張ってみせる。

「ねえねえ。おじさん、ＨＥＹ・ＳＡＹ・ＦＬＡＳＨとか会うの？」

理来が堤に尋ねた。

「会見には出たことあるな」

「すごい！」

理来はうっとりと堤を見上げた。香那も理来にはもう出せなくなった悲鳴のような歓声を上げた。

「親しいってわけじゃないんだけどね」

堤は少し照れていた。しかしこれくらいの子供たちには、テレビの向こう側のアイドルグループと一緒にいられる人間というだけで神様のようにあがめてもらえるのだ。

「俺たち報道パスもらってるんだけど、よかったらオウさんたちも一緒に入ります？」

気をよくしたからでもないだろうが、堤はそうささやいてくれた。

「まずい？　オウさんの立場だと」

「俺はちっとも気にしましぇーん」

前後に並んでいた親子連れからの疑惑の目や、「ねえー何であの子たち行っちゃうの」という聞こえよがしな声も置き去りにして、係員たちに固くガードされた一般入り口の少し先のドアから彼らはホールに入った。

「やっぱりテレビの人すごい！」

「すごーーーい！」

理来と香那は華やかに飾り付けられたステージに目を輝かせ、周りに配置された店舗ブースの中にお目当てのブランドを見つけると「見てきていい？」と父親の表情を窺った。

「いいよ。でもまだ開いてないから外からだけな」

言い終わらないうちに二人はすっとんでいって、後ろ姿がみるみる小さくなった。

「オウさん大きなお子さんいるんですねえ」

「チビだよ、全然まだ」

実際、来ていた子供たちの中でも小さいほうだ。しかし深田より二つ若いだけの堤は、去年結婚したものの子供はまだという。最近はみんなそんなもののようだ。

「可愛いですね」

「だろ？　トシちゃんも早いとこ頑張りなよ」

「かみさん次第すね」

堤は苦笑しながら言った。

「まだしばらくタイミングみたいらしくて。親はどっちの方からもプレッシャーかけてくんですけどね」

「何にしても助かったよ。ありがたいねえ。持つべきものはコネある友達だな」

実を言えばホールには、同じように特殊ルートで先に入ったとおぼしい客たちがちらほらいて、裏口がどこの世界にもたくさんあることを示していたのだけれど、だからこそ裏口を知らなければ馬鹿をみるだけだし、公安の警官だってマスコミと付き合っておくべきだ、こんなメリットもあるのだからと改めて思った深田だった。

「お返しができるといいんだけどな。今は何にもないや」

さすがに人質のことは教えられないな、と考えながら深田は言った。

「いいですよそんなの」

「追いかけてるものある？　力になれるかどうかは分からないけど、心がけとくよ」

「そうだなあ。せっかくそう言ってもらえるなら」

堤は顎に手を当てた。

「オウさんだったら、政界系もいけますよね。矢島武彦のこと聞いてないですか」

心臓が飛び出すかと深田は思った。

「財務大臣の？」

動揺を隠してなんとかそう返した。こいつ知ってるのか？　政府でも国自党でもトップシークレットのはずだが――。

「ええ」

堤はにやついた。

「ちょっと面白い話なんです。思いっきりワイドショー向けですけどね」

堤が、政治部から回ってきた噂として語ったのは次のようなことだった。

先週、矢島武彦の妻と長男のほうの嫁が血相を変えて財務省に乗り込んできたのだという。大臣は外出中だったが、帰ってくるのを待ち構えて直談判（じかだんぱん）に及んだ。終わって出てきた大臣は顔面蒼白、妻と嫁のほうは意気揚々と引き揚げていった。

「その日の大臣の予定がキャンセルになったのは本当らしいんですよ。政治部の奴は、絶対愛人がバレたんだって。かみさんにどやされて、離婚でもちらつかされて歯の根が合わなくなって、仕事どころじゃなくなったんだって言うんです」

「へえ」

「嫁が、何でくっついてきたのかは謎なんですけどね。そいつの説は、嫁の旦那が愛人紹介したんじゃないかってんです。あそこの長男、かなりろくでもないらしいんで。自分の遊び場に親父連れてったとかね。長男は知らないけど、矢島武彦はまあまあ固いイメージじゃないですか。そりゃどうかなって気もしますが、人間、下半身は分かんないもんですからねえ」

とりあえずほっとした深田だが、話の後半は相槌（あいづち）を打ちつつ推理にふけっていた。

もとより愛人うんぬんでは説明しにくいことが多かった。成浩は確かにろくでもない男だが、女関係はほとんど出てきていない。妻との間に子供はいなかったが、さっき堤も言ったように、子供のない嫁と姑は折り合いが悪いほうが多いだろう。中央テレビの政治部記者が考えたような状況なら、共闘するより責任のなすり合いになりそうな気がする。

何があったかは分からない。しかし強く疑われることがある。その出来事が、政府の方針を変えさせるきっかけになったのではないか。矢島成浩の再調査が指示されたのは四日前。タイミングがぴったりなのだ。

アメリカに弓を引くのもやむなしと、この国のトップに思わせるような出来事――。

「オウさん？」

呼びかけられて深田は我に返った。

「ご免ご免。あれこれ可能性考えちゃって。面白い話だね。でも全然知らなかったわ」

「ま、乗り込んできたってとこから噂ですから。何か聞こえてきたら教えてください」

「了解。連絡先前のままでいいんだっけ？」

「変わってないです。じゃあ僕もそろそろ仕事します」

堤はクルーとともに深田から離れた。深田はといえば、しばらくして今度は娘たちから「お父さん！　来て来て」と手を引っ張られるまで、身じろぎもせずにこの先の糸の手繰り方を思案していた。

4

イラクの宗教指導者、ナイーフ・アル・ザムル師に関する情報が届いて数日後、外務省はＩＨＯとの交渉を仲介してくれるよう依頼することを正式に決めた。ほかに選択肢はなかった。

イラクは中近東二課の管轄だけれども、一連の人質事件に中心となって対応してきたのが一課だったため、一課からトルコに派遣されていた辻守弘が現地に赴くことになった。辻はアラビア語に堪能な専門職員で、イラクにも滞在経験があった。

ザムルは依頼を受け入れ、ＩＨＯ幹部と接触するためＩＨＯの支配地域に入った。辻は近づけるぎりぎりまで同行してザムルが戻るのを待つことになった。

本省の中近東一課では、官邸と警察庁、二重の敗北に打ちひしがれる空気もあったが、課長の村瀬宣彦は懸命に気持ちを切り替えようとしていた。

何が何でも二人の人質を無事帰国させるという平谷政権の意思が、村瀬にも強烈に伝わってきていた。言い値を支払ったってそれは貫かれるのではないか。

誇りが守られるなら地位を失っても我慢できる。けれどこの状況では交渉を成功させなければ何も残らない。ミスター外務省、田中でさえ面従腹背が精一杯に見える。それもいつまで続けられるか——。

ザムルが戻ってきた、という連絡が入ったのは、辻が彼と別れて四日目だった。

一課にいた村瀬は、知らせに来た職員とともに部屋を出て、廊下の先にあるプレートのかかっていないドアへと向かった。前で一度立ち止まり、あたりにちらと目をやってからすばやく中に入った。

中はそう広くないが、長机を使って二つの作業スペースが作られ、職員たちがそれぞれパソコンに向き合っていた。ファクスやコピー機も並んでいる。

普段から部外者立ち入り禁止になっているテロ対策課などと違い、管轄地域との政治、経済、文化交流全般を請け負っている一課にはマスコミを含めいろんな人間が出入りする。課内でも関係ないセクションには人質の話など極力知られたくないわけで、及川瑞希一人の時からここに担当者を集めていたが、ＩＨＯと本格的な交渉に入る方針が打ち出されたあとは、いっそうここそするようになった。

村瀬は、立ち上がった別の職員に案内されてモニターの前に移動した。

「つながってます」

職員の言葉に村瀬はうなずいた。衛星回線を使ったテレビ電話に辻が映っていた。後ろには薄よごれた壁と粗末な調度の室内が見える。彼がいるのはバクダッドから遠く離れた田舎町だ。

「ご苦労さん」

「いえ」

短く辻は答えた。いつもあまり表情のない男である。

「どうだった」

「及川瑞希を拘束している部隊の司令官と話したそうです。少なくともザムルはそう言っています」

「で」

「二千五百万ドルだそうです」

村瀬の後ろにいた職員たちがざわついた。村瀬もうーんと唸った。どう反応すべきか分からなかった。下がったことは下がったが、官邸が考えているラインにはほど遠いだろう。

「辻君はどう思う」

「交渉できると確認できたのは大きな収穫でしょう」

「アラブ式というやつか」

実を言えば村瀬は今のポジションに来て初めて中近東にかかわった。一課の課長には歴代多いパターンだったが、それまで現地に赴任したこともなく、アラビア語ほか現地の言葉はまったくできない。しかし、市場などへ行くと、ものの値段が最初に言われた十分の一以下にまでなるという話は村瀬もちょくちょく聞いていた。

「じゃあまだかなり下げられるんだな」

辻は即座に「それは分かりません」と答えた。

「可能性はありますが、向こうもこちらの状況を見ますから。定価はもちろんですが、相場もないのがアラブ式なんです」

よく分からない、という顔をした村瀬に辻が続ける。

「値段は初めから決まっているものではありません。交渉の結果、合意に達した数字が値段です。いくつかの交渉で結果的に似たような値段がついた時、それが相場みたいに見えることはあるかもしれませんが、偶然です」

辻が論理をもてあそんでいるように村瀬には聞こえた。苛立ちを覚えたが、抑えてザムルの話を詳しく説明させた。

ＩＨＯはザムルに対しても、これまで外務省に直接メールで伝えてきたのと同様に、及川がスパイだと主張したらしい。

「矢島との金額の差のことは聞いたのか」

「聞いてもらいましたが、こちらに前から言ってた通りです。その日本人はほかの部隊が捕まえたのだと思うが知らない、自分の部隊以外のことは分からないと。スウェーデンは耳を揃えて払うって話も一緒です」

よそはよそという態度は、さっき辻が言った相場がないという話とつながっているのか。だったら日本とスウェーデンを比べるのもやめてほしい気がするが。

もっともスウェーデンにいくら請求しているのかまるでつかめない。相手次第で変えているのか。日本は足元を見られているのか。

村瀬は混乱し、自信を失った。辻にも自分が見えているのを思い出して、それが顔に出ないよう努めつつ「これからどうすればいい」と尋ねた。

「とりあえず、ザムルにもう一度行ってもらうしかないでしょう」

「また謝礼を出すのか」

ザムルには今回、一万ドルを支払っていた。

「そりゃそうです。多分あと二、三回。場合によってはもっと必要だと思います。交渉には時間がかかりますから」

「そんなにザムルを信用していいのか」

最初に接触した時、使えるかどうか半々くらいの確率だと辻が言っていたのを思い出し、村瀬は詰問調になった。

「だめですよ」

今度も即答だった。

「今報告したことは全部、ザムルが本当のことを言っている前提です。でも司令官に会ったってところからでたらめでも別に驚きません。最初に申し上げませんでしたっけ。おおまか本当だったとしても、例えば二千五百万ドルって言ってるうちの五百万ドル、彼が懐に入れるつもりなんてこと、十分あり得ると思います」

村瀬は、辻が薄く笑ったように思った。

「そういうところなんです、アラブは。我々とビジネスをしてるような連中はある程度我々の流儀に合わせてくれていますが、むき出しだとこんなもんです。ああ、人質もＩＨＯにはビジネスですね。彼らは、お前たちのほうが合わせろって言ってるんですよ」

辻と話す気力がなくなってきたのを村瀬は感じた。ザムル以外の仲介者を引き続き探すことも含め、辻の提案を上に伝える旨を告げて村瀬はテレビ電話を切った。

辻と一緒に仕事をしだしてしばらくにはなる。アラブおたくみたいな男と思っていたが、それだけだった。今日の辻には、村瀬が知らなかった不気味さと、そう呼ぶのが適切か分からないけれど、輝きがあった。

ＩＨＯと本気の交渉を始めたことで、ものごとの次元が変わった。働けるのは辻みたいな人間だけだ。村瀬が身に着けてきたこと、考えてきたことはまるで役立たない。新しく開けた世界で、彼は赤ん坊みたいに無力だった。

もっともその世界で何かをしようとも村瀬は思わなかった。垣間見ただけで十分だ。キャリア外交官の価値観にどっぷり浸って育ってきた自分に、今さら変われと言われても無理だし、おかしなふうに介入したところでいい結果が出るとも思えない。そもそも手に負えないことは人に任せるのが、キャリアの伝統的な身の処し方である。

自分は辻の提案に従うよう上を説得するだろう。上もそうするしかないと、多少時間はかかるかもしれないが気づくだろう。

そのうちに、役所全体としては少しずつ変わってゆくのかもしれない。悪いことではないのかもしれない。ただ失われるものもまた多い気がする。アメリカとの関係だけではない。よかれあしかれこれまでの日本を支えてきた価値観の多くが揺らぎ、よりどころをなくした人々がさまよい始めるだろう。

一度越えたら戻れない線をまたごうとしていることを、官邸はどこまで意識しているのだろうか。

多分ほとんど分かっていないだろう。身代金を払うと彼らが決めたのは、おそらくひどくちっぽけな、くだらない理由からだ。

しかし嘆こうとして村瀬は気づく。

何がくだらなくて何がくだるか。いったい誰が決めるのだ。

若い時分に考えて、答えが出ないまま考えるのをやめた、青臭いと思っていた問いかけがまた渦を巻き始めた。

「何かあったらいつでも呼んでくれ」

村瀬は部屋を出て一課に向かった。ＩＨＯだけにかかずらっていればいいのではない。無数の、くだらないかくだるか分からない仕事が彼を待ちうけている。

5

「昨日は如何(いかが)でしたか」

日曜の朝、警視庁で深田央と顔を合わせるなり、遠藤彰人は嫌味たっぷりに言った。

「最高だったね」

爽やかな笑顔を浮かべて深田は答えた。

「そっちは？」

「残念ながら何にも」

「じゃあ予定はないわけだ」

「だからってサボりはもう嫌ですよ」

「ちょっとよさげな話が入ってきてさ」

「どっからですか。まさか女じゃないんでしょ？」

「大当たり」

「何ですかそれ」

またわけの分からないことを言い始めた。でもこれでいい仕事もするからなあ、この人は――。

「いったいどんな女と付き合ってんですか」

「それはアキちゃんにも言えないな」

深田に従って遠藤は地下鉄に乗った。電車が渋谷から私鉄の軌道に直通で乗り入れた時、ちょっと頭をかすめたことはあった。口に出すのを控えたが、高級住宅地にあるその駅で、深田が「降りるぞ」と言った。

「まずいですよ」

「いいの」

麻布にある矢島成浩の自宅マンション周辺、そしてここ都立大学の実家、つまり財務大臣邸には近づくなと言われていた。及川の滝川と同じく、家族を見張れば、調査対象が人質になっていることが分かってしまうからだろう。

深田は二匹目のドジョウを狙っているのか。いやそれはもう獲(と)ってしまった。その時は遠藤も勇気を出して一緒に財務大臣邸を張り込んだ。外務省の連中が出入りしているのを確認して用は終わったはずだ。

「これ以上何があるんですか。そりゃ本丸に違いないけど、聞き込みは絶対無理でしょう？　どうにもなんないですよ」

深田は返事をせず、しかしさすがに矢島邸の前までは行かず、曲がればそれが見える四つ角から、あたりでもひときわ目立つその家を観察しはじめた。

「いねえなあ」

「誰がです」

「同業者」

「いるじゃないですか」

大臣の家は警護対象だからポリボックスが建てられて警官が常駐している。

「別動隊が来てる気がしたんだけどな」

「別動隊？」

「そう。ハム総ってこともありうる。他所の班だろうけどな」

「公安が大臣を？」

「大臣じゃあない」

さっぱり分からない遠藤に、深田は「女の関係者」から聞いたという話をした。いわく、矢島武彦の妻と嫁が財務省に乗り込んできたのが、矢島が息子の命を大切にしだしたきっかけの可能性がある。

「矢島の身内の女たちが何かやらかしたんだったら、マークが付くと思うんだ。厄介者になっちまったんだから」

「それはそうでしょうけど」

二人は範囲を広げてあたりを調べたが、捜査員らしい人間は見つからなかった。

「ネタ自体怪しいんじゃないですか」

「いや。当たってる気がすんだよ」

深田は諦めようとせず、遠藤も結局付き合った。二人で矢島邸を見張るわけである。

こういう場所で車なしの張り込みはきつい。道端(みちばた)でじっとしていたら不審者そのものだ。かなり離れた四つ辻を時々横切るように歩き回り、瞬間に目を走らせるしかなかった。

一時間ほどして黒塗りが迎えに来て、矢島武彦を乗せた。日曜だが仕事があるようだ。しかし深田はひたすら女たちの動きを待った。

さらに二時間近くが経った正午少し前、遠藤がタクシーが屋敷の前に停まるのを見た。深田を呼び、持ってきていた高倍率のデジカメを構えた。資料写真で見ていた、矢島芳恵と麻紀がデジカメのモニターを横切った。

芳恵は政治家の妻と言われればとても納得してしまう派手な花柄のスーツを着て、玄関からタクシーまでのわずかな距離、今日は薄雲越しの太陽にさらされるだけなのにわざわざ日傘を広げた。

一方、少し遅れて続いた麻紀のほうは、砂色のロングスカートに黒いカットソーという恰好だった。こちらも日焼けには敏感なのかつばの広い帽子をかぶっていたが、印象は正反対に近かった。帽子に大部分隠れていても、昔芸能界の端っこにいたらしい顔立ちの端正さは感じ取れたし、スタイルも一級品といって差し支えなかった。

「写真より上等だなあ」

「否定しませんよ」

つまり麻紀は、遠藤もそうつぶやいてしまうくらい綺麗だった。

その姿は一瞬で車の中に消え、タクシーも角を曲がって見えなくなった。車のない身にはもうどうにもならない。やれやれと思っていたら深田がぼそっと言った。

「アキちゃん、年増（としま）趣味か」

「は？」

「ああいうのがいいんだ」

「年増趣味でもロリコンでもないですってば。ただ――」

「大物政治家の息子は羨ましいな」

昼飯にしようと二人は駅前に戻った。住宅地だが、そのあたりには洒落た店もずいぶんあった。というより洒落過ぎ、いかにも高そうで入るのがためらわれる店ばかりだった。

「ありゃ?」

彼らが声を上げたのは、矢島邸とは比べるべくもないが、かなり大きな住宅を改装したらしいレストランだった。道路に面したスペースにテラスがしつらえられ、テーブルが並んでいる。そしてその一つに芳恵と麻紀の姿があった。

「日焼けを嫌がってるみたいなのに、飯は外で食いたがるんだな」

「ここまで来るのにタクシー呼ぶのもすごいっすねえ」

女たちは昼飯に一時間半かけた。デザートが済むとまたタクシーが呼ばれた。そのころにはどの店もランチタイムが終わっていた。どのみち高すぎて入る気もしなかった。彼らはコンビニで弁当を買って公園で食べ、張り込みに戻った。

夕方には、麻紀が一人で、飼い主に比べるとスタイルのかなり劣る犬を連れて出た。三十分ほどで麻紀と犬が戻り、さらにしばらくして矢島武彦が帰ってきた。

「今日はここまでにしとこう」

「明日もやるんですか?」

深田は遠藤の言葉を無視した。

「寺地君対策をそろそろしとかないとな」

「このままじゃまずいでしょうね」

「何か報告できること考えようぜ」

「え？」

「汗まみれ、ホコリまみれじゃな。いいアイデア浮かばねえよ」

三十分後、二人は渋谷のサウナにいた。風呂から出て、深田は言った。

「ビール飲むか」

そしてジョッキを片手にメモ帳を広げた。

〈矢島成浩は正義感が強かった。盛り場でたちの悪そうな少年たちにからまれていたカップルを助けようと割って入ったことがある〉

「嘘くさくないですかねえ」

「結果的には彼もボコボコにされてしまったが、ってしとくか。リアルじゃね？　奴の行きつけのバーの客の話ってことにしときゃ、確認のしようもない。後は――そうだ」

〈北朝鮮による日本人拉致事件が発覚した時は激しく憤り、いつか独裁国家の実情を暴いてやると口癖のように言っていた〉

「これは日本国民にはアピール度大きいよ。全方位的に異論出ないしな」

遠藤は不安でならなかったが、でっちあげられた情報は上司にあっさり受け入れられ、かつ喜ばれた。そして深田は矢島家の女たちを追い続けた。時には、張り込み用の捜査車両も借り出した。もっとも何が出てきたわけではなかった。矢島芳恵のほうはちょくちょく外出した。いつもタクシーだったが、追跡に成功した範囲では、近場遠場のブティック、レストラン、そしてワインショップが目的地だった。

週刊誌の記事などを調べると、芝居や展覧会も大好きらしかったが、そういうところには行かず、またマダム仲間と合流することもなかった。当たり前だが息子が人質という状況ではそんな気になるまい。やけ買いやけ食いやけ飲みが精一杯だろう。

一方の麻紀は、犬の散歩が朝夕あるものの、大きく家を離れることは芳恵よりずっと少なかった。ただ、芳恵が外食する時にはかなりの頻度で同行した。

「仲がいいんですねえ」

遠藤がつぶやくと、深田も不思議そうにうなずいた。

「嫁姑ってのは、そうはいかないことが多いもんだがなあ」

外務省の連中が屋敷に出入りしていなければ、深田の情報源が考えていたように、愛人問題で揃って大臣室に殴り込んだという説明にうなずいてしまいそうだ。

「それぞれ息子、夫の危機ってことですからねえ。絆が生まれたんじゃないですか」

「母の愛はともかく、夫婦愛なんてあてにならねえもんだよ」

「矢島成浩は誰かさんみたいな浮気者じゃないですよ」

「多少浮気したって、頼れる男に女は惚れるもんだ」

「深田さん、恋愛観古すぎですって」

「そんなことないよ。俺こう見えて純愛主義者だぜ」

しかし口から先に生まれてきたような深田も、このところは少し元気がなくなってきていた。

「おかしいなあ」とか「やっぱ何もねえのかなあ」などと漏らすこともあった。空振りが続いて、自分の勘が信じられなくなりつつあるようだった。

深田さんだって、いつだってヒット打てるわけじゃないもんな。

諦めてくれれば、規律違反が明らかな仕事からも解放される。

遠藤としては希望を見出しかけていたある朝のことだ。

郵便はがき

料金受取人払郵便

小石川局承認

1741

差出有効期間
平成30年9月
30日まで

112-8731

〈受取人〉
東京都文京区
音羽二―一二―二一
講談社
文芸第二出版部 行

書名をお書きください。〔　　　〕

この本の感想、著者へのメッセージをご自由にご記入ください。

〔　　　〕

おすまいの都道府県　　性別　男　女

年齢　10代　20代　30代　40代　50代　60代　70代　80代～

頂戴したご意見・ご感想を、小社ホームページ・新聞宣伝・書籍帯・販促物などに使用させていただいてもよろしいでしょうか。　はい（承諾します）　いいえ（承諾しません）

TY 000044-1609

**ご購読ありがとうございます。
今後の出版企画の参考にさせていただくため、
アンケートへのご協力のほど、よろしくお願いいたします。**

■ Q1 この本をどこでお知りになりましたか。

1 書店で本をみて

2 新聞、雑誌、フリーペーパー〔誌名・紙名　〕

3 テレビ、ラジオ〔番組名　〕

4 ネット書店〔書店名　〕

5 Webサイト〔サイト名　〕

6 携帯サイト〔サイト名　〕

7 メールマガジン　8 人にすすめられて　9 講談社のサイト

10 その他〔　〕

■ Q2 購入された動機を教えてください。〔複数可〕

1 著者が好き　2 気になるタイトル　3 装丁が好き

4 気になるテーマ　5 読んで面白そうだった　6 話題になっていた

7 好きなジャンルだから

8 その他〔　〕

■ Q3 好きな作家を教えてください。〔複数可〕

〔　〕

■ Q4 今後どんなテーマの小説を読んでみたいですか。

〔　〕

住所

氏名　電話番号

ご記入いただいた個人情報は、この企画の目的以外には使用いたしません。

警視庁の最寄り駅は、別称にもなっている桜田門だが、有楽町線しか通っていないので、霞ケ関を使うほうが多い。都立大学に行く時もそうだった。

まだ出勤してくる役人たちも多い時間帯で、人込みをかき分けるように遠藤たちは改札に向かっていた。その途中で、先を歩いていた深田が急に立ち止まって、遠藤はその背中にぶつかりそうになった。

「どうしたんですか」

深田の首がゆっくりと後ろに回った。そして彼はくるりと向きを変えた。改札を出てきた人たちがいくつかの流れに分かれて地上を目指す、その一つに合流して進んでゆく。

「深田さん」

再度呼びかけた遠藤を、深田は黙っていろと目で制した。階段を上がって地上に出た彼は、三分ほどで歩みをやめた。その先は上り坂になっている。二人がいるのは、外務省の前だった。

「どうしたんです」

改めて問うた遠藤に、深田は「悪い悪い」とつぶやいた。

「別に不思議なことじゃない。当たり前っちゃ当たり前なんだけどな。いたもんでさ」

「何が?」

「滝川の奴だよ」

深田は、及川瑞希の家族と接触していたテロ対策課員を見かけたのだった。確認のために追いかけた女は外務省に入っていった。

「及川はもういいってことですかね?」

「いや。殺されるにしろ解放されるにしろ、何かあったのなら公になってるはずだ」

深田は外務省の建物をじっと見つめた。

「一時的に帰ってきたのか、人員の交代か。でも何か状況が変わった可能性もあるよな。矢島成浩のことと関係あるのか——」

6

言うまでもないが、官邸でブリーフィングをするのは外務省だけではない。さまざまな役所のさまざまな役人が、起こっていることやこれから始めようとしていることについて説明にやってくる。説明してくれるだけならいいのだが、それぞれの立場と利害から、政権の方針を自分の望む方向に引き寄せようとするのも外務省に限った話ではない。

だから安井聡美は、ブリーフィングを受ける時には、ごまかしや誇張を見抜くため細心の注意を払った。

そんな中で今日のブリーフィングは気楽ともいえた。報告されるのが操作しようのない数字なのに加え、報告する人間も、数字の正確さにしか関心がない、役人としては珍しいタイプである。

「失礼いたします」

官房長官室に部下と一緒に入ってきた上田文直(うえだふみなお)は、腰から上をまっすぐに保ったまま折り曲げる几帳面な礼をしてから、安井の勧めたソファに、やはり背筋をぴんと伸ばして座った。

内閣府で統計調査を担当する上田が差し出したのは、国内の設備投資状況をまとめたレポートだった。工場のラインに使われる機械など、生産設備をどれくらい受注したか、毎月メーカーに聞き取り調査をしているのである。企業が生産設備を増やすのは、一般の消費者にたくさん買ってもらえるあてがあるからだ。つまりレポートに出てくる数字は、景気の先行きを占う指標になる。

このところ設備投資は堅調だった。季節要因による多少の増減はあるが、前年同月との比較だとほとんどいつもプラスの数字が出る。マスコミには安井が午後の記者会見で発表するのだが、経済の回復をアピールする恰好の材料になるだろう。矢島問題をはじめ、自分を鼓舞して立ち向かわなければならない仕事が続く彼女には、明るい気分にしてくれる貴重なブリーフィングのはずだった。

安井はまず、レポート本体と別に、紙一枚にまとめられた要約を読み始めた。が、すぐにいぶかしげな表情になった。

「足踏み、というのは——」

尋ねられた上田は無表情に「言葉通りの意味です」と答えた。

「民間の需要がかなり落ち込みました。二〇パーセント以上の減少です」

表とグラフを見て、安井はその通りであることを確認した。

「製造業は安定していると思っていたのですが」

「ええ。そこでの落ち込みが影響しています」

上田は、レポートの本文を開くよう促し、部下に解説させた。自動車、鉄鋼、電気機械といった基幹産業が軒並み設備投資を減らした。中にはマイナス二〇パーセントという業種もある。

「どうしてこうなったんですか」

「原因の分析はうちの仕事ではありません」

上田は相変わらず無表情だった。

「上田さんの私見で結構です」

「では申し上げます。要因は一つではないと思います。大きなのはやはり中国経済の先行きに対する警戒感、金融緩和の効果が頭打ちになってきたこと、などでしょうが」

「どちらも昨日今日急に言われ出したわけではありませんよね。しかし数字には表れてこなかった」

「深いところで起こっていることが目に見えるようになるには時間がかかります。企業は、当然ながらぎりぎりまで稼ごうとしますが、これ以上は危ないと判断しはじめたのです」

「一斉（いっせい）にですか？」

「彼らは経験を積んでいます。勘かもしれないし、独自の材料を持っているのかもしれません。いずれにしても、判断が一致したのですから何かあるのでしょう。それを広く知らしめるのがこの統計の役割です」

至極もっともな意見だった。

要約にある「足踏み」という表現を、もう少し穏やかにできないか——。

のどまで出かかったのを安井は呑み込んだ。上田に抱いてきた好意と敬意を汚したくなかった。代わりに彼女は「ご苦労様」と言った。ねぎらいがいくぶん素気なくなってしまったのは致し方ないところだった。それに上田はそんなことに気づく男でもなかった。来た時と同じように、薄くなったてっぺんを見せつけるみたいに頭を下げ、くたびれた背広の裾（すそ）を翻（ひるがえ）して颯爽と去っていった。

記者会見では、例によって政権に批判的ないくつかのメディアがレポートに食いついた。

「平谷政権の経済政策が行き詰まってきたのではないでしょうか」

そう質問してきた東日新聞に安井は笑顔を見せた。

「遠い目標に向かって進む途中では、誰だって休憩をはさむと思います。今は経済の力強い再生を確実にするために、ひと息入れている段階と解釈しております」

「しかし、思ったような数字でなかったのはお認めになってもいいのではないですか」

記者はなお食い下がった。

「確かにその通りです」

記者が口の端をぴくりと動かした。安井は続けた。

「であるからこそ政府といたしましては、掲（かか）げております政策をこれまで以上に強力に推し進めてゆく必要があると考えております。私どもの政策が間違っているのではなく、徹底が足りないから十分な効果が出ていないのです」

「そう言い切られる根拠は何ですか」

「私どもはこの二年で、前の憲民党政権下で低迷していた株価を、倍にまで押し上げました。雇用も改善しました。設備投資も、今回少し落ち込みはしましたが、私どもが政権につく前に比べればはるかに高い水準です。これらは根拠にならないでしょうか」

記者はなお何か言いたそうだったが、反論の手がかりを見つけられなかったらしく「ご主張は分かりました」と矛を収めた。

会見とそれに続く囲み取材を終えて安井は長官室に戻った。会見に同席していた秘書官たちもそれぞれの部屋に帰りかけた。

「ああちょっと」

安井が呼び止めたのは、経済産業省から出向している内山勇（うちやまいさむ）だった。内山を長官室に入れた安井は、経産省に設備投資促進策を検討させるつもりだと伝えた。

「中央新聞と東都（とうと）新報にそう書かせて頂戴」

「案が固まってからだったら問題ないと思います」

「いいえ。もっと早くにお願いします。こちらから、経産省に指示を出したという形で」

「それだとうちの上のほうが——」

「内山さんの『うち』はここでしょう?」

内山は顔色を変えた。

「はい」

「経産省の面子（メンツ）はどうでもいいわ。政府がすぐ手を打ったということを示したいの」

ついでにマスコミの中で、味方になってくれるところにエサを与える。そうでないところは干し上げる。

そのためにも、情報が官邸発だとはっきり分かる形で流さなければならなかった。といって安井が自分で動くには軽すぎる話なので、内山にやらせることにした。難しい話ではない。内山のところにも朝な夕な、各社の記者がやってくる。中央と東都だけに耳打ちしてやればおしまいだ。

もちろん内山が経産省に戻ったあとの自分の立場を考えないわけがない。マスコミへリークする前に、必死で省内の根回しに動くだろう。経産省の幹部だって従わざるを得ない。ねじり鉢巻きで政策メニューを考えるはずだ。

安井は政治家だった。政治家が、信念に基づいて権力を行使するのは当然であり、有権者から権力の負託を受けた者としての義務である。だが権力は、ほかの権力によってつねに脅かされている。責任を果たすために、政治家は闘い続けなければならない。手段を選んでいられないこともある。それも政治家の仕事なのだ。

国を動かしているつもりの役人たちはそこがまるで分かっていない。あるいは分かりたくないのだろうか。みんな上田のようであるべきなのに、陰謀ごっこにふける。失敗したところで出世が頭打ちになるくらいのことだ。気楽なものだ。無責任な批判を繰り返すだけのマスコミも同じだ。彼らは安全な場所にいる。

　であってもそういう連中が安井を憎み、さげすむことは止められなかった。もとより彼女は覚悟していた。誰かがやらなければならない。でなければこの国と、この国に住む人々を救えない。自分にその役が回ってきたのなら力を尽くすしかない。

　内山が出ていったあと、安井はいくつかの用をこなし、さらに男女共同参画に関する諮問会議の委員をしている大垣涼子に電話をかけた。

　女性の社会進出を進めるため、保育園の定員を増やすことが急務になっている。施設を作るとともに、保育士不足をなんとかしなければならない。賃金を上げられるかどうかがカギだった。といってあまりに高くすれば、保育園経営に進出しようとする企業などの意欲をそぎかねない。どれほどの賃金アップを目指すのか。基準を示すとして、どの程度強制力を持たせるのか。

　大垣はこの種の問題を専門に研究している大学教授で、女性ということもあり、会議の中心的なメンバーだった。彼女が次の会議で示す私案が答申のたたき台になる。安井はその内容を事前に調整しておきたかったのだった。

　二人の意見は大筋で一致したが、いくつかの相違点もあった。話が熱を帯びてきた時、安井はニュース速報のチャイム音に気づいてテレビに目を向けた。普段は音を低くしているものの、テレビは基本的に点けっぱなしにしてある。

〈アメリカ・ラスベガスのレストランで銃乱射　少なくとも数十人が死傷〉

安井は天を仰いだ。

「すみません。ちょっと緊急に対応しなければいけないことが起こってしまいました」

「え？　何です？」

テロップの内容を説明すると、大垣は「またですか」と言った。

「しばらくおさまっていたみたいだったのに。いよいよアメリカですか。ほんとにテロばっかりで。どうなってしまうんですかねえ、世界は」

「まだテロと決まったわけではありませんけれど」

世界の行く末に関心を寄せる大垣は、しかしアメリカの事件で安井が動かなければならないわけがよく分からないようだった。

「あ、ひょっとして日本人が？」

「それもまったく分かりませんが——とにかく申し訳ありません。続きは改めてうかがいますので」

もちろん日本人被害者がいるかどうかは最優先の確認事項だった。だが一人もいなくても、事件そのものが今の日本には大きな意味を持っている。

細かい情報でも逐一上げるよう外務省に厳命した安井は、党本部に出かけていた平谷にメモを入れさせた。すぐに戻ってもらうほどではないが、心の準備は必要だ。

現地のテレビ報道を引用しているだけだろうが、外務省からは少しずつ情報が入ってきた。向こうではどのメディアも事件一色のはずだ。

状況はよくなかった。ラスベガスの複合ビルの二フロアを占める大きなレストランが襲われた。

事件が起きたのは現地時間の午後十一時近くだが、同じビルには終夜営業のクラブなどが多く、レストランも二時までやっていて、百席を超える店内は満席に近かった。複数と見られる犯人は二つのフロアでほぼ同時に銃撃を始めた。自動小銃が使われたと見られる。

ＩＨＯが関わったテロで特に規模が大きかったものとしては、去年スペインのデパートであった爆弾事件が挙げられる。前後して、イギリス、フランス、トルコやエジプトでも、銃や爆弾を使ったテロが相次いだ。トルコやエジプトはもちろん国民の大半がイスラム教徒だが、西欧と協力してＩＨＯに軍事攻撃を加えている。こうした国では主に外国人の集まる観光スポットが狙われた。

今度の事件も、過去の一連のものと同じ匂いがした。しばらくあいだが空いていたことだけが推測への否定材料だったが、答えは外務省の報告の中にすぐ見つかった。ＩＨＯはイスラム教の断食月「ラマダン」中に「聖戦」を起こすようインターネットなどで呼びかけていたのだ。そして今週からラマダンが始まっていた。酒、セックス、そして賭博。イスラムが悪とみなすもので成り立っているようなラスベガスは恰好の標的だ。

日本のテレビも本格的に事件を取り上げはじめ、現場の映像が映し出された。血を流した人たちが担架で担ぎ出されている。まったく動かない人もいた。抱き合って泣いている女性たち。マイクにまくしたてる若い男も血まみれだ。

被害が小さいことを安井は祈った。傷つき、悲しむ人間を見たくないという思いはもちろんあった。しかしそれ以上に、日本がＩＨＯに身代金を払った場合の、アメリカの反発を恐れたからだった。

もし日本人の犠牲者がいたら？

そちらにあまり頭が回っていなかったのだが、その場合いっそう厄介なことになるのに気づいて心が重くなった。

何の落ち度もなく乱射事件に巻き込まれた同胞を思って、世論は憤激するだろう。ＩＨＯがテロを実行する資金になる身代金の支払いには不寛容になるだろう。人質の命を助けるためとはいえ、人質は危険地域に自分からのこのこ出かけていったのだ。世論を納得させるには、想定していた何倍もの労力が必要だろう。

安井は頭を切り替えようとした。悩んでも仕方がない。今打てる最善の手は、政府がきちんと対応しているとアピールすることだ。

記者クラブからの要請を待たずに、臨時の会見をセットし、一時間ちょっと前にいた会見場のマイクの前に再び立った。記者たちもまだ質問の材料を持ち合わせていない。提供した外務省情報をありがたく受け取るだけだった。

彼らの最大の関心事も日本人被害者の有無である。それで食いつきを一番露骨に変えるのはマスコミだ。アフリカの奥地で起こったジェノサイドなら、数百人死んでもまったくといっていいほど騒がない。しつこく確認されたが、今の段階ではこちらにも本当に分からない。平谷にすぐ発生を伝えたこと、駐米公館の職員を現地に派遣していることを強調して、安井はとりあえずの目的を果たした。

会見を終えると、平谷も執務室に戻ってきていた。

安井から説明を受けるあいだ、平谷はこつこつと指でテーブルを叩き続けた。そうでない時は腕を組んで半眼で何か考えにふけるようだった。

「サミットの一番の議題かもしれないな」

平谷が最初に口にしたのはそのことだった。

「大きなテーマになるのは避けられないでしょう」

「やはり身代金はまずいんじゃないか」

「いえ」

安井は考えておいた答えを述べた。

「フランスはスペインの事件のあと人質を救出しています。自分の国でテロが起こってからは分かりませんが――」

「フランスにはもともと独自外交の伝統がある」

第二次大戦後、アメリカの庇護（ひご）の下で国際社会に復帰した日本とは事情が違うと平谷は言っているわけだ。その通りだけれども、そこを認めてしまうと、アメリカに押し付けられた憲法を改正するという国自党の立場も微妙なことになるのではないか。

しかし今はそれについて平谷と議論する局面ではなかった。安井はひたすら、人質救出の晴れ舞台に平谷の想像力を引き戻すべく努め、閣僚の金銭スキャンダルの恐ろしさを改めて訴えた。しかし平谷もこの日は簡単に説を引っ込めてくれなかった。

「ラスベガスでもし日本人が死んでいたら、日本でテロがあったのと変わらないんじゃないか」

そこまで言われて安井は詰まった。平谷はさらに突っ込んできた。

「その場合でも、矢島のスキャンダルよりましだと言い切れるかね」

ましだとなお安井は思っていた。国の毅然とした態度を求める世論はなるほど強い。しかしそれは唱える人々の声が大きいからで、人数が圧倒的に多いわけではない。より一般的なのは、国より自分、とりあえず我が身にことが及ばなければそれでよいという感覚だ。彼らが大きな声に逆らわないのは、逆らうのが面倒、あるいは居心地が悪くなりそうだからに過ぎない。比べて金持ちに対する嫉妬ははるかに広く共有されている。

ただそれらは安井の肌感覚であり、平谷を納得させられる根拠を示すのは難しかった。

「分かりません」

仕方なく安井は答えた。

「そうであった場合のオプションに、ＩＨＯとの交渉を中止することも加えます」

表情を緩めてうなずいた平谷に、しかし安井は釘も刺した。

「交渉の中止はいつでもできます。まだ何も表に出ていないのですから、急ぐメリットはありません」

「それはそうだな」

安井は少しだけほっとした。

出ないわけにいかない会合をこなしながらもずっと携帯を気にし、ニュースサイトもチェックしていた安井は、そのまま官邸に戻ってきた。平谷も、官邸と同じ敷地にある公邸に泊まった。

最終的に、日本人の被害がなかったと確認できたのは日付が変わってからだった。会っての報告では平谷に負担になってしまうので、安井は電話をかけた。

「よかった。本当によかった」

平谷の言葉が心からのものであることを安井は信じた。同時に、もしそうでないとしても、決して平谷を責められる自分ではないのを肝に銘じた。

実際彼女の願いは、日本人が含まれていなかったという以外、邪心を罰するようにほとんど裏切られていた。

死者は四十人を超えた。銃犯罪の頻発するアメリカでも過去最悪の数字であり、さらに増える恐れがあった。

辛うじて生き残った何人かから、残虐で凄惨な当時の様子が語られた。犯人は、命乞いをする客を容赦なく撃ち、倒れた者にもとどめを刺すように掃射(そうしゃ)を浴びせた。ナイフで喉を掻き切ったという証言もあった。トイレに逃げ込んでもドアごとハチの巣にされた。助かったのは、折り重なった死体の下でこの世のものと思えない数時間を過ごした人たちだけだった。

若い男三人組の犯人も、警官隊との銃撃戦で死んだ。直後にＩＨＯが、勇敢な聖戦士たちを称える声明を出した。犯人たちが、イスラム教の聖典クルアーンの一節を唱えたり、キリスト教徒を罵る言葉を吐いたりしているのが確認されている。

ただ、犯人のうち身元が判明した一人は、チュニジア系であるもののロサンゼルス生まれのアメリカ人で、中東への渡航歴も今のところ出ていない。ＩＨＯ周辺国やヨーロッパでのテロは、ＩＨＯの戦闘員が起こしたとみられるケースが多かったが、その点今回の事件は毛色が異なる。男の部屋から押収されたパソコンに、ＩＨＯのサイトを頻繁に見ていた形跡があり、アメリカの司法当局は、インターネットでイスラム過激派の思想に影響された可能性を示唆していた。

となると、テロリストの侵入を水際で防ぐだけでは、テロを止められないわけである。いずれ日本でテロというのも絵空事ではないのかもしれない。背筋の寒くなる話だ。

ともかく、アメリカの犠牲者を悼み、テロを非難する首相談話を翌朝発表する手はずを確認して、安井は平谷との電話を切り上げた。

まだ数時間は眠れないだろう。

談話はすでに外務省に作成を命じている。しかしその文言は、アメリカに寄り添う姿勢を見せつつ、ＩＨＯを無用に刺激しないぎりぎりのバランスをとるものでなければならなかった。つまるところ、平谷に見せる前の段階で、安井が目を光らせている必要があった。

案の定、四度にわたって文案を修正させることになった。午前三時過ぎ、安井はやっと官邸の仮眠室に引っ込んだ。

第四章　混乱

1

「ＩＨＯ周辺諸国との連携というようなことも必要になってくるかと思いますが」

外務省の中近東一課課長室では、東都新報政治部の外務省担当記者、石黒広昭（いしぐろひろあき）が課長の村瀬宣彦に、ラスベガスの事件への対応などを取材していた。

「それはもちろんです」

村瀬は答えた。

「具体的にはどのような連携を考えてらっしゃるんです？　サミットで日本の貢献を示す必要もありますよね」

「検討中です」

「自衛隊を送るわけにはいかないでしょうが――いくら集団的自衛権を拡大解釈しても」

冗談のつもりで石黒は言ったのだが、村瀬はにこりともしなかった。

「ＩＨＯに追われてきた難民の受け入れ支援なら、日本でも問題ありませんよね」

「可能性はあるかもしれません」

「資金援助ですか？　人的な援助も含めてでしょうか」

「あらゆる方策について検討を進めているところです」

村瀬の言い回しはばかに慎重だった。表情も硬い。普段はもっとざっくばらんに話してくれるのだが。

どうしたのか、と石黒はいぶかった。事件の翌日に発表された平谷英樹首相名のコメントも考え合わされた。「卑劣なテロを断固として非難する」という常套句こそ使っているが、犯人やＩＨＯについてはほとんど触れず、被害者を悼んだり心情を思いやったりする文言がほとんどだった。

しかし日本政府がＩＨＯの肩を持つはずはない。犯人が思想的な影響を受けた可能性が強いものの、事情が正確に分からないので様子を見ているのか。省内で意見が割れているのかもしれない。担当課長といっても、省としての方針が固まっていないことについて独断でしゃべれるほど権限があるわけではない。

「ここのところ、人が少ないですね」

立ち上がりながら石黒は何気なく言った。いつごろからかはっきり分からないが、二、三ヵ月になるのではないか。課の大部屋で机に向かっている職員がまばらに思える。今日も課長室に入る前に通ったが、そう感じた。

「今、古いファイルを精査して、取っておく価値のあるものを電子データにする作業をしていてね。紙を積んどくにも、パソコンを並べるのにも場所が要るから別の部屋を使わせてもらってるんだ」

初耳だった石黒は「へえ」と言った。

「どうして急にそんなこと始めたんです」

「前からやることにはなってたんだよ。なかなかとりかかれなくてね。今年度は、こういっちゃなんだがさしあたっての懸案事項が少なかったから、できる時にと思って始めたんだ。ラスベガスで雲行きが怪しくなってきたがね」

「そうですね」

「しかし意義あることだからね。外交資料ってのは後世に伝えなきゃならんもんだから。みなさんもそういう主張をなさってるじゃないか」

「にしてもずいぶん人を割いてるんですね」

石黒がざっと見たところ、大部屋の職員は普段の三割減くらいになっている。

「そりゃまあ、手作業で打ち込まなきゃいけないから。人海戦術だな」

「アルバイトでも雇えばいいじゃないですか」

「そうはいかないよ。機密書類もあるし。だから記者さんも立ち入り禁止だ」

さっきまでとはうってかわって村瀬はよくしゃべった。しかしその部屋の場所については教えてくれなかった。

石黒は庁舎内の記者クラブに戻った。東都新報のブースで、彼はキャップの岡野正輝（おかのまさき）に村瀬の態度がどうも引っかかると言った。

「中近東一課ねえ。連中がこそこそやるようなことあるかねえ」

岡野はさほど興味がわかない様子だった。

「あるとしたらやっぱりシリア関係でしょうけど――」

中近東一課の管轄地域にも産油国が含まれているけれども、二課が持っているいわゆる湾岸諸国に比べると生産量が少なく、しかもこのところは政情不安が激しくてあてにならない。そのあたりを含めてなのだが、一課の存在意義は、経済より政治にあった。伝統的にはパレスチナ和平問題が代表的だ。

そちらも解決への道のりは見えていないのだけれど、ここ四、五年はシリアのほうが緊急性で上回っている。政府と複数の反政府勢力が三つ巴、四つ巴で血みどろの戦闘を繰り返し、その中から生まれてきたテロ組織が暴力を世界中に拡散させていた。ラスベガス事件の根っこはまさにシリアにあるのだ。

しかし、欧米、ロシアほかの利害がからまりあって、国連も有効な介入ができない。まして日本の打てる手は限られている。それこそ「テロとの戦い」を支援するくらいしかないが、一課に別室ができたのはラスベガス事件よりだいぶん前だ。だいたい、よその国のために汗をかくなんてこと自体が時代遅れになりつつある。できるだけ関わりたくないのが外務省、そして政権の本音のはずだった。

記者たちは日本人人質の可能性に思い至らなかった。

一つには、過去にその種の事件を起こしたイスラム過激派グループは、ＩＨＯと違って人質を取るとすぐ写真や動画を公開したため、マスコミも当局と同時に発生を知った事情がある。今回のように、秘密のうちにことが進むパターンではなかったのだ。ＩＨＯのやり口は外国の例で明らかになっていたけれども、実際に痛い目に遭わなければ身にしみないものだ。

それでも、中近東一課で何かが起こっていると気づいただけ石黒ははしっこかったといえる。もう少し調べたいと彼は岡野に申し出た。

「いいけど、予定稿は今晩のうちに出せよ」

どこのマスコミの外務省担当も、今はブリストルサミットの準備で忙しい。本番に記者が同行するのはもちろんだが、予定稿と呼ばれる前もって当たりをつけた記事をたくさん用意しておかないと、朝刊、夕刊と記事を載せ続けられない。

石黒がその日の夜回り先に選んだのは、副大臣の奥本靖男だった。

本来なら一課から大臣に至るラインを片端から潰してゆくところだが、その余裕はないし、向こうの口裏合わせも済んでいるだろう。崩すのは簡単ではない。

一概に言えないけれども、組織の優等生である役人たちに比べ、一国一城の主という顔も持っている政治家のほうが自由にものを言う。場合によっては秘密も漏らす。ただ話を勝手に捻じ曲げもするから、いいネタと思って食いついたらえらい目に遭うこともある。

立場上しょうがないのだが、サミット中、奥本はもっぱら留守番の役回りである。暇なのだろう、八時半にすでに議員宿舎に帰っており、他社の記者もいなかった。

「おう、どうした」

奥本は上機嫌で部屋に上げてくれた。国自党の政治家はよくマスコミをゴミ呼ばわりする。奥本もそうで、政権寄りとされている東都新報にも普段は辛辣なことばかり言っているが、そういう手合いほど、実は記者が来ないのを寂しがる。ライバルがちやほやされて嫉妬深くなっている時は余計にそうだ。

「いいのか俺のところなんか来てて」

「何おっしゃるんですか。こういう時だから先生のお顔見とくんですよ」

当選三回。しかしすでに六十代で今後の大出世は厳しい奥本である。外務省にいながら晴れ舞台のスポットライトから外れて面白くない彼の心を、石黒は理解しているつもりだった。

東京では単身赴任の奥本は、石黒を居間のソファに座らせて、ウイスキーとグラス、氷を持ってきた。

「恐縮です。副大臣手ずから」

「まあ飲め」

大ぶりのグラスに氷、そしてウイスキーがどぼどぼ注がれた。夜回りのあとは原稿を書かなければならない石黒としてはあまり飲みたくないが、いきなり一課の話ともいかない。しばらくはグラスを重ねながらサミット関連の質問をした。奥本は多少サービスしてくれているつもりのようだったが、どれもとうに知っている情報ばかりだった。

できれば奥本を酔わせてから切り出したかった。しかし向こうもそのあたりは用心しているようで、自分の分は水割りにしている。先に酔っぱらってはどうにもならない。石黒はとうとう本題を切り出した。

「中近東一課?」

石黒は相手の表情を注視した。虚を突かれた風はなかったか。目が泳いでいないか。

「何だそりゃ」

きょとんとした声で奥本は言った。今日のいきさつを説明するとしばらく考えて「分からんな」とつぶやいた。

少なくとも口裏合わせは奥本にまで及んでいない。石黒はそう判断した。

「悪いな、せっかく来てくれたのに土産なしでな」

奥本はそうまで言った。情報漏れを恐れて、役人たちが奥本に情報を上げていない可能性はあるだろうか。しかし、重大な話なら副大臣を無視するわけにいくまい。

「いえ。きっと何でもなかったんでしょう」

気持ちが冷めて、石黒は帰るタイミングを計り始めた。奥本のほうも察したのだろう「ゆっくりしていけ」とまた酒を注ごうとする。

「いえ、ほんとにそろそろ」

強引に席を立ちかかった時、奥本が「さっきの話さ」と言った。

「心当たりありましたか?」

義理で尋ねた石黒に、奥本は案の定、「いんや」と選挙区の訛(なま)りをまぶした冗談ぽい調子で答えた。

「俺は分かんねえがよ、山本なら知ってるかもしんねえべ」

山本幹夫は政務官である。外務省に三人いる政務職の中で一番格下、盲腸と陰口を叩かれるポジションだ。

「そりゃないでしょ。先生が分からないっておっしゃるものを」

「いんや。ムラの関係もあっぺからなあ」

どうして派閥が関係あるんだ。外務大臣の為永明伸と同じというならまだしも、山本は財務大臣である矢島武彦の派閥ではないか。

改めて奥本の表情を観察した。彼の口元はだらしなく緩んでいた。

結局酔っ払いやがったのか。石黒は声に出さず毒づいた。

やっと奥本を振り切って、彼は議員宿舎の車寄せに待たせてあった会社のハイヤーに乗り込んだ。早くクラブに戻って原稿を書かねばと気が焦った。

2

「お前の感想じゃないんだよ。親父さんお袋さんの行動とか言葉とか。客観的なファクトが欲しいんだ」

課長の白井卓に呼ばれた外務省邦人テロ対策課の山崎知美は、報告書に容赦ないダメ出しをされてうなだれた。

「俺の言ってること分かるよな」

「はい」

蚊の鳴くような声でうなずく。

「じゃあそういうふうに書き直してこい」

やっと解放されて課の大部屋に戻った山崎は、叱責される声が同僚たちに聞こえなかったか心配であたりを見回した。みんなそれぞれの仕事に集中しているふうに思える一方、自分が通り過ぎた瞬間に肘をつつきあって、こっそり笑いをかみ殺している気もした。

肩をすぼめて部屋を横切り、自分の席に着いた。突き返された報告書を広げて読み返し始める。はい、と白井には答えたものの、実のところ山崎は途方に暮れていた。

最初に及川瑞希の親に会った時は、ただ緊張していた。しばらくすると面会が苦痛でしょうがなくなり、時をやり過ごすことのほか何も考えられなくなった。瑞希の近況を伝えられた日は、これまたひたすらほっとして、両親となごやかに話しこんだ、としか憶えていない。

一つだけ、瑞希は立派だなあ、私はダメダメだなあと、気分がいい時も悪い時も繰り返し思った印象があって、その通りを書いたのである。

何がいけないのか？　小学校の時から、作文は心に浮かんだことをその通り文章にしなさいと教わってきたではないか。公教育が間違っているなら、やり玉に挙げられるべきは文部科学省だ。私に責任はない。

「絞られたな」

背中で声がして、山崎はとっさに報告書を隠すようにその上に身体をかぶせた。おずおずと振り返る。木村幸治のにやついた顔が見えた。

「やっぱり聞こえてたんですか？」

「聞こえなくたって見当つくよ。報告書だろ？」

「だったら課長に出す前に注意してくださいよ」

「注意したって山崎聞かないじゃん。課長に直接言われたほうがいいと思ってさ」

「やですよ。出世コース、ますます夢になっちゃいましたよ」

山崎は、改めて木村から指導を受けることになった。

「今更だけどさ、役所の文書は人を納得させるためのものだから。そこは課長の言う通りだよ。ま、課長、今は特に要求が高くなってるかもしんないけどな」

ＩＨＯの人質になった及川瑞希、矢島成浩について、政府が身代金を支払っても救出すると方針転換して一時は戸惑いを見せていた白井だが、しばらくするとふっきれたのか「テロ対策課が本当の役目を果たせる時が来た」と熱っぽく語るようになった。舞い上がりぶりをよその課からくさされるほどである。

矢島の父、矢島武彦を白井が手放しで持ち上げるのには山崎もいささか違和感を持ったけれど、それまでの「テロ対策」が事実上「被害者家族らの文句封じ」だったのを思えば、救出第一と胸を張って言えるようになった意義は確かに大きかった。

本省のミーティングに参加した山崎は、滝川の家族とは当面、電話で連絡をとればいいと言われ、そのまま東京に留まった。そして白井から、人質救出の人道的側面を強調して世論にアピールするため、家族対応の経緯を改めて報告書にまとめるよう指示された。

狙いは山崎にもよく分かる。しかし何を書くべきかさっぱり浮かばなかった。客観的ファクトなどと言われるとなおさらだ。

「これといってないと思うんですよねぇ」

「書くほどじゃないいって決めつけてるからだろ。見た通りを報告すりゃいいんだよ。初日は俺もいたから分かるよ。及川さんたち、俺たちの名刺見た途端にさーって青ざめたよ。お母さんのほうは涙目にもなってたね。だから俺、慌てて『まだ危害は加えられてないはずです』って言ったんだもの」

山崎は感心して木村をまじまじと見つめた。

「よく憶えてますね。私、ぼんやりした感じしか残ってないや」

「相手をちゃんと思ってないからじゃない？　自分のことばっかりで」

「そんなことないと思うんですけど――」

反論したかったけれど、面会のディテールを山崎だけで再現できないのは事実だった。幸い木村は、最初の四日間のあとも山崎の交代要員として滝川に二度来てくれていた。彼の話を参考に自分の記憶もでっちあげて、なんとか「ファクト」を並べた報告書を作り上げた。白井は「やればできるじゃないか」と褒めてくれた。

山崎は釈然としない。

最初からそう言われていれば、自分だって細かいところに気をつけたと思う。必要ないと感じたからそうしなかっただけだ。現に今まで、東京に電話報告する際、相手の表情だの正確な言い回しだのを尋ねられたことはない。今さら根掘り葉掘り聞かれても、である。報告は簡潔をもって第一とする。要点だけを述べよ。そんなふうに教えられたこともある。

しかし、「自分のことばっかり」という木村の指摘が胸をえぐったのも事実だった。

役所でうだつがあがらない原因ははっきりしている。仕事をやり遂げられないのだ。

最初の海外赴任先だったフランスでの日本アニメ紹介イベント。大使館は取りまとめ役だが、あしろこうしろと注文をつけられ、さまざまな方面から身勝手な要望を聞かされるうち嫌になった。結局のところ、どうやったっていいアニメは売れるしつまらないのは売れない。

国会答弁用の資料作成もさっぱりやる気の出ない仕事である。質問者以外みなうとうとしているしょぼい委員会で、大臣が立板に水で答弁してやったからどうだというのだ。

自分がこんなしんどい目を見る意味はあるのか。

そう思いはじめると体調が崩れてくる。だるくて何も手につかない。無理に動けばミスを連発する。仕事から外される時、すみませんと謝りながらほっとしている。やれやれ、もう追い立てられなくてすむ。くだらないことにエネルギーを使わなくていい――。

しばらく前までは、大事と思える仕事だったら頑張れると思っていた。けれど、ぼんやり気づきつつある。

私、どんな仕事だったら大事と思えるのだろう。

六年間でも社会人をやれば分かる。どんなに華々しく見える仕事だって一つ一つの作業は単純で地味だ。影響が大きいほど批判もされる。そういうマイナスを乗り越えてまで、やりたいかどうか自信がない。

やはり私は自分が一番なんだろう。

といってその自分すら、どこまで大事なのかもうよく分からない。

学校の勉強は得意だった。東大に合格して、外務省にも入れた。あのころは充実していた。物事が単純だった。現実世界はややこしすぎる。

そして東京での仕事は忙しすぎる。何をしたとも思えないのに、気がついたら真夜中なんてことがしょっちゅうだ。あれほど辛かった滝川の、時間に追われることだけはなかった日々が懐かしいくらいだ。

息抜きしたくて、昔からの友達、飯田由香里を食事に誘った。

進学校として有名な都内の中高一貫女子校で、彼女は山崎と同級生だった。今はメガバンクに勤めている。

グルメサイトで評価の高い店をいくつか当たった。ネット情報のせいだろう、いい店には客が集中して予約が取れない。一方で閑古鳥が鳴いて潰れるのもあっという間の店も多い。店のあいだにも格差が広がっているわけだ。五つ目でやっと新富町の割烹がとれた。

銀行も役所に劣らないハードな職場なので待ち合わせは八時になった。山崎は用事を懸命に片付けて地下鉄に乗り、五分遅れの見当で新富町の駅に着いたが、店に向かって歩く途中でラインに「十五分遅れる」とメッセージが入った。

負けた感じがする。忙しいのは嫌いなのに、人には忙しく見せたい。店の人にも待たされている姿を見られたくない。なのでわざわざ少し戻ってコンビニで時間を潰した。十三分遅れを目指して再び店に向かったら、場所が分からずブロックを二周し、結局二十分近い遅れになってしまった。そのあいだにまたラインが入って、迷ったのを告白せざるを得なかった。

「ずいぶん迷ったんだねー」

カウンターについていた飯田は山崎を見るなり大きな声で言って笑った。ずっと迷っていたわけじゃないと注釈したかったがそうもいかない。

「昔から知美って方向音痴だよね」

さらに追い打ちをかけられる。

「そんなことないと思うけど」

中学の時の北海道修学旅行で、自由行動中に時計台を見つけられなかった古い話まで持ち出された。

「あれからうちの班、知美にナビはさせないことにしたんだもん」

「時計台が地味過ぎなんだってば」

「関係ないでしょ。ふた筋も違う通り歩いてんだもん」

確かに昔からそうなのだ。方向感覚だけでなく、山崎にはうまくできることがほとんどなかった。

飯田は違う。スポーツ万能でお洒落だった。勉強のほうはごく普通だが、下のほうでもなかった。運動はまるでだめ。音楽や絵もだめ。できたのは勉強だけだ。

た。それくらいなら山崎の学校では早慶クラスに受かってしまう。国立や医学部でなければ浪人するという子もいたけれど、飯田はあっさり慶応に決め、楽しく大学生活を送りつつ就職活動も器用にこなして、氷河期と言われたさなかにメガバンクに入った。

そんな飯田とどういうわけか山崎は気が合って、長い時間を一緒に過ごしてきた。社会人になってからもかなりの頻度で会っており、山崎のフランス赴任中、飯田が遊びに来たりした。あれこれを吐き出す相手として、ほかが考えられない存在だった。

まずは生ビールで乾杯する。チェーン居酒屋みたいなジョッキではないが、そこそこの量が入っているのを二人とも一気に半分くらい飲んでしまった。

「うま」

「たまらんねえ」

口のまわりの泡をぬぐうと、飯田はすぐに「何やってたのよ、最近は」と聞いてきた。

二人ともフェイスブックをやっていて互いにチェックするから、会わなくても多少の情報はつかんでいる。ただ外務省職員はもとより、銀行員だって好きなことを書き込めるわけではない。食事の写真まで両方で禁止されている。一方で職場から推奨されたり、事実上アップを強制されるネタもある。山崎なら、渡航先の危険情報とか、外務省主催イベントの告知などだ。

「ここんとこ、何にも載せてなかったじゃん。どっか行ってたの？」

「そう」

「どこ？」

「外国じゃないよ」

時計台を探してさまよった札幌の、近くといえば近くだなと思いながら山崎は答えた。

「でもそこまでしか言えないな」

「お。秘密任務か」

「銀行には影響しないから。多分」

「じゃあいいわ、どうでも」

「結構きつかったのよお」

「聞いてほしいの？」

「聞いて聞いて」

言えないと言っておきながらおかしいみたいだけれど、テクニックを駆使すれば秘密に触れずに案外愚痴れるものだ。ぎりぎりを探るのが面白くもある。もちろん相手が、秘密を訊き出そうなどとしないでいてくれるからではあるのだが。

滝川の日々のきつさも結局、及川の家族に隠し事をしなければならないのが原因だった。

「結局役所の都合を押し付けてるわけじゃない。自分がむちゃくちゃ悪い奴みたいに思えちゃうんだよね」

「うちでもあるよ。っていうかしょっちゅうだよ。貸し出し総額の目標が本店から降りて来てさ、足りないと何でもいいから貸し付けちゃえ、みたいな。ついこのあいだ断ったばっかのところ呼びつけて、『上にもう一回掛け合って何とか認めさせたから』なんてさ」

「恩着せられたって、融資してもらえるんならいいんじゃないの」

「でもないよ。貸し出しを抑えるってなったら真っ先に回収するからね。最初に断ってるってことは基本的に無理があるわけ。手を広げ過ぎちゃってるところに資金引き揚げられたらもうおしまいだよ」

「うまい話には気をつけろってことか」

「ていうか、相手が本気で自分を心配してくれてるなんて思っちゃだめなのよ。みんな自分の得になるようにやってるだけだもん」

「銀行が振り込め詐欺に気をつけましょうってうるさく言ってるのもそうだよね」

山崎は勢い込んで言った。

「私が手続きしようとしたって本人確認がどうとかこうとか、あんまりうるさくってむかつくよ。銀行には責任ありませんよ、やることやりましたよってアピールでしかないよね」

「そうだけどさ――」

飯田が苦笑しながら言った。

「そこまで喜ばなくたっていいじゃん」

「喜んでるわけじゃないよ」

口をとがらして山崎は答えた。

「仲間がいるとほっとするっていうかさ」

外務省が日本人のシリア渡航を阻止しようとするのはなぜなのか。あとで面倒が自分に降りかかってくるのを恐れるからだ。どうなろうと放っておいていいのなら止めもしないだろう――。

確かにそれは一面の真実だ。でもそれだけと言い切るのも違うように思えた。

「でもさ、由香里だって、振り込め詐欺にやられたらおばあちゃん可哀想、って気持ちないことはないでしょ」

「何よ、落としたりフォローしたり」

「入り混じっちゃうのよ。自分のことばっかりって非難されるとそれはそれでむかつくじゃん。あんたらは違うのって思わない？　保身は人間の本能だろって。でもそうでないところがあるのも本当なのよね。悪いほうだけだったらかえってすっきりするんだけど。みんなろくでなしだ、気にすることないって、目つぶって突っ走れるじゃん」

「知美が突っ走ったりできんの？」

「また馬鹿にしてる。できるよ。こうするって決めたらまっしぐらだよ。知ってんじゃん」

「そうだね」

飯田は素直に認めた。

「決められないからぐだぐだしてるわけだ」

「由香里は決めてんの」

「私は別に決めなくてもやってけんの。その場その場でいいの。ていうかそういうこと深く考えない」

「いいな。私は矛盾がダメだ」

「頭いい子は違うねえ」

「ほんと私のこと馬鹿にしてるね」

飯田は笑っているだけである。

「まあいいんだ。とりあえず今の仕事もぐだぐだはなくなってきたんだ」

「終わりそうなの？」

「いや。これからが本番っていや本番なんだけどね」

小難しい話に疲れてきて、二人は中高の同級生たちの噂をしたり、それぞれがハマっていることと、飯田はホットヨガ、山崎は最近出てきたパンツ一丁で全然似ていない物まねをするお笑い芸人について語ったりしはじめた。

そしてお決まりの男関係。しかしこれは、しないとおさまりがつかないからするところもある。

山崎は学生時代の一人きりだ。飯田は片手以上の経験があるが、もう一年近く相手がいない。ともに状況が変わっていないのを確認すると、一応「いい男いないかな」とか「寂しいよね」などと言い合うものの、さほど熱は入らなくて、また知り合いや芸能人の恋愛に話が移っていった。他人のことなら興味津々なのだけれど、自分についてはどうでもいい気分になりかかっている。最後のとりでのはずの自己愛が揺らいでいる証拠か、などと考える。

この間、評判にたがわず旨いものを鱈腹(たらふく)食べ、ビールから進んだ日本酒もそれぞれ三合近く飲んだ。すっかりいい気分になった代金は一人一万円を超えた。が、何ほどのことはない。銀行には及ばないけれど、外務省の給料も世間並以上だ。何より山崎には金の遣い道がほとんどない。

「もっけん行く?」

まだ酔ったほどじゃない。

しかし飯田は「今日はやめとくわ」と言った。

「カラオケは?」

「いいね。けど、明日ちょっと早いんだ」

「私だって遅くはないぞ」

「ま、お互いもう歳だからさ。このごろ背中がだるくってさ。知美はそういうのないの」

「あんまり。分かんない」

「酒なのよ。このあいだ、あれ今日は楽だなって思ったの。そしたらたまたま三日続けて飲んでなかった。労(いた)わったほうがいいよお」

「私はもともと毎日じゃないけどさ」

飯田が体調不良を訴えたことに、山崎はちょっと驚いた。飯田はさらに言った。

「飲む自体トシの証拠なんだよね。今の新人とか全然飲まないもん」

「私たちが新人のころも同じ話されなかった？」

混ぜ返しながら、飯田と出会う前よりも、出会ったあとの人生のほうがかなり長くなっていることを山崎は改めて思った。

二人一緒に築地から日比谷線に乗ったが、役所のある霞ケ関で山崎は丸ノ内線に乗り換えた。彼女のマンションは四つ先の四谷三丁目だった。

女なので独身寮に入れないがかなりの家賃補助がある。これも金に困らない要因の一つだ。補助がなかったらこれほど便利な場所には住めなかっただろう。

だが短所もないではない。仕事で終電をのがせばタクシーで帰る。チケットは支給されるが、近すぎると運転手が不機嫌になる。景気が回復しているらしい昨今はその傾向が特に強い。

難しいものよねえ。

ふいにあくびが出た。

それほど酔ってはいない。駅の階段もふらつかずに上がれた。マンションまではほんの七、八分である。

しかし山崎は尿意を覚えていた。

駅のトイレに行けばよかったかも。改札を出てから後悔した。引き返そうか。定期があるから構内に入れる。

でも汚いだろうな。この時間だとゲロが吐いてあることも多いし。

いや、日本の公衆トイレがオリンピックなら金メダル間違いなしの清潔さなのはよく分かっている。フランスでさえ目を覆いたくなるほどだった。いわんや発展途上国においてをや。セネガルで移動中に立ち寄ったバスストップのそれといったら。思い出すのもおぞましい。でも日本にいる時は日本の基準になっちゃう。仕方がないよ。外交官だってさ。

我慢して帰ろう——。

歩道のガードレールに沿って置かれた自転車が山崎の目に留まった。

年季の入ったママチャリだった。スタンドが壊れており、ガードレールによりかかって辛うじて立っている。

置いてあるのか？　捨てられたのではないか？　鍵もかかってないみたいだし。

近寄って自転車に手をかけた。少し押してみる。空気が抜けかかっているがタイヤは問題なく回る。

借りてくか。ほんとはいけないんだよね。ナントカ横領ってやつになる。厳密に言うと酒気帯び運転でもある。自転車だって道交法の対象になってるんだから。最近は積極的に取り締まるようになったんだっけ？

でも誰も私のこと見ていないし、こんな自転車も気にしない。捨てられてるんだもの。乗ってあげたら役に立てたって喜ぶんじゃない？　明日ここに戻しとけば何の問題もない。

山崎はショルダーバッグをたすきにかけ直すと、サドルのほこりを手で払ってまたがった。ペダルに足をかけて力を込める。

漕ぎ出して十メートルいったかいかないかだった。

「ちょっと。お姉さん」

背後で声が聞こえた。ような気がした。山崎は無視した。

「そこの、自転車のお姉さん」

びくりとした拍子によろめき、ブレーキの利きも悪かったので転びそうになった。ザッザッと駆け足の音が近づいてきた。

「ご免なさい。ライトが壊れてて」

とっさに言いながら振り向いた先にいたのは、スリムでなかなか端正な顔だちの男だった。山崎より少し上だろうか。何より彼女をほっとさせたのは、男が普通の背広姿だったことだ。早まって変なことを口走ってしまった。

「何でしょう」

しかし男の返事は山崎を凍り付かせた。

「その自転車、あなたのものですか？」

無言の山崎に男はさらに畳みかけた。

「逃げようなんて思わないでくださいね。怪我しちゃうかもしれませんから」

「あなた、何なんですか」

振り絞った勇気を、男は薄笑いとともに無残に打ち砕いた。

「警察ですよ」

そして内ポケットから写真入りの身分証を取り出し、山崎の目の前に示した。すぐにひっこめたりはせずじっくり見せてくれたが、警視庁とマーク入りで書かれたそれはひたすら本物っぽかった。

外務省、クビかしら。

酔いが醒（さ）めていくのを感じながら山崎は思った。

しょうがないか、それならそれで。ニュースになるかしら。なっても大したことないわよね。スカートの中を盗撮した裁判官だっていたけど、憶えてる人、もうほとんどいないと思うもの。親に何言われるかは心配だけど。再就職できるでしょ。今度はもっと私に合った仕事探さなきゃ。

冷静になると忘れていた尿意が戻ってきた。

「あの、交番に行くんだったらすぐ行きたいです。トイレ貸してもらえますよね？」

男は一瞬びっくりした顔をし、それから尋ねた。

「漏れそうなんですか？」

「ええ。だからすみませんけど早くお願いします」

話しているうちにもますます尿意は強まって山崎は顔をゆがませた。ふいに男が笑いだした。

「分かりました。じゃああそこに行きましょう」

男は道路の向かい側のファストフード店を手で示した。

「交番でいいですよ。あるじゃないですか、ええと」

駅のすぐそばだが通勤では前を通らないのでなかなか場所が思い出せない。苛立っていると男が
「交番には行きません」と言った。それから慌てたように「警官なのは本当なんですが」と付け加えた。

「なんですが、ちょっと特殊な部署なもんですから」

「特殊な部署？」

警察手帳になんと書いてあったか山崎は思い出せなかった。

「そうです。ですから占有離脱物横領の現行犯で、なんてことは言いません」

「あ、それだ。センユウリダツブツ」

「代わりといっちゃなんですが、いくつか教えてもらいたいことがあるんです」

一つだけだがやっと記憶をよみがえらせることができた喜びも、誇張ぬきで漏れそうになってき

た尿意にかき消された。

「とにかくトイレ行かせてください」

山崎はほとんど叫ぶように言った。

3

深田央の頭からは、あれ以来「滝川の女」のことが離れなかった。

あいつなら知っているはずだ。

山崎という苗字は滝川にいるあいだにホテルマンから訊き出していた。警視庁の資料で、フルネーム、キャリアであること、四谷三丁目の住所まで分かった。

当たってみたらどうだろう。

浮かんだ考えは我ながら突拍子もなく思えた。

どう切り出すというのだ。日本人がIHOの人質になっていますね、と?

一人は田舎出身の小娘だが、もう一人は財務大臣の御曹司(おんぞうし)じゃありませんか？　どうです、よく知ってるでしょう。

その財務大臣の息子がらみでどうも最近、政府上層部の雰囲気がおかしいんですよね。何なんですか？　教えてくれませんかね。

ばかばかしい。胸のうちで吐き出して深田は空想を止めた。彼女を相手にするのは外務省そのものを相手にすることだ。やるなら警察庁まで巻き込まなければならないが、班長にさえ深田は行動を報告できないでいる。

だが、考えれば考えるほど、山崎知美のほかに突破口がない気もしてくる。

「絶対やめてくださいよ」

遠藤彰人にクギを刺された。彼には何も言っていないが、深田の性格を一番知っている。危ないと思ったのだろう。我慢できなくなった深田が山崎をつけまわし始めても、遠藤は呆れて付き合ってくれなかった。

「チクらないだけ感謝してくださいよ」

そう言って命じられている本来の仕事、矢島成浩の情報収集に戻ってしまった。

でなくても山崎の行動確認は難しかった。当然だが彼女は役所の中で仕事をしている。さすがの深田も外務省に乗り込んで張り込みや立ち聞きをする根性はなかった。マンションに盗聴器を仕掛けることまで考えたが、これは完全な違法行為である。

かつて公安は、共産党幹部の自宅を違法承知で盗聴した。しかしここでも相手が体制の一部であることが、状況を決定的に別のものにしている。

危ないことには手を出さないのが本来の深田である。班長の寺地正夫や、もっと上の幹部でも騙して平気なのは、ばれない自信を持っているからだ。面白いことは大好きだが、それで手ひどい目を見るなんて間尺(ましゃく)に合わない。

なのに山崎になぜこだわってしまうのだろう。一度いい目を見たからだ。そして彼女ならもう一回何かありそうな気がする。そういう人間がいるのである。

今晩も彼は、外務省の玄関で待ち伏せした山崎を尾行しはじめた。いつもと違って警視庁のほうに歩き出したので、気づかれたか、まさか抗議に来るのではと一瞬焦ったが、有楽町線を使いたかったただけのようだった。

三駅乗っただけの新富町で降り、時間つぶしをしたくせにあとで道に迷って、やっとみつけた店にあたふた入っていった。こんなところが期待を持たせてくれるのだ。誰と会っているのだろう。しかしずいぶん待たされたあげくに山崎と一緒に出てきたのは、ＩＨＯだの人質だのとは縁が薄そうな、山崎と同年輩の女だった。隔てのない二人の口調からするとかなり親しいようだ。

ひょっとして矢島家の関係者なんてことがあるのか。そちらの正体を確かめるべきとも考えたが、深田は山崎を追い続けるほうを選んだ。山崎が霞ケ関で降りた時、報告のために外務省に戻るのではなんてどきどきしたけれど、結局ハズレだった。彼女はそのまま丸ノ内線のホームへ向かった。帰宅コースである。

そりゃそうだよな。結構飲んでるみたいだし。ああいうのが意外に酒好きなんだよな。

やはり彼女は四谷三丁目で降りた。

マンションまで尾ける必要もないか、と思った時である。

山崎が放置自転車にふらふらと近づいていった。おいこら、よせ。胸のうちでだがそう叫んだ。けれど彼女はあっさりそれに乗ってしまった。

同時に、深田の留め金も外れた。山崎がここまでやってくれているのに、つけこまなければバチが当たる。そんな気持ちだったかもしれない。

そのあとの展開、山崎の反応はまさに深田の予感を裏付けるものだった。

「何なんです、私に訊きたいことって」

都心だけれども若者であふれかえる街というわけではない四谷三丁目に深夜営業しているファストフード店があるのはラッキーだったが、二階の客席にはほとんど人がいなかった。すっきりした顔でトイレから出てきた山崎の声がよく響いて、深田は苦笑しながら「すみませんが内密の話なのであんまり周りに聞こえないように」と頼んだ。

「分かりました」

素直に返事してから山崎はようやく気がついたというふうに尋ねた。

「あの、さっき占有離脱物横領のことは言わないとかおっしゃったんですよね」

「ええ」

「それって脅しなんですか」

「そういう解釈もできるでしょう。あなたには協力していただける気がしてるんですが」

少し考えてからまた山崎は質問してきた。

「私、まだ自転車を盗ったとは言ってませんけど、何で分かったんですか」

「あなたが駅前の自転車に乗るのを見てましたからね」

「私のかもしれないじゃないですか」

「朝は歩いて駅まで来られたでしょう。昨日も自転車なんか使わなかった。一昨日の晩は役所から
タクシーだったから確認はしてませんが」

山崎の目が丸くなった。

「どうして――」

「追いかけまわしていたからですよ。山崎知美さん」

自分の大胆さに深田は呆れていた。が、もう後には引けない。

「私の弱みを握るために？」

「結果的にそうなってしまいましたけど、そういうつもりではなかった。それに、何だか山崎さん
はもう開き直っておられるような感じもする」

再び深田は笑った。

「山崎さんが、私のことをうちの役所にお届けになったらダメージは多分私のほうが大きいですよ。外務省キャリアに行動確認をかけているの、上司には無断なんです」

山崎は固い表情のまま深田を睨みつけた。

「そうですよ。人質の話です」

ついにここまで来た。が、その後の流れは想像したのとちょっと違った。山崎が質問を続けたからだ。

「どうしてあなた――」

「深田と言います。公平に行きますすよ」

「深田さんはどうしてそんなこと知りたいんです？　人質たって、あんなの警察には関係ないでしょう？」

もっともな質問だった。深田はなるべく丁寧に説明した。そのために経緯も最初から話した。しかし、命じられた仕事の意味を知りたがる情熱は、彼女には理解しにくいようだった。私費で滝川まで出かけて山崎の存在を知ったくだりなど、自分に関係していたせいもあっただろうが戸惑うふうを隠さなかった。

矢島成浩をめぐる調査内容の変化、そこからの推理、そして再び山崎を見かけたことまで語り終えた深田に、山崎は「だから、どうしてそれで私を追いかけることになるんです？」と言った。

確かに、説明になっていなかった。山崎を少し馬鹿のように扱っていたが、馬鹿は自分だな、と深田は改めて思った。

「おっしゃる通りです。メリットは何もありません。私が楽しいだけです。今回に限った話じゃありません。仕事にかこつけてこんなことばっかりやってます」

「どういうところが楽しいんです？」

「何でしょうねえ。辻褄が合った時の快感かな。パズルが解けたみたいな。でも、人ってわけの分かんないことするんだなあって感心するのも快感なんだよな」

突然、山崎の目が潤み始めたので深田はびっくりした。

「大丈夫ですか。何かショックなこと言いましたか」

山崎は大きく洟をすすった。

「うらやましいです」

今度は深田がびっくりする番だった。山崎はさらに返事に困ることを口にした。

「深田さん、きっと仕事おできになるんでしょう」

「キャリアの方に褒めてもらえるような人間ではないですよ」

冗談めかして答えるのが精一杯の深田に、山崎はいきなり告げた。

「思ってらっしゃる通りです。今、二人の人質の解放に向けてＩＨＯと交渉してます。交渉してるのはよその課ですけど」

「それって、身代金を払うんですか」

「ええ。でもこのあいだまではびた一文払わないはずだったんです」

「矢島成浩の母親とかみさんが財務大臣のところに押しかけたっていうのは本当ですか」

「そこまでご存知なんですか」

ため息をつきつつ山崎がうなずいた。

深田はしばらくぶりの興奮を覚えていた。これはあきらかにパズルが解けた方の悦びだった。やっぱりこの女は福の神だ。

思いが表情に出ていたのだろう。山崎はおずおずと「役に立ちましたか」と尋ねてきた。しゃべってしまった後悔も少しあるのかもしれなかった。けれど深田としてはこのチャンスを最大限活かさないわけにいかない。

「この上あつかましいみたいですけど、財務大臣が脅されたネタは聞こえてきてますかね。噂だけでも」

「脅された？」

「そうです。財務大臣だけじゃないな。政府そのものを脅したわけだからそれなりの話のはずですよね」

「ご免なさい。私にはさっぱり」

戸惑いを露わにして山崎は言った。

「え？　脅されたんじゃないんですか、大臣は」

「どうして奥さんたちが脅すんです？」

そりゃ、と言いかけたのを飲み込んで、深田は「じゃあ、どうして急に身代金を払うことになったと思ってるんですか」と問い返した。

「説得したんでしょう。説得されて、矢島さんも官邸を説得したとしか」

「もの心ついてこのかた、説得された人間なんて私は見たことありませんね」

「はい？」

「人は説得なんかされないんです。利害の調整をするだけです。少なくとも私はそう思ってます。もともと大臣は息子を見捨てていたんでしょう？　助けるのは自分の政治生命と引き換えですからね。息子の出来も悪かったそうだし。それがある瞬間から変わったというのは、助けないともっとひどいことになる、そう情勢が変わったからです」

「ああ、離婚するとでも言われたんじゃないかとは思いましたけど」

「そんなもの！」

声が思わず大きくなってしまった。深田は珍妙な動物を見るように山崎を見た。いや、彼女はずっと珍妙だったが、こんな面もあるとは想像していなかった。

「さっさと離婚してくれってなもんでしょう。奥さんのほうが非難されて終わりです。スキャンダルですよ。女か、それより政治資金関係の可能性が大きいだろうな。矢島の奥さんは、そういうのをばらされたくなかったらＩＨＯに身代金を払えって言ったんだ。私はそう睨んでますよ」

山崎はぽかんとしている。

「山崎さんのきれいな心を汚してしまってすみません。いや、誰もかれもが利害で動くってのは言い過ぎだったかもしれない。現に山崎さんは、私の脅しと関係なく話をしてくれたわけですからね」

「いえ、私だっていつもろくなこと考えてないんです。なのにどうしてだろう。奥さんが脅したなんて思いもしなかった。うちの課長なんかもっとピュアに信じてる気がします。命が一番大切っていう女性たちの説得が大臣の胸に響いたんだって。だからすごく張り切っちゃって」

「育ちがいいんですよ。山崎さんも課長さんも。御社全体がそうなのかな。お公家なんて言われてますよね。でもエグい公家さんも少なくないと思いますがね」

「確かに」

山崎は思い当たったように言った。

「課長が張り切るの、私は仕事がしんどくなるのが嫌なだけだったんですけど、舞い上がってるってからかう人もいます。財務大臣が脅されてるとまでは誰も教えてくれなかったけど」

「滅多に口にできないですからね。特に山崎さんみたいな人には」

だとしても、と深田は考えた。

山崎の使い道はまだまだあるはずだ。

4

またか。

安井聡美は眉をひそめた。

前室が差し入れてきたペーパーは、通信社からのファクスだった。国自党の中堅代議士である松野潔が、後援会との懇親会で「政府の方針に反する報道をしているマスコミからは広告を引き上げるよう経済団体に要請する」と発言した旨の速報である。

これで貴重な時間がたっぷり二時間奪われる。定例会見で質問が出るのは間違いなく、想定問答を作らなければならない。松野にどんな処分を下すか考える必要があるし、となれば党と調整することになる。

何よりも、こういう不用意な発言がいかに政権の体力を削ぐか、与党の政治家にはよく考えてもらいたいと安井は思うのだった。

もちろん安井もいい加減な記事ばかり出す新聞やテレビにはうんざりしている。そんなマスコミにかぎっていくら反論しても馬耳東風で、兵糧攻めしかないだろうとよく考える。実際、表に出ない形で手を回したこともある。

しかしはっきり口にするのは別の話だ。

本人は身内の会合でウケを狙っただけなのだろう。その場では喝采を浴びたかもしれないが、それ以上に、憲民党をはじめ国自党を攻撃したい勢力に恰好の材料を与えたことを自覚してもらいたい。

国会で質問されれば議事進行に少なからぬ悪影響が出る。建前に反する発言、行動は、反政府的なマスコミでなくとも取り上げないわけにいかず、党、政権のイメージを悪くする。平谷や安井を応援するつもりだったならとんでもない勘違いだし、本人の選挙だけを考えたって、コアな支持者以外は離れてしまうと気づかないのだろうか。

そもそも、口にしたことは必ず外に出る、至るところに録音機やカメラがあるという緊張感が欠けている。

先週にも、生活保護受給者をやり玉に挙げる別の議員の失言があり、そのまた少し前は、独身の女性議員が妻子ある秘書と手をつないでいるのを写真に撮られた。

衆議院での絶対多数と平谷政権の高支持率、長野補選の圧勝。そうしたことが気持ちを緩ませているのではないか。懸念が現実になりつつあるように思えてならなかった。大事な大事な参院選はこれからなのだ。一回一回の失点はしれているようでも、積みあがれば軽視できない影響を及ぼす。

録音機やカメラといえば——。

目下の最難題であるＩＨＯ問題も、スマホに記録された動画が話をこじらせた要因なのを思い出して、安井の口からため息がこぼれた。

だが彼女は決して腐らない。いつも通りに、なすべき最善を手抜きなく積み上げてゆく。

夕方の早いうちには、松野発言にまつわるもろもろも一段落し、前から予定していた平谷英樹との打ち合わせをずらさなくてすむメドがついた。安井はほっとして首相執務室のドアを叩いた。

「失礼します」

軽く下げていた頭を戻して、安井はそこに、平谷だけでなくバッジ組の官房副長官の一人、小林敦郎がいるのに気がついた。

戸惑いがかすかながら表情に出た、と思う。

「やあ、ご苦労さん」

機先を制するように平谷が言った。

「サミットの話はやはり我々だけだと抜けがあると思ってね。小林君に来てもらった」

小林が安井に会釈した。派閥こそ違うが平谷お気に入りの若手の一人である小林は商社マン出身で英語に堪能、党の外交部会の主要メンバーとして活躍してきた。安井を補う意味は確かにあるだろう。しかし今日の打ち合わせは、あえて外交畑の人間を外し、安井だけを相手にトップの姿勢を固めておくのが目的のはずだった。

それに、この場に小林がいるということは――。

「矢島先生のご事情は」

「さっき僕から伝えた」

平谷はこともなげだった。小林も「お伺いしました」と口を添えた。安井としては与えられた環境で仕事をするしかなかった。

本題に入る前に、安井は松野の件に触れた。平谷の決裁を仰ぐほどの問題でないから、さっきは秘書官を介して事後報告をしただけだったが、党内の空気を引き締めるには平谷に動いてもらうにしくはなく、この際直接説明しておこうと思ったのだ。

最近の芳しくない流れを変えるためにサミットを最大限利用しなければならない、その方策を考えるのがこれからの打ち合わせなのだと意識してもらうつもりもあった。

「松野君はもう呼んだんだよな」

平谷が尋ねるともなくつぶやいた。

「はい。私からの口頭注意という形にしましたから」

もちろん分かっているはずである。

「僕のところにも寄らせてくれればよかったのに」

自ら叱責してくれるつもりだったか。

そこまでは大げさだとしても、危機感を平谷も共有してくれているのだと思って喜んだ安井は、続く平谷の言葉に愕然とした。

「慰めてやりたかったよ。君の言ってることは正論だ。恥じる必要などないとね」

現実を考えると処分するしかないんだけど、とフォローめいた言葉も口にしたものの、安井は自分があてつけられているのを感じた。

安井は動揺を押さえつけ、平谷がブリストルに乗り込むに当たっての戦略について意見を述べた。その多くはもちろん、初めて平谷に聞かせるものではなかった。

日本としては経済問題に注力し、グローバル経済の回復に主導的役割を果たす姿勢を強調することで存在感を示す。マスコミ向けには、それが国内の景気にも好影響を与える論調を誘導する。

おそらく最大の議題になるだろうテロ対策については、決して弱腰に見えてはならないけれども、他のメンバー国に引きずられないよう細心の注意を払う。ＩＨＯへの制裁は、なるたけ象徴的な内容に留め、実効性のある具体策を示さなくてはいけない事態になっても、日本単独での実施は避ける。

いずれも折にふれて平谷に説明してきた。平谷から言いだした内容もある。

「国内はそれでいいでしょうが、よその参加国に日本はとにかく経済って印象を持たれるとうまくないかもしれませんね」

安井の後、先に発言したのは小林だった。安井が話している最中で遮る無礼は避けたようだが、平谷のほうにしゃべり出す気配がなかったので、示し合わせられた感じがした。

「もちろんです。向こうはどこも、庭先でテロが起こるかもしれない危機感を持っているわけですからね」

安井も対立を避けたつもりで応じたが、そこで平谷が口をはさんだ。

「下手をすると、移民をもっと受け入れろって話を蒸し返されかねないよな」

「それは国内的に風当たりが強いでしょうね。一方でリベラル系を勢いづかせてしまう」

すかさず小林も言う。

「経済もテロ対策も、全参加国が一丸となって、という方向に持っていければいいんじゃないかね」

「そうですね」

やはり平谷は小林とつるんでいる。安井は確信を深めた。

「テロについては、直接の脅威にさらされていない日本だからこそできることがあるでしょう」

小林は続けた。安井が口を開こうとすると、分かってますというふうにうなずいてみせて「人質は、自爆や乱射と同列に扱えませんから」と付け加えた。

「日本では人質でも十分大きなインパクトがあると思います」

「まあそこは、受け止める人の感性によるだろう」

安井の反論を、平谷はそう引き取った。

一時間弱続いた打ち合わせは、サミットに臨む平谷の姿勢を固めるどころか、あいまいにすることに終始した。

大きな変更が加えられたわけではない。しかしほとんどすべてのポイントについて平谷はフリーハンドを得た。安井が一枚一枚着せてきた服は剝（は）ぎ取られた。これまで安井の選んだものに平谷が異を唱えたことはなかった。安井にショックを与えたのは、平谷のこの変化だった。

何が原因なのか。考えてみるまでもなかった。

剛腕。辣腕。女将軍。

連日マスコミに動静が報じられる安井に、その都度のようにくっつけられる言葉だった。平谷政権が安井を軸に回っているかのごとき論調も珍しくはない。どのように見えるとしても本当の中心は平谷だ。安井はそう思っているけれども、当の平谷が不満や疑心暗鬼をいだいたとして不思議はない。

最後は平谷は自分を信用してくれるという思い込みが対応を遅らせた。絶対、などというものは政治家にありえない。

仕方ないことだ。間違えたなら改めるまでだ。信用が薄れたのだとしたら、取り戻すべく手立てをつくそう。

口幅（くちはば）ったいようだが、平谷を支えるのは私しかいない。平谷の長所を引き出し短所を補う、ベストの組み合わせだと思う。何より彼に長期政権を実現させ、憲法改正をはじめとする国自党の宿願を果たさせるために――。

次の夜、会合の相手が急に体調を崩して時間がぽっかり空いた。いつもだったら、ささやかなプレゼントをもらったように感じる。しかし今は、偶然に違いないのに、することのなくなった宙ぶらりんさが安井の不安定な立場そのものみたいに思えた。

けれど安井は、あえて前向きになった。ずっと休んでいないのは確かだ。本でも読もうかと思ったけれど、仕事に直結しない文章が今どのくらい頭に入るか自信が持てなかった。結局サロンに電話をした。幸い吉野美津子は休みではなかった。車を用意させ、六本木に向かうよう運転手の藤本正に告げた。

「お久しぶりですぅ」

吉野の口調は正真正銘、いつも通りだった。

「そうね。ほんとに久しぶりだったわね」

支度をしてベッドに横たわる。ほどよく熱いオイルのぬめりと香り。吉野の指が魔法のように筋肉をほぐしてゆく。毛穴から、たまりにたまったよくないものが追い出されてゆくのが手にとるように分かる。

来てよかったと思った。

「ご家族とは会ってらっしゃいますかあ」

「さっぱりねえ。ここにも来られないくらいだもの」

「えーっ。それはいけませんよう」

「選挙が近いから」

「次のは何て選挙でしたかあ？」

参議院の選挙よ、と安井は教えた。

「日本中で一斉にやるの。一番大事なのは衆議院の総選挙だけど、その次に大事なやつ。ぜひ行ってね」

「分かりました。先生のところに入れますよう」

「ありがとう」

微笑(ほほえ)んだ安井に、しかし吉野は選挙の話にはそれ以上の興味が持てなかったのか、話題を戻してまた話しかけてきた。高校を出て美容師の専門学校に行っているという息子のことだった。彼女は二十だったかでその子を産んだのだがほどなく離婚、以後一人で育ててきた。

「この前いらしたちょっと後、母の日だったでしょう」

「ああ、ゴールデンウィークあけくらいだったものね」

「カーネーションくれたんですよう。小学生の時、一回か二回そんなことあったけど、それからは初めてで」

「まあ、そうだったの」

「改まって言うんですよう。これまで世話かけたなとか何とか。昔は口うるさい母親だなとしか思わなかったけど、今になって自分のためにうるさくしてくれてたんだなって分かるだなんて。やっとこさかって言ってやりましたけどお」

「良かったたじゃない」

「あの子も、仕事とか将来のこと考えるようになったからですかねえ」

正直、吉野が口うるさくしている様子が安井には想像できなかったが、そんな吉野でさえ、大切な人間は放っておけず、煙たがられるほど注文をつけたくなるのだということはよく理解できた。

平谷もきっと分かってくれる。

自分を母親になぞらえるのは僭越だったけれども素直にそう思えた。気分も安らいで、安井は眠りに落ちた。どれくらい経ったか、吉野にやさしく起こされ、あおむけになるよう促された。

「いびきかいてた?」

「いいえ、今日は」

「鼻、治っちゃったのかしらねえ」

頭の両側から吉野の腕が差し込まれた。首筋から肩、鎖骨のあたりと、少しずつ下がりながら身体の表側のマッサージが進む。最終の仕上げ工程だ。次はいつ来られるだろう。名残惜しい気持ちに安井はなっていた。

「あれえ?」

吉野がつぶやいて指の動きを止めた。それは今、胸に達していた。

「気のせいかもしれませんけどお。しこりみたいなのが」

彼女は垂れ下がりつつある安井の左乳房の裏をまさぐった。探り当てた一点を指先でつつき、次いで指三本でつまむように絞る。

「ご自分で触ってみていただけますか」

言われた通りにした。確かに感触の違う部分があった。しなびかけた果物の中の種みたいだった。

「悪い病気ってことはないと思うんですけど、一応お医者さんに診てもらわれたほうがいいんじゃないですかね」

「乳癌?」

「調べたらなんでもないことが多いらしいんですけど。万が一だったら怖いですから」

いつの間にか吉野は語尾を伸ばさなくなっていた。

「そうね。そうするわ」

そのあと吉野の口調は元に戻り、施術もいつも通りに最後まで行われた。しかし彼女が、口うるさくなるのを懸命に抑えようとしているのが安井には分かった。身づくろいし、料金を支払ってサロンを出ようとする安井に、とうとう我慢できなくなって吉野は言った。

「万が一でも、早く見つけたら今は何でもないらしいですから。ぜひお早目に」

「もちろんよ。分かってる。ありがとうね」

吉野の手をとって安井は礼を述べた。けれど自分が彼女の息子のようには振る舞えないのも承知していた。少なくとも参院選が終わるまでどうにもならない。暇がない以上に、今の状況で弱みをさらすことはできなかった。野党にも。そして平谷をはじめとするチームのメンバーにも。

今日の会合をキャンセルした相手のことを考えた。男だが年齢は安井と同じくらいだ。何かの病気だったのか。

自分の両親が当てはまらないので癌体質とは違うと思ってきたが、母の姉が乳癌が元で死んでいたのも今更思い出した。

それでも私は、いい子にはなれない。

車を呼ぶために、安井はスマホに現れた藤本の番号をタップした。

5

山崎知美の使い道はいったん脇に置くことにして、深田央は、鍵を握っていることがはっきりした矢島家の女たちの行動確認を再開した。

同時に矢島武彦の政治資金も本格的に洗ってみたところ、大臣の妻、芳恵が持ち出したのだろうネタの見当はすぐついた。

上毛（じょうもう）交通。芳恵の実家である田代一族が経営する群馬の有力企業だ。公にされる政治資金収支報告書にもそれなりの寄付が出ているが、裏でその何倍、何十倍もの金を矢島に流しているのは確実だ。芳恵だって知っているはずだし、夫のアキレス腱（けん）だとも分かっているだろう。

実家をも告発する恰好になるが、深田の読みがあっていれば芳恵は意に介さなかったことになる。

金を出す側はもらう側に比べればダメージが少ない、ローカルながらその地では圧倒的な存在感のある上毛交通は多少のスキャンダルくらいで揺るがない、そもそも矢島との癒着なんて秘密でもなんでもない。そういう事情があるにせよ、思い切った行動とはいえる。しかし母親とはそんなものなのだ。

ただ、半公然の金の流れとは言っても、脅しのネタにするには、いつどこでいくら渡ったのか、具体的な行為を特定する証拠が必要だ。

現金を手渡しされれば直接の物証は残らない。捜査する側としては、前後の関係者の口座の動きなど間接証拠を集めて自白に追い込むのが常道である。芳恵本人が受け渡しに関わっていた可能性もあるが、夫を脅迫しようとしている彼女の証言だけでは、法的には十分とみなされないだろう。

芳恵はどんな証拠を準備したのか——。嫁を味方に引き込み、夫のみならず政府全体に白旗を上げさせるほどの。

上に話そうかとよほど思った。政権とはべったりの警察、とりわけ公安だけれども、矢島ほどの大物を摘発できる魅力には勝てないだろう。

あらゆる組織の最大の目的は、その組織を維持、拡大することだ。政権にすり寄るのもその目的のためでしかないとすれば、世間の喝采を得る効果が勝ると判断した場合、飼い主の手を噛むことに躊躇はない。

ただ同じ理由から、組織のルールを無視し続けてきた深田にも厳しいペナルティが科せられる。面子と秩序を脅かす者を組織は容赦しない。

深田は捜査員という身分が好きだった。仕事にかこつけてあちらこちらを嗅ぎまわり、首をつっこんで人の知らないことを知るのがたまらなく面白かった。だからこれからもずっと警察官でいたかった。

運がよければクビにまではならないかもしれない。けれどもせっかくここまでたどりついたＩＨＯ人質事件と派生した矢島の事件に、自分が引き続き関わることは望めない。

自分の目と耳で顚末を確かめたい。今はそれを最大の動機として深田は行動していた。とすると方法としては素朴になるしかなくて、矢島家の女たちを追いかけまわすしかない。人間関係を調べたりもするが、とにもかくにも行動確認、つまるところは張り込みと尾行なのだった。

幸い遠藤彰人も、これにはしぶしぶながら付き合ってくれた。外務省とのトラブルに巻き込まれるのにくらべたらマシということなのだろう。

山崎知美とのあいだに何があったたか、遠藤に伏せたままだが、いったんは深田自身迷いを見せていた「矢島家の女たち」路線にまた全力を注いでいるのを見て、何か新たな根拠を得たと遠藤も判断したらしかった。何だかんだ言って、深田の捜査員としての能力は一目置かれているのである。

女たち、特に芳恵は相変わらず、豪勢な外食や買い物を繰り返していた。

山崎から聞いたところでは、矢島成浩についてＩＨＯが要求しているのは一千万ドルだという。芳恵はそれだけの金を旦那に出させるつもりなわけだ。金持ちだから政府には頼らなくていいのかもしれない。もともとは自分の実家の金だという思いもありそうだ。

にしたって、これから遣わなきゃいけないんだから今は節約しておこうと考えないのだろうか。深田にはやはり不思議だった。商売柄、借金をして博打にのめり込む奴らだってたくさん知っている。けれどそういう部分で極めて常識的な深田は、矛盾した行動をとり続ける人間の神経が理解できなかった。

まあ俺だって、金の話じゃないだけで、危ないと分かってる橋を渡り続ける馬鹿ってことになるんだろうけど——。

金といえば芳恵は、頻繁な時は数日おきに銀行に行った。それも、例によってタクシーに乗って、目黒の駅前の三洋（さんよう）銀行に足を運ぶのである。

三洋銀行なら都立大学にもあるのにどうしてわざわざ目黒なのか。目黒の支店のほうが大きいのは確かだが、金を引き出す分に違いはあるまい。金持ちは立ち寄る銀行にも見栄えを気にするのか。いや、そもそも彼女のような種族は何でもカード払いではないか。

分からない奴らのことはやっぱり分からんと思いながら、深田は遠藤と張り込み、尾行を続けた。

梅雨入りして、何時間も路上をうろつきつづけるにはいっそう忍耐が必要になっていたが、最初の気持ちを奮い立たせられた成果は、女たちが揃って食事に出かけているあいだに、国自党の職員たちが屋敷へ乗り込んできたことだった。

外務省か、出入りの業者かくらいに思っていたが、乗ってきた車をしらべて正体が判明した。深田一人だったら女たちを追いかけるだけで手一杯で気づかなかったはずだが、遠藤を残しておいたのが当たった。

「連中も必死なんだ」

「盗聴器くらい仕掛けてるかもしれませんね」

「やりかねないな。俺たちと違って、令状なんか気にしねえだろうしな」

「お手伝いなんかには話通してるわけですかね」

「そういうことだよな。怖いよな、国自党も」

深田と遠藤は言い合った。いずれにしても彼女たちが党からマークされている裏付けがとれたわけだ。

盗聴の可能性を意識しだして、改めて気になることがあった。芳恵ではなく、人質になっている矢島成浩の妻、麻紀の行動というか、習慣だった。

麻紀は朝夕犬の散歩に出かける。そのスマートとはいえない犬がフレンチブルドッグという種類で、飛び抜けて値段が高く、その理由の一つに頭を大きくするよう交配を繰り返した結果、帝王切開でしか出産できなくなったことがある、などという話も興味深かったが、それ以上に、麻紀が散歩の途中よく公園に立ち寄ること、そこでちょくちょく携帯を取り出して電話をかけることが意味ありげに思えてきたのだ。

電話する時一人になりたい人間というのはいる。麻紀と芳恵の関係は良好のようだが、別の相手とのやりとりを聞かれたくない心理もあるだろう。そして深田は、やはり嫁と姑、もめる種がなくはないはずと考えている。使用人が主人に忠誠を尽くしているわけでないことはこのあいだの一件まで知らなかったが、やはり気兼ねの対象になりうる。

　だから麻紀が犬の散歩の途中で電話するのも、さほど不審に感じてこなかった。深田たちは、芳恵と麻紀がセットだとしても、麻紀は引きずられているだけと考えていた。矢島武彦を脅すネタは間違いなく芳恵のものだ。親が子を思う気持ちは、妻が夫を思う気持ちに勝ることはあっても、決して劣らないだろう。

　けれども、大臣と政権を脅す大それた作戦に麻紀も重大な役割を果たしているのだとしたら。彼女が用心深くなって不思議はない。その用心は実際的を射てもいる。

　麻紀は誰と何を話しているのか。

　しかし遠藤は言った。

「おっしゃってることは分かりますけど、そこまで用心してるんなら、携帯そのものを使わないんじゃないかと思うんですよね」

　国自党のやり口からすれば、携帯電話の会社に圧力をかけるなりして、麻紀の通話記録を手に入れるくらいできそうだ。麻紀だって考えるだろうというわけである。

「どうしてもなら公衆電話でしょ」

「まあな」

　犬の散歩コースの中にはコンビニもあり、緑電話が設置されている。同じ公衆電話を使い続けては意味がないが、その気になればほかにも探せるだろう。

「俺たちの尾行に気づいてる？」

「それはないと思いますけどねえ」

　結局はよく分からない。深田は公園で麻紀が電話している時、なんとか立ち聞きしようと試みた。が、彼女は決まって公園の広場で立ったままかけるため近づけば気づかれてしまう。声も小さい。

ますます怪しく思えてくる。深田は意地になって、麻紀の犬の散歩のたび尾行を買って出た。その日は朝から小雨が降り続いていた。けれど、麻紀は犬の散歩を休まない。行動確認中、行かなかったことはなかった。どれくらい天気が悪かったら中止になるのだろう。ラグビー並みかもしれない。

もっとも、最近リチャードと呼ばれているのが分かった犬のほうは、雨の時は格別散歩をよろこぶふうでなかった。普段は飼い主を引っ張るようにぐんぐん前に進むのに、濡れまいと決めているみたいに、傘をさしている飼い主の足元から離れない。

犬の散歩には、糞をさせる意味合いもあるのだろう。犬だって大のほうはそうしょっちゅうするわけじゃないだろうに、散歩中にいきんでいる犬を見かけることは多い。リチャードもたいていした。おしっこのほうはもちろんあちこちに少しずつ引っ掛けてゆく。

見るたび深田は、はじめて言葉を交わした時の山崎知美がトイレを我慢していたことを思い出した。言ったら怒るだろうか。彼女は積極的にとはいかなかったが、以後も連絡をとることは認めてくれた。今のところ深田の身の上に何も起こっていないのを見ると、外務省にも警視庁にも黙ってくれているようだ。深田に、好意とはいかないまでも興味を感じているらしい。ありがたいことだった。

散歩をはじめて五分もしないうち、リチャードはもじもじと腰を落とした。すぐに麻紀が箸でレジ袋に入れる。このへんは当たり前だがきちんとしている。金持ちもそうでないのも、マナー違反をとがめられるのは平等だ。しかし芳恵にはできないだろうと深田は思った。もし彼女が犬を飼えば、散歩は使用人にやらせるだろう。

本人、いや本犬が特別欲していないなら、もう切り上げて帰っていいように思う。しかし麻紀はいつものコースをたどり続ける。飼い主のほうが、決めたことをきちんと守らないと気のすまない性格なのかもしれない。

公園にも、麻紀は足もとの悪さを気にするふうでもなく、すたすた入っていった。見つからないよう注意しながら、深田はその後ろ姿を目で追った。

彼女の傘は白いので多少離れていてもすぐ分かる。彼女は広場に足を進めた。そしてぴったりと長い脚を包んでいるジーパンの尻ポケットから携帯を取り出した。彼女のそれはガラケーである。彼女のいつもシンプルな服装からは、スマホを嫌うタイプなのかもという連想が、大した根拠はないながら成り立つ気がした。

しかし今日の麻紀は、それを手に持っているだけでいつまでも耳に当ててない。メールなどを打っているふうでもない。

何をしてるんだろう――。

その時だった。麻紀は周囲を見回し、犬と一緒に広場の反対側に向かって歩きだした。彼女の向かう先には、黒い傘で服装も黒っぽかったため目にとまらなかったのだが、男のものらしい人影があって、彼女のほうに進んできた。

麻紀はすれ違いざま、人影に携帯を手渡した。人影のほうからも何かが差し出された。ほとんど同じ大きさの物体だった。それをまたジーパンのポケットに突っ込んで麻紀は木立の中に消えた。人影はこちらにやってくる。深田はいた場所を離れて辻を曲がった。

少し間を置いて顔を出す。人影はうまいぐあいに背を向けて駅のほうへ歩きだしていた。ここはこいつを追いかける一択だ。

少し距離を詰めた時に、やはり男と確認できた。風采の上がるほうではなさそうだ。こげ茶ともオリーブともつかないチノパンはよれよれで、これまた季節感のない色合いのチェックのシャツは、サイズが大きすぎるために裾を出しているのがだらしなくしか見えなかった。さほどの歳ではないが、頭のてっぺんは薄くなりかかっている。

麻紀の不倫相手というふうには到底見えなかった。例えば矢島成浩は、金銭面を含む親の七光りがあるにしても、見た目もそこそこで麻紀と並んで違和感がない。もっとも男女の機微は他人には測りがたいものだ。

男は都立大学から都心とは反対方向の電車に乗った。自由が丘で接続する急行に移り、菊名でまた各駅停車に乗り換えた。尾行を警戒しているのかと思ったが、単にそのほうが速いからのようだった。

彼が電車を降りたのは、そこから一駅の妙蓮寺である。

横浜のこのあたりには昭和の匂いが残っている。木造の家の、道路に面した部分だけを四角いビルみたいに造った店を商店街でいくつか見かけた。商店街を抜けて、男は住宅地に入っていった。都立大学のあたりとはかなり趣の違う、ごちゃごちゃとした街並みだ。その中の、マンションよりアパートと呼んだほうが馴染む、二階建ての集合住宅が男の住処らしかった。

男は二階に上がっていった。深田も玄関ホールに入って、男が開けていた郵便ボックスを改めた。

扉には部屋の番号しか書いていない。しかしそこまで分かれば、警察手帳の力で不動産屋から部屋の借主を訊き出すのは造作もなかった。よほどいい加減、あるいは特殊な客を相手にしている業者でなければ、賃貸契約の際に住民票を出させている。

味川省吾。

その名に憶えがある気がした。だがすぐには分からなかった。思い出したのは不動産屋を出て遠藤に連絡しようとした時だった。

ＩＴ会社の社長じゃないか。

矢島成浩から投資を引き出したあげく会社を潰して、高飛びするように日本を離れていた男。

どうしてそんなのが成浩の妻と接触しているのだろう。しかも成浩がＩＨＯに捕らわれ、巨額の身代金を要求されている状況で。

6

ロンドンから百七十キロというから、ヒースローから陸路で向かうのだとこのあいだまで平谷英樹は思い込んでいたのだが、ブリストルには国際空港があり、政府専用機は羽田からそちらに直行した。

着陸の少し前から、うねうねと続く丘陵地形が視界に入ってきて、緑の中で草を食む羊たちまで判別できた。及川瑞希の出身地である北海道にちょっと似ていたけれど、今、平谷の頭からＩＨＯの人質問題は消えていた。

イギリス外務大臣の出迎えを受けた平谷は、用意されたリムジンに乗り込んでサミットの会場であるホテルへ向かった。千年前から羊毛貿易で栄えた街というだけあって、いたるところにどっしりした石造りの建物が見える。

もちろん大舞台を前に緊張がないわけではない。しかし首相になってすぐだった一回目から、去年はホスト国をも経験し、平谷にとってはこれが三回目のサミットになる。今の彼は緊張以上に高揚、そして充実感を味わっていた。

そしてもう一つ、解放感――。

官邸にいると、自分が主なのに見張られている気分がする。マスコミのせいもあるけれど、よりプレッシャーになるのが身内の目だ。大勢の補佐役たちが総理の一挙手一投足を注視し、「それはこうしたほうが」「こちらのほうがいいのでは」「失礼ながらそれでは」などなど口出しをする。好きなようにやらせろと鬱屈が溜まる。が、チームワークのために我慢しているのである。

ことに補佐役の元締めというべき安井聡美を、平谷は煩わしく感じるようになっていた。外遊中は彼女が留守番役だ。のびのびできる。ついてくる者もたくさんいるけれど、外務大臣だろうが誰だろうが、安井に比べれば隣にいてもまるで気にならない。

昔はあんな女じゃなかったんだがな――。

かつての彼女は常に平谷のためになることを一番に考え、己の利得に囚われなかった。いや、今でも表面上は変わらない。昔以上にそう振る舞っていると見える。が平谷は安井の野心を疑っていた。

俺にひたすら尽くして側近ナンバー1の地位をすでに固めた。俺が失脚すれば安井も道連れになる。しかし力を持ったまま任期を終えたなら、彼女を後継に指名せざるを得ない空気が生まれつつあるのではないか。

安井の出番が早まるパターンだってありうる。彼女の諫言に俺が耳を貸さずに失敗するというやつだ。もちろん俺は失敗などしない。しかし彼女がマスコミをうまく操れば、そういう印象を世間に与えられるのではないか。

変わったのが安井ではなく、自分のほうだという可能性に平谷は気づかなかった。もっともそれは歴史上の権力者たちがほぼ例外なく陥る罠ではある。それくらいの猜疑心がなければそもそも権力を守ることもできない。

参院選後の内閣改造で安井をどう処遇するか。そろそろ肚を固めなければいけない。功績を考えれば無役で放り出すのは違和感があるし、狼を野に放つ結果になりかねない。が、あくまで平谷あっての安井である。現段階で一人で何ができるわけでもなかろうし、干される辛さを味わわせるのもいいかもしれない。

順当には他閣僚への横滑りか。党務を担わせるのは、もともと彼女の得意分野であることを思うと、必要以上に力を付けさせる危険がある。ウルトラCは、留任させた上で抑え役を用意することだろう。副長官の小林敦郎に期待しているのだが。

ま、そのあたりは日本に帰ってからにしよう。

平谷は頭を切り替えた。せっかく解放感を楽しんでいるのに、自分で水を差してはつまらない。

ホテルにはすでに何ヵ国かの首脳が到着しており、イギリス首相のジョン・クリスティーが挨拶に回っていた。平谷のところにもクリスティーはすぐやってきた。

「ハイ、ジョン」

ファーストネームで呼び合うことは、外務省を通じて決まっていた。クリスティーも笑顔で「ウェルカム、ヒデキ」と返し、右手を差し出してきた。メディアの前での演出ではあるけれども、仕込みなしでもこれくらいはできる自信が平谷にはあった。

クリスティーとはサミットだけで二回目、もろもろの機会を合わせれば十回くらい顔を合わせている。面識があって、かつ自分が先輩というのがいい。平谷の英語は流暢とはとてもいかないが、首相の座が見えた時に一念発起して始めた英会話レッスンのおかげもあり、簡単なやりとりは通訳なしでできるようになっている。

メンバーが揃い、午前中にブリストル大聖堂など市内名所を回ったあと、戻ったホテルでワーキングランチが始まった。テーマは経済である。

最初の会議で討議されるテーマはサミット全体の最重要課題と位置づけられる。日本は事前の調整でここは経済を扱う場にするよう主張、受け入れられた。アメリカなど数ヵ国はテロ問題にスポットを当てるべきとしたが、さほどの抵抗はしなかった。テロの被害状況は国によってばらつきがあるからだ。

アメリカは、日本人がＩＨＯの人質になったのを知っているから、日本の態度を奇異に感じたかもしれない。が、国内には未公表ということで納得するだろう。平谷はそれで安井への義理を果たしたつもりだった。

貿易を有利にするため各国が自国通貨を安くする方向へ為替相場を誘導しがちな問題が、まずテーブルにのぼった。

この件では、極端な金融緩和を進めている日本がやり玉に挙がりかねなかったが、規制の必要性が確認されたものの、時期や具体的な方法を決めるまでには至らなかった。これもアメリカを中心に根回しを進めてきた成果と言えた。平谷が進めている財政出動による景気刺激も他国から評価され、ランチのあいだに平谷はかなりの得点を稼いだ。

小休止を入れてさらに二回の会議をこなしたあと、首脳たちが並んで写真を撮った。

真ん中にクリスティーが立ち、その両側を女性二人、ドイツのヘレナ・シュトラウス首相とイタリアのカミーラ・ドナテッロ首相が占めた。平谷は美貌で評判のドナテッロとアメリカ大統領、リチャード・パーカーに挟まれる素晴らしいポジションを確保した。彼は心の中でVサインを作った。この写真だけでも、やってきた値打ちがある。

クリスティー夫妻の主催によるカクテルパーティを経て、サミットはメインイベントというべきワーキングディナーに突入した。

昔のサミットでは夜は「晩餐会」を開くのが決まりだったが、遊びで集まっているのではないと批判が出てきて、しばらく前からワーキングディナーに改められた。といってもそれぞれの国の最高峰といえる料理が供されるのに違いはない。ワインには舐める程度しか口をつけられないのが残念だが。

前菜はスモークサーモンだった。ねっとりした舌触りで素材の上等さが伝わる。イギリス料理はまずいと言われることもあるが、過去の話だろうと平谷は思っていた。ことに経済が好調になってからはアメリカと並んで世界の美食が集まる感すらある。

平谷だって経済は重要だと思っている。政権を維持するために、選挙民にもっともアピールするのが経済であることも間違いない。決しておろそかにするつもりはないし、現に最大限のエネルギーを注ぎ込んできた。

ただ、うまいものを食って安楽に暮らすだけでは、一度きりの人生が勿体ないとも彼は考えるのである。崇高な価値の実現を追求するのが政治家の真の責務だ。

前菜を味わいながら首脳たちが議論したのは、温暖化をはじめとする地球環境問題だった。残念ながら日本は東日本大震災に伴う原発事故のせいで、この話ではイニシャティブを取るのが難しい。次の「女性の社会進出」も、国会議員の数など各種の指標が高いとは言えない中、非難を浴びないよう首をすくめているしかなかった。

「では、三番目の議題、深刻化する国際テロへの対策について話し合う前に」

メインディッシュのひと品目、ロブスターが運ばれてきたところで、ヘッドセットから、同時通訳で議長のクリスティーの発言が聞こえた。クリスティーの先導で首脳たちは立ち上がり、ラスベガス、世界の各地でテロの犠牲になった人々への黙禱をささげた。

予想通り、口火を切ったのはパーカーだった。

「我が国は、卑劣なテロリズムを断固として非難するものであります。そしてテロリズムを根絶するために、要請いたします。この場に集っている国々が、能(あた)う限りの手段を講じてくださることを、我々とともにそうしてくださることを要請します」

各国は、用意してきたテロ対策のメニューを披露した。日本以外は対ＩＨＯ有志連合軍に参加しているから、要するに増派、国内的な事情でそれがかなわない場合は拠出金の増額である。ほかには情報共有のためのインフラ構築、兵器、軍事施設の提供などなど。

平谷はじっと聞いていた。言うまでもなく日本にはそういう芸当はできない。護憲派の連中を一度この席に座らせてやりたい。どれほど屈辱的か、国の誇りが踏みにじられているかが分かったら、奴らだって屁理屈をこねなくなるはずだ。

だが今は仕方ない。制約の中でできる限りインパクトのあるものをと平谷は外務省に指示してまとめさせた。自分の番が回ってきて、彼はそれを読みあげた。

「日本は、中東地域の各国と安定した友好関係を築いてまいりました」

あえて口にはしないが、キリスト教国ではないがゆえのアドバンテージである。改めてそれを強調した上で、平谷は首脳たちの顔を見回した。

「シリア、イラクからの難民を受け入れている周辺各国に、総額二億ドルの支援をいたします」

事前の事務協議ですでに明らかにした内容だから、首脳たちもすでに知っている。それでもこの場の反応がどんなものになるか、平谷は期待と不安の間で引き裂かれていた。

「ヒデキ、それはとても建設的だと思います」

シュトラウスが言った。ドイツは多くのシリア難民を受け入れ、是非をめぐって国内世論が割れつつある。「金だけ」の日本をどう評価するか。気にしていた平谷はほっとした。

「日本は、日本の立場を活かして、日本にしかできないやり方でテロと戦おうとしてくれています」

パーカーの言葉に平谷はほとんど有頂天になった。

イギリス名物、羊肉のパイをアレンジしたふた皿目のメインディッシュを経てデザートに至るまで、大きな対立は表面化しなかった。腹をくちくし、心も程度の差はあれ満たされた首脳たちは記者会見場に向かった。公式声明などの発表は明日だが、今日も首脳がコーヒーを飲んでいるあいだに事務方による記者ブリーフィングが行われており、それを受けて首脳への質問もある程度受け付けることになっていた。

平谷に質問をしたのはほとんど日本からついてきた記者たちだった。もっともそれはどこの国の首脳でも同じだった。天敵の東日新聞を含め、大した質問はなく、平谷は余裕綽々（よゆうしゃくしゃく）というよりもの足りなさを感じたくらいだ。

その時、「ミスターイラタニ」と自分の名が呼ばれた。マイクを持っているのはフランスのテレビ局の記者だった。英語を話しているのだが、フランス人はHの発音が苦手らしく、平谷が「イラタニ」と聞こえる。

「日本が約束した二億ドルの拠出ですが、これはＩＨＯとの戦いを支援するお金ということなのでしょうか」

「我が国は憲法上の制約から他国の軍事行動を支援することはできません。あくまでも人道上の支援であります」

「しかしシリア難民を受け入れている国は、いずれもＩＨＯと交戦しています。そもそも難民を生む原因となっているのがＩＨＯです。とすれば事実上、日本はＩＨＯに対抗するためにお金を出すのではありませんか」

いいところを突いてくる、と平谷は思った。日本のメディアも見習えばいい。

ＩＨＯという単語をご自分で口にされてはいけません、と安井からは念を押されていた。今はＩＨＯを刺激することは絶対に避けなければならない。

しかし平谷は天の邪鬼な気分になっていた。それくらいどうだというのだ。ＩＨＯだってもとから日本の立場は分かっているだろう。

「ＩＨＯとの戦いは軍事的なものだけではないはずです。日本は、我が国にできる方法でテロ組織と戦います。それが今日、サミットの場で認めていただいた日本の立場です」

サンキュー、と記者は質問を締めくくった。

部屋に入り、シャワーを浴びてベッドに横になっても、平谷の興奮は続いていた。目が冴えてなかなか眠れず、朝は六時に起きて寝不足になってしまった。けれど気力は十分だった。アウトリーチと呼ばれるゲストたち、英連邦のオーストラリア首相や、国連関係機関のトップ級を交えた会合でも平谷は積極的に発言した。

あとは公式声明の発表を待つだけになった午前十一時過ぎ、秘書官が、控室にいた平谷に駆け寄ってきた。呼びかけられて顔を上げた平谷は、秘書官の表情があまりに険しいのでぎょっとした。

「何かあったのか？」

「ＩＨＯです」

秘書官は低い声で囁くように言った。

「東京から連絡してきました。インターネットに、ナイフを突きつけられた及川瑞希の映像が流れたそうです」

第五章　噴出

1

及川隆二が夕刊を広げているわきで、典子は食卓に皿を並べていた。二人とも見ていなかったが、クイズ番組をやっていたテレビからニュース速報のチャイムが聞こえた。

「お父さん」

「何だ」

隆二は新聞から顔を上げなかった。

「瑞希だよ。瑞希のことだよ」

あ？　と言いざま隆二が目を向けたテレビの画面の上のほうに「ＩＨＯが日本人女性人質にインターネットに動画」と白い文字が並んでいた。

「ほんとだ」

隆二はつぶやいた。

「山崎さん、表には出さずに交渉してるって言ってたよな」

「どうしたのかしら」

「インターネットに動画って？」

典子はリモコンを取った。ＮＨＫはニュースの時間だった。アナウンサーは別のニュースを読んでいたが、チャンネルを変えたとほぼ同時に新しい原稿がわきから手渡された。

「今入ったニュースです。イスラム過激派組織ＩＨＯが、日本人と見られる女性を人質に身代金を要求する動画をインターネットで公開しました」

テロップとほとんど同じ内容だった。アナウンサーは、それを何度も繰り返していた。

「山崎さんに電話しよう」

うなずいて電話の方へ向かいかけた典子は、夫が小さく叫ぶのを聞いた。振り返った彼女も片手に持ったままだった盆を床に落とした。

及川瑞希がテレビに映っていた。前に送られてきたビデオの彼女は落ち着いてみえた。今、その表情は険しく強張っている。それもそのはずで、瑞希は後ろに立つ黒覆面の男にナイフをつきつけられていた。短剣、と呼ぶほうがぴったりくる大きさで、禍々しく光るそれが、彼女の喉元に触れんばかりだった。

みじろぎもできない彼女の髪の毛だけが、時折風に揺れた。彼女はオレンジ色のぶかぶかの服を着せられていた。同じ服を外国の人質が着せられているのを写真で見たことがある。その服より少し赤っぽい岩か崖のようなものを背に、彼女は跪かされていた。

男のほうはナイフをつきつけたまま、カメラに向かって何かしゃべっていた。日本語でないから、隆二にも典子にも何を言っているか分からない。と、画面がスタジオに切り替わった。アナウンサーが新しい原稿を読み始めた。

「ＩＨＯの戦闘員と見られるこの男は、女性の身代金として二億ドル、日本円にして約二百六億円を要求しました」

隆二と典子は目を剝いた。

「男は、イギリスで現在開かれているＧ７、先進国首脳会議で平谷首相が、ＩＨＯと敵対する周辺国への支援を表明したことについて、『日本は進んで十字軍に加わった』と非難、首相が周辺国に拠出するとしたのと同額が人質の解放に必要と述べています」

電話が鳴りだした。気力を振り絞って隆二が立ち上がった。

「及川です」

「お父さん」

山崎知美だった。隆二は震える声で「何がどうなったんです」と尋ねた。

「テレビ、御覧になってたんですか」

「見ました。しかし二百億円とは――」

及川瑞希の家族は、ＩＨＯと交渉を進めていると説明を受けていたものの、身代金のことは聞かされていなかった。

「あれは今回、急に出てきた話なんです」

前から身代金の要求自体はあったことに触れず山崎は言った。

「首相がサミットで何かおっしゃったんですか？」

山崎は返事に詰まったが、ひと呼吸を置き、感情が声に表れないよう気をつけて「詳しいことは私たちもまだ」とだけ答えた。

実際、外務省もマスコミの速報で動画が流れたのを知ったばかりだった。しかし平谷の記者会見での発言はもちろん把握していた。

余計なことを。

テロ対策課長の白井卓は舌を打った。山崎も危なっかしさを感じた。が、どうすることもできなかったし、ここまで激烈な反応が返ってくるとは予想しなかった。今は猛烈に腹を立てている。平谷に対してもだし、自分ののん気さが恥ずかしかった。

「あの、インターネットで動画を公開っていうのはどういうことなんです？」

「世界中に一斉に放送したようなものですね」

今度は隆二のほうが考え込むふうだったが、山崎はすぐに続けた。

「私、すぐそちらに行きますから。お名前を出すのはなるべく遅らせたいと思っていますけれど、瑞希さんのお顔まで流れてしまった以上、いつまでもは伏せられません。ご家族への直接取材も控えるようマスコミには要請します。でも守ってくれるかどうか、あまりあてにできないと思います」

隆二はますますきょとんとした。

「申し訳ないんですが、かなり大変なことになります。とにかく行きますから。できたら、今のうちにお家を離れて、ホテルかどこかに隠れられたほうがいいです。いらっしゃらなくても奥さまの携帯番号、私知ってますから」

山崎がこまごました注意を伝えてきた。隆二はぼんやりうなずきながら、それを聞いていた。

「すみません」

典子が隆二から受話器を奪うように手にして問いかけた。

「瑞希はどうしてるんですか？　どうなるんですか？」

分かりません、と言いそうになって、山崎はさっきと種類の違う恥ずかしさに身体を固くした。

正直であることは今、逃げでしかない。

「大丈夫です。絶対に大丈夫ですから」


ニュース速報が流れ出したころ、東都新報の外務省担当記者、石黒広昭はブリストルのサミット会場に設置されたプレスルームにいた。

平谷英樹首相の発言はもちろん外務省の振りつけに基づいているのだが、それを取材するのは首相に随行している官邸担当の記者で、石黒はサポートという形になる。

官邸担当の記者は首脳たちがいるホテルの本館へ行っており、石黒は予定稿の手直しをはじめていた。イギリスは昼前だが日本の時間は九時間進んでいる。朝刊の締め切りを考えると段取りが大切だ。

スマホがぶるっと震えたのでディスプレイを見た。外相会合が終わった時点で先に帰国していた外務省クラブのキャップ、岡野正輝からだった。

「ＩＨＯが日本人の人質を取ってる。さっきネットに動画を流したみたいだ」

岡野の声は緊迫していた。

「ＩＨＯ？」

「ああ。昨日の平谷の発言をあげつらってる。ＩＨＯ対策に二億ドル出すんだったら身代金も二億ドルだとさ」

「平谷もいらんこと口走ったってことですね」

つぶやいて、石黒ははっと気がついた。

「人質って、今日さらわれたわけじゃないですよね」

「そうだろうな。そうとはちょっと考えられないわな」

岡野は急に奥歯にものがはさまったような口調になった。

「政府は前から分かってたってことですかね」

スマホにあてた口をもう一方の手で覆った石黒だが、まわりに誰もいなければ怒鳴りたかった。中近東一課長の村瀬宣彦、そして副大臣、奥本靖男の顔が浮かんでは消えた。

「畜生」

「済んだことはしょうがない」

岡野も、石黒が中近東一課の異変を知らせてきた時、十分な対応を取らなかった負い目があるので、なだめるもの言いにならざるを得なかった。

「そのあたりも踏まえてしっかり取材しよう」

指示されるまでもなかった。石黒は電話を切ると官邸担当の記者を呼び出した。すでに周りの日本人記者たちはみな携帯を手に動きに慌ただしさを加えていた。

もっとも、ブリストルでは結局たいしたことは分からなかった。平谷英樹は、もともと予定されていた公式声明発表にともなう各国首脳共同記者会見の前に単独の会見を開いたが、卑劣なテロを断固非難すると繰り返すだけだった。すべての質問は「現在情報収集中であります」もしくは「人質の安全を優先するため、お答えを差し控えたい」との返事で退けられた。

随行してきた外務省の幹部も取材に応じなかった。石黒はとうとう日本に電話をした。村瀬も奥本も捕まらなかったが、かなり驚かされたことに奥本は、ダメ元で事務所に伝えた石黒の携帯に折り返しかけてきた。

「何だよこの長ったらしい番号は。ああ、エゲレス行ってんのか。国番号だとかなんだとか、くっつけなきゃいけねえんだな。電話代が高くつくな。東都新報に請求せんとな」

にやついているのが見えるようだった。またこみあげてきたくやしさをこらえて石黒は尋ねた。

「いったいいつから分かってたんですか」

「何？　よく聞こえないぞ。遠いからなあ」

「今時そんなことないでしょう！　お願いしますよそれくらい」

「そうだなあ。年度変わりのころだったかなあ。トルコの日本大使館に電話があったんだと思ったな」

「三ヵ月も前じゃないですか」

石黒はうめいた。確かに中近東一課の様子が変わったのはそのころだったかもしれない。

「放っておいたんですか？」

「人聞きが悪いな」

「交渉せず、が基本スタンスですよね」

「基本は基本だわな」

「基本からはずれることもあるわけですか」

「そのへんは官邸のおばちゃんに訊いてくれ。俺には何にも言えねえんだって」

石黒は粘ったが、それ以上奥本は口を割らなかった。仕方ない、三ヵ月前からというだけでも特ダネだ。石黒は気持ちにけりをつけた。

「そこは書かせてもらいますよ」

「俺も恨まれたくはねえしな」

奥本は仕方ないというふうに言った。

「この件はややこしいんだよ。いろいろなことが重なりあってよ」

そしてもう一度言った。

「とにかくこれで恨みっこなしってことでな」

石黒は礼を述べた。しばらく後にまた自分の甘さを思い知らされて絶望的な気分になるのだが、今の彼に知るよしはなかった。


安井聡美官房長官の臨時会見は、いったん設定された時刻から二回にわたって遅らされた。にもかかわらず彼女の会見も、基本的には平谷がブリストルで行ったものと変わらなかった。人質の身元が発表されたが、これについてはすでにいくつかのマスコミが、国際ボランティアの関係者などを当たってつきとめていた。及川瑞希が人質にとられたことを以前から把握していたと安井は認めた。しかしその時期は明言せず、これまでの対応もすべて伏せられた。

彼女が付け加えたのは、動画を分析したところ画像処理などがほどこされている可能性は低く本物と思われるということ、そして平谷と緊密に連絡をとり、官邸に対策組織を立ち上げて、現地に特別チームを派遣したということ、つまりやるべきことはちゃんとやってますよというアピールだけだった。

東都新報のスクープは守られたが、他のメディアも情報の多寡にかかわらず大々的な報道を続けないわけにいかなかった。テレビは及川の映像をくり返し流した。新聞も一面に平谷や安井の会見を、二面にシリア情勢やＩＨＯの解説を、社会面にはかき集めた及川の情報を載せた。

及川の実家である北海道・滝川の喫茶店には「当面休業」の貼り紙が出され、押し寄せた報道陣には、山崎知美が対応していた。

「ご家族とは緊密に連絡をとっています」

彼女は報道陣に家族からのメッセージとする紙を配った。「そっとしてほしい」と書かれていた。

「ご家族の人権に配慮をお願いします」

そう山崎は付け加えた。

が、人権という言葉は、他人を罵りたい人々の大好物である。事件はあっという間に、及川瑞希及びその家族に対するさまざまな意見表明にまみれ、乗っ取られていった。

ネット上に、及川瑞希の自己責任を追及する書き込みが溢れた。

「なんでバカ女のために俺たちの税金が使われなきゃいけないんだ」

「勝手に行ったんだから勝手に死んでください」

「自分探しの代金は自分で払うのが当然だよね」

典型的なのはこの種だが、これだけでは書き込むほうもあまり利口そうに見えないと工夫する者もいる。

「いくらなんでも身代金を払うなんてことはないと思うが」

政府の事情を理解しているとほのめかした上で「人員を現地に派遣するだけで相当の費用がかかるはずだ。一部でも本人に請求できるよう、法律を改正すべきではないだろうか」などというのが一パターンだ。

一方、及川を擁護する立場からも声が上がった。及川の人権を重視する立場と言ってもいいが、こちらも本当の目的は「自己責任を追及する人々」を攻撃することにある。

根は喧嘩好きだが世間から白い眼で見られるのは嫌、という場合だと「及川さんがシリアに行ったのは軽率だったと思うけれども」などと腰のひけた断りがついたりする。しかし、世間と自分が違うことにプライドを持つ論者が多いのもこちらの特徴で、そうなれば反人権派に勝るとも劣らない悪態がまき散らされる。

「及川さんの行動をバカと決めつけ、バカは死ねといわんばかりの論調が溢れている。驚くべきことだ。自分はバカなことなどしたことがない、生まれてこのかた人に迷惑をかけたことがないとでも主張するつもりだろうか」

知識のひけらかしと、「分かりますか？」と相手をいたぶるようなひねくりまわしたもの言いも彼らの得意技である。

「国民の生命、安全を守るのは国家の根源的な機能の一つである。これは、国家というものが語られる時の常識といっていい。その国民が感心できない行動をしたかどうかは関係ない。明らかに死刑に該当しそうな犯罪者であったとしても（筆者は死刑を是認しないが）、例えば警官隊との銃撃戦で傷ついた場合、国家は犯罪者に治療をほどこす。しかるべき後に裁判という民主的手続きを経て、死刑にするというのがまともな国家をまともな国家たらしめる振る舞いである」

そして、自己責任派の大嫌いな日本国憲法を面当てのように引用する。

「憲法二十二条は外国に旅行する自由を定めています。シリアだろうがどこだろうが、行きたい人が行くのはその人の権利です。こんなにも自明のことをどうして改めて言わなければならないのか不思議でなりません」

自己責任派が引き下がるはずはない。

「憲法守って国滅びろってか？　クソ笑える」

「こういう人たちは、日本って国が基本的に嫌いなんだよね。あ、ＫＯＲＥＡＮなら当たり前か」

「中国に踊らされてるカワイソーな人たち」

韓国、中国がどうしてでてくるのか、理解しにくいところもあるが、はっきりしているのは、自己責任派も人権派も、お互いを罵るのが楽しくて仕方ないということだ。及川の存在などもうどうでもよさそうだ。

　そして人権派のほうには、自己責任派と並ぶ大きな攻撃目標がある。政府、国自党政権である。彼らは、政権とか権力とかいうものだったら何にでもたてついてみたいのだが、憲法を変える野望を隠さない国自党は疑いようのない敵だった。

　岩田淳也（いわたじゅんや）は、ＩＨＯの人質事件によってもっとも活気づいた人間の一人だ。

　彼は「二十一世紀人権フォーラム」を主宰していた。主宰するといっても、フォーラムのメンバーは実質的に彼一人だったが、主に労働組合を顧客としてそれなりの年月、文章を書いたり講演をしたりしてきた。「人権派」らしいコメントをちょこっとほしい時に便利な存在としてマスコミにも知られていた。

　及川瑞希をマスコミが取り上げる時には、岩田が大抵登場した。ワイドショーでも欠かせない顔になった彼は、深刻かつ悲痛な表情で、しかし精力的に政府を攻撃した。

「政府は及川さんの救出に全力を尽くすと言ってますけど、具体的な方策は示してないわけです。いや、示せないんだと思いますね。何もできないから。アメリカに遠慮して、身代金は払わない、ＩＨＯとの交渉さえしないってことじゃ、そうなっちゃうわけです」

　日本のＮＧＯ時代の、はつらつとした笑顔をはじけさせる及川の写真を示して彼は指摘した。さらに政府の泣き所を容赦なく突く。こちらには東都新報が援用された。

「三ヵ月前から及川さんがＩＨＯに捕まっていることを、政府は分かっていたわけです。サミットで、平谷首相があえてＩＨＯと戦うと言う必要はあったんでしょうか？　いや、もちろんＩＨＯの残虐行為はどれほど非難してもし足りないわけですが」

最低限の防波堤を築く技も見せつつ彼は攻め続ける。

「軽率としかいいようがなかったと思いますね。要するに首相が、Ｇ７首脳たちにいい恰好をしてみせたかっただけなわけでしょう。その代償として及川さんの命が危険にさらされているということであればですね、国の指導者としての資質が問われる。これは国の責任です。及川さんの、じゃない。なのに政府は事実関係を隠すことで責任を逃れようとしています。及川さんのご両親ね、マスコミがうるさいから家によりつけないみたいなイメージを外務省が作ってますけど、事実上国が囲い込んでるわけですよ。国に都合の悪いことしゃべってもらいたくないから。そこを人権なんて言葉で正当化するのは、盗人（ぬすっと）たけだけしいと思うんですよね」

激しい攻撃が岩田に加えられたのは言うまでもないが、喝采も寄せられた。いずれにせよ彼の言うことにそれなりの真実が含まれていることは確かだった。

人権派のヒーローとして有名になった岩田に憲民党が目をつけた。

参院選に出せないか？

公示まで一週間を切っていた。選挙区の候補はもちろん、比例区の名簿もほぼ固まっている。岩田を入れればほかの誰かの順位が下がる。その誰かはふてくされて選挙運動をしなくなるかもしれない。また、国自党に比べれば人権派の成分がぐっと上がる憲民党だが、自己責任派も少なくない。

さまざまな要素が検討されたが、岩田に出てもらった場合に見込める党全体の得票は、見送った場合よりほとんどのシミュレーションにおいて上回っていた。ほかの候補者をなだめたり脅したりしてから、栗林信雄(くりばやしのぶお)党首自らが岩田に会って出馬を要請した。

実際には、シミュレーションも党内調整ももう一度やり直さなければならなかった。岩田がさらに高い名簿順位を求めて出馬要請をいったん蹴ったからである。岩田のほうもこれを滅多にないキャリアアップのチャンスと捉えていた。

国会議員という押しも押されもしない肩書。歳費だけで月百三十万が支給され、ボーナスも六百万ほど出て年収は軽く二千万を超す。参議院ならば解散もなく、六年間の任期が保証されている。これまでかつかつの生活だった岩田には目のくらむような額だった。仮に一期で終わっても、ついた箔に相当な値打ちがある。二流大学の教授くらいなら再就職も楽勝だ。

というわけで、名簿順位については若干の引き上げで手を打って、岩田は参院選に出ることになった。

著名人候補として岩田は、実質的に始まっている選挙戦の応援のため全国を駆けまわった。もちろん、岩田を比例区の候補にした党にはそういう狙いもあった。選挙区の候補者と並んで岩田は選挙カーの上に立ち、彼の横には、及川瑞希の写真が並べられた。

「平谷首相は、国自党は、恥を知るべきです。及川瑞希さんに許しを乞うべきは彼らなのです」

岩田は絶叫した。

2

人の知らないことを知っている喜びの一つが失われてしまった深田央だが、そこそこの時間楽しめたし、大騒ぎになるからこそ「前から知っていた」値打ちを実感できる面もある。

「とうとう来たか」くらいの感覚だった。

彼は今、新しい謎のほうに心惹かれていた。

矢島成浩を食い物にした味川省吾が、どうして矢島の妻と秘密めかした接触を持っているのか。

味川は麻紀から携帯を受け取った。彼が麻紀に渡したのも携帯ではないだろうか。公安総務課での相方、遠藤彰人と議論する中で浮かんできた推測だ。盗聴を恐れて公園から電話をかけるくらいなら、公衆電話を使えばもっと安全なのにと彼らは前から不思議に思っていた。だが、足のつかない携帯もある。

一定の通話料金を先払いして使い捨てる、プリペイド携帯なら契約がいらない。最近は、犯罪に使われるのを防ぐため、販売店に身元の確認が義務付けられているが、味川が買って麻紀に渡せば、少なくとも麻紀の線からたどられる心配はない。もっといいのは海外で仕入れることだ。味川は会社を潰したあと日本を離れていた。ＩＴの専門家らしいから、プリペイド携帯の特性はもちろん、仕入れルートも知っていただろう。

その後、味川は横浜のアパートにほとんど籠(こも)りきりで、コンビニに食べ物を買いに出るくらいしか姿を現さなかったが、一度秋葉原に足を伸ばしたことがあり、いくつものパソコンショップを回っていた。

味川が潰した会社の社員たちや、もっと前に勤めていたソフト会社の同僚、大学での知り合いから話も聞けた。

もっとも味川はあまり人とつるまないタイプのようだった。会社を立ち上げたのも基本的には一人で、雇われた人間は味川の指示通りに動いていただけだった。倒産後は連絡がないという。昔の知り合いも味川の現況を知らなかった。

「夢を追うタイプですかねえ」

人柄について、多く聞かれたのはこういう評だ。決済サービスや素人の作った着メロを一般に売るサービス、なんだかんだ考えついては「いける」気になるらしい。学生の時からあちこちに売り込みに行っていたし、勤めているころは上司にアイデアの採用を働きかけた。最後は自分で、となったわけだが、味川の考えることにはいつも穴があった。

「それ、もう商品化されてるよって言われて、びっくりしてたこともありましたね。自分が先に思いついてたはずだなんて悔しがってましたけど」

矢島成浩と通じるところのある男なのかもしれない。金だけは持っていた矢島からすれば、放っておけなくなる存在だったのか。二人に接点ができたのは、味川が写真がらみのサービスを考えていた折のようだ。先に出資を打診したスタジオの経営者から、矢島を紹介された。だが二年後には、矢島に億近い損をさせたままとんずらすることになる。

それがなぜ麻紀と――。

人質問題と関係しているのかは分からない。ただの不倫ということだってないではない。が、それにしては用心深すぎる気がするし、そもそも今、無理に連絡を取り合わなくていいのではないか。

財務大臣が脅されたネタは、矢島芳恵の実家方面からの政治資金だろうと思い込んでいたが、違うのかもしれない。味川が嚙むなんてことはあるだろうか。

あるいは矢島成浩の救出に向けて、麻紀と味川が独自に動いているとか。政府とは別に交渉人を雇う？　傭兵団を組織してＩＨＯに突入させる？　まずもってそんなことできるのか？　可能性があるとして、味川はその方面に詳しいのか？

警察的には、脅迫に噛んでいる場合のほかは、あまり大したことのない話かもしれない。

それでも潰しておく必要はある。いや深田は、本筋と関係がなくても知りたかった。面白くてたまらない。人の思いがけない本性や行動は、彼を惹き付けてやまない。

もちろん深田たちは、麻紀のほうからも攻めようとした。ところがここに来て彼女の調査はほとんどできなくなっていた。

ＩＨＯは、日本の首相の言動に憤って及川の拉致を公表し、身代金の額を引き上げた。矢島成浩についても近々同じことが起こると考えるのが自然だ。まとめて動画を流されてもおかしくなかった。

救出は極めて難しい、となったら矢島家の女たちはどうするだろう。政府が手をこまねいていたせいだと思って、報復に出るかもしれない。財務大臣のスキャンダルが暴露されるのは、平谷政権として何としても阻止しなければならない。

予想通りだった。その日のうちに国自党の車が矢島の屋敷にやってきた。今度は女たちも屋敷にいた。それ以降出てこない。一度だけタクシーが呼ばれて芳恵を乗せたが、お供をしたのは麻紀ではなく、国自党の職員だった。

芳恵と麻紀は軟禁されたのである。妙な真似をしないよう、二十四時間態勢の監視下に置かれたわけだ。

「凄いことになってきましたね」

遠藤彰人も興奮を隠さなかった。

まったくたまらない展開だ。それだけに麻紀と味川の関係を早く解き明かしたい。

深田は外務省の山崎知美にもこの件を訊いていた。

山崎とはあれからもちょくちょく連絡を取る。彼女は歓迎してくれるふうでもなかったが、拒みはしなかった。

及川の動画が流れた日には三、四回電話した。証拠が残るのでメールは使わない。山崎は出なかった。翌朝のテレビに、北海道で記者たちに詰め寄られている姿が映し出され、これじゃどうにもならないと諦めた。

しかし彼女は折り返してきた。日付も変わった後のことで、官舎で家族と川の字になっていた深田は、枕元の携帯が震え出したのに、てっきり事件で役所から呼び出しがかかったと思った。

「山崎です。遅くにごめんなさい」

驚きながら深田は家族を起こさないよう寝室を出た。

「いや、こっちがかけたんだから――お疲れさま」

とっさに何を言えばいいのか分からなくなって、間が抜けていると思いつつそうねぎらったのだが、山崎はいきなり泣き出した。

「及川さん、もうダメです――こんなことになっちゃって」

ますます返事のしようがない。黙っていると彼女は切れ切れにつぶやき続けた。

「三千万ドルくらいさっさと払っちゃえばよかったのに――交渉するにしたって初めからやってたら時間の余裕があったのに」

「そのへんは何とも言えないと思うけれど」

やっと合いの手を挟めたが、彼女は多分聞いていなかった。

「こんな時なのに私、お父さんやお母さんには、とにかくマスコミには何もしゃべらないでくださいみたいなことばっかりお願いしてて――瑞希ちゃんのお姉さんと弟さんもいるんです。みんな、本当に瑞希ちゃんのこと心配してるんです。あ、家族の方のホテル代、うちの役所が出すわけじゃないんです。名目つけられないから。ひどいですよね――ひど過ぎますよね」

「しょうがないよ山崎さん。どうにもならないんだから」

二十分ほども泣き続けて、やっと山崎は電話を切った。訊きたかったことは全部向こうから話してくれたのだが、深田のほうはひたすら彼女をなぐさめていただけだった。

最初に会った時にも何かで泣かれたっけ。

そんなことも思い出した。山崎は山崎で、同僚や上司にさらけ出せないものをぶつける相手として、深田に存在価値を認めているようだった。深田の推測に確認を与える形とはいえ、ＩＨＯの人質がいると教えてくれたのは、自転車泥棒を押さえられたからばかりではないのだろう。

だが麻紀と味川の件については、山崎は何も知らないと繰り返している。そもそも味川の名を聞いたことがなかったという。

味川の素性を説明すると、彼女は「確かに推理小説みたいですね」と言ってから申し訳なさそうに続けた。

「矢島さんのことやってるのは、私のいるのと別のチームなんですよ。もちろんテロ対策課ではあるんですけど――」

残念だが、事情は深田にもよく分かる。

「そういうのはうちもそうだよ。っていうかうちのほうがずっとひどいさ。隣の班の仕事を詮索すること自体、懲罰対象だし」

「そうなんですか」

「戦前で言ったら特高、秘密警察の中の秘密警察だから。身内同士でも余計なことは知らせない。上は下に、仕事の狙いを教えない」

「外務省だって、財務大臣のスキャンダル、うちの課長は聞かされてないですよ」

「それについちゃ、おたくのトップも蚊帳(かや)の外だと思うな」

「でも深田さんはすごいですよね」

「どうしてよ」

「部下が上司に隠し事してる」

深田は「そういうことになるね」と笑った。

「味川さんって人の話、矢島さんのことやってる人にそれとなく訊いてみますよ」

そこまで山崎は言ってくれた。

「そっちのチームが知ってるかどうかも分からないけどね。いずれにせよ気をつけてよ」

「うちはそれで懲罰ってとこまではいかないと思いますから」

もっとも、以後の進展はない。本当に何人かに探りを入れてくれたが、怪訝な顔をされただけだったらしい。北海道に行かされてからはそれどころではないだろう。忘れてしまったかもしれない。

それでも山崎に電話する時には期待をしてしまう。

「どう、元気?」

「慣れては来ましたけど」

電話の向こうの山崎の声は、取り乱したところがなくなった分、疲れを感じさせた。

「毎日同じですから。喫茶店の前にカメラマンが張り込んでるのも減らないですね」

「ご家族の居所は嗅ぎ付けられずに済んでるんだ」

「一回、荷物取りにお父さんが戻ったあと、尾けられそうになったんですけど、何とか止めました」

「止めた？」

「私がバイクにしがみついたんです」

「やるじゃない」

「怒鳴られましたけどね」

「山崎さん、十分一所懸命仕事してると思うがな」

しばらくの沈黙のあと、山崎がずず、と洟をすすった。

「ありがとうございます」

その日は、声を震わせられただけで済んだ。

3

参院選が公示された。

梅雨こそ明けていないが、じっとり暑くよどんだ空気の中を、候補者や政党幹部は票を求めて駆けずり回っていた。

もちろん安井聡美も公示前から、北海道から沖縄まで接戦区を中心にテコ入れに入り、街頭でマイクを握ったり、鍵となる組織との交渉に臨んだりした。ただ彼女は、官邸で重要な仕事があればそちらを優先した。

選挙での勝利は何にも増して大切だ。しかし彼女は、そのためには政権がきちんと仕事をしている姿を国民に見せるのが一番効果的だと知っていた。彼女が官邸を守っていれば、総理大臣の平谷英樹は目いっぱい選挙運動に力を注げた。

平谷が街頭演説に立てばそこは黒山の人だかりができた。動員はもちろんあるけれども、それを勘定にいれても安井にはとても集められない人数だ。

一方で平谷の時は用心もしなければならなかった。

〈及川さんにナイフをつきつけたのはお前だ〉

そういう看板を掲げた連中が必ず前のほうに陣取っていてヤジを飛ばした。横断幕が張り出されたり、ビラが撒かれたりすることもあった。無視してほしいと安井は頼んでいたが、平谷は時々むきになって反論した。

〈テロは悪であります。テロと戦うために必要なお金を出すと約束したことの何がいけないのでしょうか。私を非難する方は、テロリストたちを野放しにしておけと主張するのでしょうか〉

強い言葉を使えば確かに喝采が上がる。しかし逃げてゆく票もある。実際、国自党の北海道支部は平谷の応援を要請していない。及川瑞希問題が影響しているのだ。

彼女の人質動画が流れたあと、簡易な内閣支持率調査をすでに二回実施した。

一回目は従来の数字から四ポイント落ちたが、二回目の下げ幅は一ポイントにとどまっている。岩田淳也をおし立てた憲民党の猛攻を浴びつつ、最小限の失点で食い止めたかに思えなくもない。大方のマスコミも、国自党の議席増を前提に、増加幅が焦点というような報道をしている。

しかし人質事件の本番はこれからなのだ。及川が殺されたら確実にまた支持が減る。政府として認めてはいないが、拉致当初の身代金が今よりはるかに安かったことも隠しきれなくなっており、その分、与党への風当たりが強まるだろう。

日本の首相の発言に反発して及川の動画を流したのだから、近々矢島成浩についても同じことが起こると見なければならない。彼への好き嫌いはおくとしても、母親と妻がいよいよやけを起こしたら？　党の職員を張り付けてはいるが、スキャンダルの暴露を百パーセント止められるだろうか。

最も多くの票を得るために何をすべきか。

一応ＩＨＯとの交渉は続けている。今のところ向こうは二億ドルから一ドルもまけられないという態度だ。

過去の外国の例から、オレンジ色の服を着せられた人質はすでに「死刑囚」だという説もある。二〇〇一年、アメリカの同時多発テロで拘束されたイスラム過激派の容疑者たちが収容所で着せられたのと同じ色なのだ。容疑者たちは厳しい拷問を受けたとされ、その報復というわけだ。

外務省はこの説を根拠に、ＩＨＯとの直接交渉を打ち切るべしと主張してきた。少なくとも外務省の主流派にとって、身代金の吊り上げは願ってもない助け船だった。彼らは息を吹き返した。

「今打ち切ったらこれまでやってきたことが無駄になるのではないですか」

ブリーフィングにやってきた事務次官の田中慶一郎に安井は言った。

「状況が変わりましたので」

すまし顔で田中が答える。

「変わったのは確かですが、どんな状況なのかきちんと把握できているのでしょうか。救出は絶対無理という根拠があるわけでもないと思いますが」

「ＩＨＯが、我が国とアメリカの分断を狙って交渉経緯をぶちまけてくるかもしれません」

「交渉を中止してもそれは同じでしょう。逆に、交渉を中止したとぶちまけられた場合の、国民感情はどうなるでしょうか」

自分が感情に支配されているのではないことを確認して、安井は続けた。

「政府としては、特定の立場にとらわれず状況を検討する必要があります。動くのはそれからです」

もちろん材料集めは必死にやっている。そのために安井は、内閣や党の専門部署、民間会社まで使った。しかしその結果がどれもこれも一筋縄でいかない。

例えば一回目の支持率調査の時、一緒にとったアンケートである。
＊ 及川瑞希さんを救出するためには、ある程度の身代金をＩＨＯに支払うこともやむを得ない。
＊ 及川瑞希さんの救出のためだからといって、ＩＨＯに身代金を支払うべきではない。
結果はそれぞれ二六パーセント、三三パーセント。「ある程度」としたものの身代金を許容する意見が四分の一を超えたのは驚きだった。

一方で、危険地域に私的な動機で出かけていく行動には、相変わらず寛容からほど遠い数字も示された。
＊ 旅行の自由は憲法で保障された権利なのだから、シリアに行こうとする人を政府が止めるのは適当でない。　一二パーセント
＊ 憲法で保障された権利でも、他人や国に迷惑がかかるなら行くべきでない。　七〇パーセント
さらにイスラム教あるいはイスラム教徒に対する、国民の嫌悪感、不信感が根深いことも分かる。

＊　イスラム教に親しみを感じる。　六パーセント
＊　感じない。　五九パーセント
質問を露骨にしても基本的な傾向は変わらなかった。
＊　イスラム教は怖いと思う。　四〇パーセント
＊　思わない。　七パーセント

メディアの論調はどうか。

ただその前にメディアの現状を理解しなければならない。

安井が日常接するのはほとんどが新聞、テレビの記者である。もちろんその力は無視できないが、かつてメディアの王様だった新聞の発行部数は年々減り、影響力はそれ以上に落ちている。テレビもニュース番組は似たような傾向だ。かしこまった「報道」や「論説」は、限られた「知的」な人たち、もしくは当事者たちにしか興味の持てないものになりつつある。

そんな中、世の中の本音を敏感に反映するのはワイドショーだ。

今も各局のワイドショーは連日、及川の事件を大きく取り上げる。依然、大きな関心を持たれているのだ。

そのワイドショーで岩田が知名度を高めたこと自体、彼の主張を受け入れる層が一定数いる表れといえる。立候補を表明した岩田がテレビに出演できなくなったあとも、コメンテーターには必ず政府に批判的な人物が加えられている。一応反対意見も聞く、というだけのスタンスではない。ひと昔前イラクで人質にされ、救出されてから手ひどく叩かれた当時の若者たちまで久々にカメラの前に出てきた。

しかし自己責任派が後退しているともいえない。彼らは彼らの意見を述べ続けている。人質事件

が明らかになって以来、同じ議論が繰り返されるだけで、戦況に変化はない。司会者たちも、一方に肩入れして決着をつけるのを避けているように見える。

同じといえば、インターネット上の罵詈雑言（ばりぞうごん）の応酬も相変わらずだが、有権者みんなが掲示板やＳＮＳを使っているのでないことには注意する必要がある。投票率の高い層となるともっと割合は下るだろう。

平谷のフェイスブックによく書き込まれている、熱烈な、時には少々グロテスクに思える応援のコメントも、権力へのヒステリックな嫌悪感の表明も、ボリュームゾーンの感覚からはおそらくずれている。先行きを読む材料としては参考になるから、チェックして分析させているけれど、それだけから民意のありかを推定すると間違ってしまう。

執務室にいた安井は左の乳房に手をやった。服の上からでは触れないが、風呂で確かめるたび、少しずつ大きくなっている気がする。もっともそんなに早く進むはずはないので、気のせいかもしれない。

彼女が呼んだのは、内閣情報調査室のトップ、内閣情報官の井上公康（いのうえきみやす）だった。

内調にはスパイ機関ぽいイメージもあるけれど、水際立った業務をこなせる機関ではない。情報官は警察庁のキャリアで、公安から出向してきている職員もいるが、隠密活動では警察よりはるかに落ちる。もっとも歴代のトップは、ＣＩＡのようになりたいという願望を持っているようだ。

主な仕事は、まさに新聞、テレビ、雑誌などからの情報収集と分析だ。記者たちから直接情報をとったりもする。ただ役所根性が強くて、柔らかいジャンルにはあまり手を出したがらない。ワイドショーの分析に、安井が広告代理店を使っている所以（ゆえん）だ。

しばらくしてやってきた井上に安井は用件を告げた。

「ＩＨＯの人質を、有権者がどう思ってるのか具体的に知りたいの」

「中央新聞の報道局長は、あれは選挙にそう響かないんじゃないかと言ってましたが」

しかし安井は、数日前に食事をした別のマスコミ幹部、さらには業界団体の会合で顔を合わせた財界人からも、違った見解を聞いていた。井上は、安井の耳に心地よい話を選んでいるのでなければ、不十分な情報しかつかんでいない。

「私は後悔するのが嫌いなの」

何を求められているのか、井上にはぴんと来ていないように見えた。

「生の声を集めてもらいたいのよ」

「どうすればいいですかね」

今時珍しいくらい、きれいに櫛目（くしめ）の入った七三分けの頭をかしげて井上は尋ねた。安井も彼にアイデアがあるとは期待していなかった。

「あなたの部下から募（つの）ってみて」

数時間後、井上が持ってきた案から安井が採用したのは、職員が各地の日帰り温泉やスーパー銭湯に出かけ、客と話してみるというものだった。実を言えば井上の案は次々却下されて、最後に「こんなふざけたのも出てきましたが」とつぶやいたのがこれだった。

有名な温泉地は別にして、そういう施設を使っているのはほとんどが地元の住民だ。安井の選挙区にもいくつかある。そして人は裸でいる時には、心も裸にするものだ。

発案した内調総務課の糸川裕司（いとかわゆうじ）は、大学を出て二年目のノンキャリ職員だった。温泉マニアではあるが、井上から相談された総務課長がさらに課員に相談したのに、軽い気持ちで答えただけで、彼自身採用されるとはまるで思っていなかった。

「責任上、お前もやってくれ。明日出発だ」

「え」

「経費で温泉に行けるんだ。おいしいじゃないか」

男湯だけ、女湯だけでは偏ってしまうので、男女ペアの調査チームがとりあえず五つ作られ、地域をちらして派遣されることになった。

傍から見ればおいしそうだろう。しかし二日の日程で十施設以上となると、いくら温泉マニアでも食傷する。しかも同行するのは課のお局、柴岡京子だった。

糸川たちは宮崎を割り当てられた。空港に着いてレンタカーを借り、初日の山間部を回るコースをたどりはじめる。

「あんた、宿の部屋、ちゃんと別々に取ったんでしょうね」

頼まれても同室では寝たくない。しかしそう言えば言ったで向こうは機嫌を損ねることだろう。ため息が出る。

風呂で見知らぬ相手に声をかけるのも勇気が要った。そのあとIHOの話にまで持って行くのも一苦労だ。やっと三ヵ所目くらいで、まず旅行者であることを明かし、その土地を褒めてから、「日本が一番ですよ。外国は最近危ないですからねえ。まあ行くお金もないですけど」とつなぐパターンを確立した。

「あー、テロね」

「怖いですよね、IHO」

その名前が出れば、まず間違いなく相手は「人の首切るとか、まっこちー何考えちょるんやら」と顔をしかめることになる。

「及川さん、どうなっちゃうんですかね」

ある老人は「若いもんが、勿体ないこっちゃ」と言った。

平日の昼間ということはあるだろうが、どこに行っても、六十以下と見える客にはほとんどお目にかからない。しかし年寄りならそれなりにいる。四、五百円で、休憩所もついているから、まる一日過ごせるのだろう。

「平谷さんがあんなこと言わなきゃ、もうちょっと楽に助けられたんでしょうけどね」

職業柄、内閣の長を「平谷さん」などと呼ぶのは抵抗感があるが、これも仕事である。

「そうなんけー?」

この老人は経緯をよく理解していなかった。説明してもさほど興味がなさそうだ。ただ「勿体なか、勿体なか」と繰り返した。

もっともみんながこの老人のようなわけではない。社会の動きに詳しい客も意外に少なくない。

「平谷さん、サミットじゃ何でん手土産出さんわけにいかんかったっちゃが」

「アメリカの機嫌そこねられんじ」

即座にコメントしたのは、同じ集落で風呂にもよく一緒に来るという二人連れだった。テレビの受け売りだろうが、少なくとも間違った理解ではない。

「あの人、調子こきのところあるとよ」

「かもしんねっちゃが、まあまあ頑張っとるんやない」

「憲民党に比べたらの」

「憲民党はまっこちーひどかったけんな」

話が広がり過ぎてきた。糸川は「二百億は出せないですかね」と引き戻しにかかる。

「そりゃー無理」

「無理無理」

が、すぐに一方は「あ」と言った。彼が口にしたのは、今年大リーグに行った日本人ピッチャーの名前である。

「契約金、百七十億とか言うとったじ」

「あーそんだけ稼ぐ人間もおるけんね」

「しかしなあ」

「やっぱ税金では払えんじ」

「うん、払えん払えん」

さらに糸川は「及川さんの親、辛いでしょうね」とつっ込んでみた。

「そりゃーてげー辛かろ」

「平谷さんには、腹立てるどころじゃなかはずとよ」

「でん、なかなかそうは言えんやろう。自分で危ないところ行ったたっちゃが」

「親からすりゃそんなこと関係なか」

「だから、必死に我慢しちょるじ」

「そうやっちゃから、外務省の言いなりにどこか隠れたとや？」

「国は国で、文句言われんことしか考えんじー」

「憲民党も国自党も同じやわ」

「そういや選挙っちゃが」

「みんな選挙の時だけはいいこつ言うじーな」

「誰が勝ったって変わらんじ」

「田舎はどうしようもなかよ」

潮時かと判断して、糸川は「お先に」と湯から出た。

柴岡によれば、女性たちは男よりも及川に同情的らしい。彼女の行動が是か非か以前に、首を切られるなんて可哀想すぎるとの声が相次いだそうだ。それでも「二百億だって構わないじゃないの」と言ったのはその日話を聞いた十人近くのうち一人だけだった。

「こっちも人質の話は長続きしなかったわ。みんな、それなりに関心は持ってるみたいなんだけどね」

次の日は土曜日だった。こちらに市街地を割り振ったのは、若めの層も調査しなければと思ったからだ。意味があるのか、正直分からない仕事だが、官房長官じきじきの声がかりとあれば手は抜けない。

狙い通りに、山の中とはかなり違う客たちを午前中からちょくちょく見かけた。だが彼らには、年寄りよりさらに声をかけづらかった。

子供連れの場合、ずっとまとわりつかれていてきっかけがつかめない。そうでないのも、仲間以外の人間が一定以上近づくのを拒むバリアのようなものをまわりに作っている。比べれば年寄りはあけっぴろげだ。

糸川も、ただの客として温泉に来ている時は多分典型的な若者なのだと思う。だからバリア内に侵入するのは気がひけたし、怖くもあった。だから結局、話しやすそうな年寄りを相手にしていた。

予定の施設もそこを入れてあと二つとなった、宮崎市内のスーパー銭湯でのことだった。露天風呂で、糸川はやっとまあまあ若めの客と話せた。といっても四十くらい、色白でぽっちゃりした、九州男児のイメージとはズレのある男だった。言葉も、糸川に合わせているのか、イントネーションはともかくおおむね標準語である。

「及川さん、どう思います？」

「だめでしょ、あんなの」

「可愛いかな、とも思うんですけどね」

「なんやかんや言われてるけど、中二病には変わりないでしょ」

薄笑いを浮かべた男は、典型的な自己責任派のようだった。

「確かに大変な目に遭ってる人を助けたいって気持ちだったのかも分からない。でも気持ちがどうだって、結果で他人に迷惑かけたらアウトですよ。本気でシリアの人を助けたいんだったら、国連の職員になるとか、日本でも政治家を目指すとかしたらいいっしょ」

「死んじゃってもしょうがない？」

「しょうがないでしょうね」

その時、湯口のそばで熱さに耐えるようにじっとしていた、これは二十代と見える客が、「あんたら、エグい画像とか見よるんじ」と怒ったような声を上げた。細くかたちづくった眉の下の目が敵意むき出しでこちらを睨んでいた。糸川はびくりとした。

「すみません。いや、僕は見ないですけど――ＩＨＯの処刑の動画とかのことですよね」

「ああいうの見る奴、変態じゃろ。ほんのこつ、気分悪か」

その客は吐き捨てるように言うと、立ち上がって建物の中に入っていった。

糸川たちはその日のうちに、調査内容をメモにするよう命じられていた。安井が、日曜にはレポートを読みたいと井上に要望したからだ。

井上は、選挙応援で静岡にいた安井のところまでそれを持っていかざるを得なかった。不満を顔に出さないよう努めているのが丸わかりの彼を前に、安井はレポートを拾い読みした。

「ありがとう。後でまたゆっくり読ませてもらうわ」

「お役に立ったでしょうか」

「多分」

そして彼女は付け加えた。

「とにかく、あなたの部下たちがいい仕事をしたのは間違いないわ」

4

深田央は焦りを感じていた。

矢島麻紀と味川省吾の関係を探る試みは行き詰まったままだ。二人揃ってほとんど外に出てこない。山崎知美に外務省関係者を当たってもらっているのも不発のままだ。

今日、明日にも矢島成浩のことが表ざたにされてもおかしくない。そうなればマスコミが群がってくる。味川に着目する奴などいないと思いたいが、可能性はある。少なくとも深田たちは動きにくくなるだろう。

もうひとつ、矢島の身辺情報を集めるハム総の任務自体、そろそろ打ち切りのはずである。選挙がすめば、世論対策も不要だからだ。別の仕事を割り振られたら、今までのような好き放題をやる時間などなくなってしまう。

自分の手で謎を解きたい。あとどれほどの余裕があるのだろう。

山崎が、テロ対策課の矢島チームと接触してくれた副産物で、ＩＨＯとの交渉状況はかなり分かっていた。

ひと口でいえば、矢島成浩については外務省のほうがブレーキをかけていた。世間的には矢島の好感度など最低レベルだろう。救出は、あくまで及川瑞希のおまけのようなものでなければならない。官邸からも厳命されているはずだ。

及川が進まないと手をつけられない。もともとの身代金設定が低いうえ、ＩＨＯサイドが値下げを受け入れそうな局面すらあったのに、見逃さざるを得なかったらしい。及川の動画が流れてからはほとんどほったらかしだろう。

プレッシャーになってもいけないと思って、山崎が北海道に行ったあと、深田は電話をしても矢島の話題を出さずにいたが、その日は我慢できなかった。

「ご免なさい、味川のことですよね。全然訊けてないです。矢島チームの人と話す機会もありませんでした」

予想通りだった。がっかりしたが無理もない。落胆が声に出ないよう気をつけて「謝ってもらうことはないさ」と言った。

「矢島の身代金交渉も、これじゃどうにもならないな」

「ですね」

「担当してる人は地団駄だろ。次はいつこっちにナイフが向けられるのか、びくびくしながら待つしかなくなったんだもんな」

「一緒でもおかしくなかったですよね」

前に深田が思ったのと同じ感想を山崎は口にした。

「ＩＨＯの部隊ってむちゃくちゃ独立性が高いんだ。及川さんのほうはディスカウントも渋いんでしょ」

矢島の身代金の安さを指摘しても関係ないと受け流されたらしい。そんな話も深田は山崎から教わっていた。

「逆だったらまだよかったのにな」

「ほんとです」

苦々しげにつぶやいてから、山崎は慌てて付け加えた。

「あ、こんなこと言ったら矢島さんのご家族には悪いんですけど――」

「いいんじゃないの。カスみたいな男でしょ」

「それでも息子であり夫ですもん」

「助けるためなら国を脅迫してもいいって？」

「いいかどうか分かりませんけど――」

いいんじゃないかと山崎は思っているのだ。そんな彼女と比べて、人質の運命そのものについての関心がほとんどない自分を深田は改めて感じた。死ねばいいと願っているわけではないが、基本的にどうでもいい。反省すべきなのかもしれない。しかしぴんとこない。

「及川さんと矢島さんと、いろんなことがあんまり違うんで」

山崎は言いさしにしてしまったのを繕おうとしてだろう、話を戻した。

「どっちかがＩＨＯを騙ってる別の組織じゃないかなんて説まで、うちの課で出たことあったんですよ。特に矢島さんのほう。外務省で雇った交渉人も、及川さん優先であっちにはやってなかったですからね。メールでしか接触してない。ま、交渉人が相手とぐるになってたら及川さんだって分かんないわけなんですけど」

「大胆な説だけど」

深田は笑った。

「メールの発信元は調べてるでしょ。警察の仕事だ」

「どっちのメールもＩＨＯが管理してるサーバーを経由してるって聞いてます。でも多少の知識があったらアクセスできるらしいですよ」

「ふーん」

深田はＩＴのことはよく分からない。山崎も詳しいとは思えないが、専門家がそう言ったのならそうなのだろう。

「ただ、どこのイスラム過激派にしたって、よその団体の名前騙る必要ないんですよね。日本で誘拐事件起こすのと違いますもん。警察に追いかけられる心配はしなくていいでしょ？」

「それはまあ、そうだな」

何かがひっかかっていた。その正体に気づいて、深田はびっくりした。

「どうかしました？」

「ちょっと考えたいことができたんだ。あとでまた電話するよ」


山崎と電話をする時、深田はカラオケボックスに入るようにしていた。公園も悪くないが、カラオケボックスはさらに安全だ。

ボックスを出て、警視庁に戻った。が彼が向かったのはサイバー犯罪捜査課だった。メールがからまない犯罪を探すほうが難しい昨今である。ハム総もしょっちゅう世話になっている。ただ、IHOのメールはここでなく、警察庁の直轄機関に回ったはずだ。

顔見知りの一人を見つけて、深田は近づいた。

「ちょっと教えてもらいたいんだけど」

「何でしょう」

愛想のいい返事が返ってきた。

「メールの発信元を偽装することって、できるんだよな」

「ヘッダに細工すれば簡単ですよ。迷惑メールはみんなそうですね。どこのサーバーを経由したかは分かっちゃいますけどね」

「サーバーって、よく聞くけど何なんだ」

ITの仕組みには、実のところまるでうとい深田である。しかしサイバー捜査官は面倒がらずに教えてくれた。

「コンピューターですよ。通信を管理するコンピューター」

「たくさんあるわけか」

「そりゃもう。ビル丸ごと使ってるような大きいのから、個人で持ってるのまで数えきれないですよ」

きちんと理解できているか自信がないが、とりあえず先へ行くことにする。

「おかしなこと訊くかもしんないけどさ、IHOが管理してるサーバーがあるって言うんだけど、どういうものなんだ」

「大手のサーバーは、テロリストのアカウントと分かれば使えないようにしちゃうでしょうから、自前のサーバーを用意してるんでしょうね」

「ははあ。ってことはそこから来てるメールならＩＨＯので間違いないんだ」

深田はわざとそう言った。

「セキュリティーが高ければ、ですけどね」

「どういうこと？」

「サーバーにアクセスできるかどうかですから。そこまでガードはしてないんじゃないかな。ＩＤとパスワードくらいは設定してるかなあ。分かりませんけど」

「ＩＨＯになりすませそうなんての、いないから？」

「その通りです」

「でも本気出せば無理じゃない」

「だろうと思います」

「仮に、やるとしたらどうする」

「僕がですか？」

彼は生真面目に考えてくれた。

「やっぱ難しいかな。シリアに行かないと回線がつながらなそうだ。あ、でも国境のへんなら——携帯も手に入るだろうし」

これにも解説を求めなければならなかった。

シリア内の有線ケーブルはおそらく各勢力の支配地域ごとに寸断されているので、無線に頼るしかない。しかし国境近くなら国外でも電波を拾えるだろう。受信のために、シリアの規格に合った端末が必要ではあるが、ということらしい。

「それだって、いたずらのためには大変すぎますよね」

大丈夫、と言いかけたのを深田は呑み込んだ。

「仮にだよ」

「だったら単純に総当たりですね。そういうソフトもあるんです。ゼロからだと時間かかるけど、IDもパスワードも、あの人たちが選びそうなの見当つきません？　アッラーとか。ある程度絞ってソフトを使えば」

礼を言って深田はサイバー犯罪捜査課を出た。動悸が激しくなっていた。

考えもしなかった。しかし確かにあり得る。そしてそう考えると全部辻褄が合う。

重い足取りで彼はハム総のドアを開けた。

班の連中はほとんど出払っていた。可哀想に、いまだに矢島成浩に好意を抱いてもらうためのネタを探し回っているのだ。真面目にやらなくて本当に正解だった。

どうしよう。

これを抱え込むのはさすがに重い。個人で先に進む手段もないだろう。

自分のデスクについて深田はじっと考え込んだ。

報告するか。味川を改めて洗ったらたまたま麻紀とのつながりが分かって、というふうに話せば経緯もごまかせる気がする。

だがその場合、及川瑞希はどうなる？

矢島の問題がなくなったら、政府は人質に関する態度を元に戻してしまわないか。そうでなくとも状況は極めて厳しい。救出に向けた努力さえ払われなくなるのではないか。

深田の頭に真っ先に浮かんだのは、山崎知美の泣き顔だった。涙ばかりでなく鼻水まで垂らしたぐしゃぐしゃの顔。

見たくなかった。

ここまでたどり着けたのはひとえに彼女のお陰だ。彼女を悲しませるのは人倫に悖る行為だろう。

何もしなくてもいずれ奴らはボロを出す。いつまでも動画が流れなかったらみんなおかしいと思うはずだ。先に目的を果たせれば別だが、その時は及川も助かっている。

いずれにしても山崎に話をしよう。後で電話すると言ったのだ。約束を果たさなければ。

深田は立ち上がって部屋を出た。庁舎を後にし、桜田門駅の改札をくぐる。ついさっき通ったコースを逆にたどって、一駅目の有楽町で降り、カラオケボックスを目指した。

まさに建物に入ろうとした時、「深田くん」と背中に声をかけられて彼は跳び上がりかかった。

振り向いてさらにぎょっとする。屈折の強いレンズごしにこちらを見ているのは他ならないハム総課長、水谷圭祐だった。キャリアだから歳はいくつも変わらないが、階級は四つ上の警視正である。

「これはこれは」

なんとか笑顔を作って深田は言った。ひどすぎる偶然だ。

しかし水谷は言った。

「僕だって一応、追尾術の授業は受けたんだよ」

「え？　会社からずっとですか？」

「そう」

水谷は楽しげだった。

「それにしたって、深田くんともあろう人が気づかないなんて、注意力がお留守になるようなことがあったのかな」

図星だが、この展開は相当にやばい。

まずいことになったらしいと覚悟しながら、深田はなおできる限りの抵抗を試みた。

「人が悪いですよ、課長。勤務評定にしたって、お忙しい課長がわざわざこんな」

水谷は返事をしない。

「変なところを見られちゃいましたが、私、ややこしめの電話をする時にはカラオケボックスを使うんです。絶対立ち聞きされませんから」

「それは感心な用心深さだな」

「ありがとうございます」

すっと水谷が深田の横に立った。耳に口を近づけてささやく。

「にしても、せっかくの名推理を、上司より先によその役所の人間に教えようというのはいただけないね」

膝が震えそうになったのを深田は辛うじてこらえた。

「ちょうどいい。ここで話そうじゃないか。我々の話も少々ややこしくなるだろうから」

快活な口調に戻った水谷は自らカウンターに進んで申し込みをし、「さあ行こう」と深田を促した。階段を上がりながら、深田は網に追い込まれた魚の気分を想像した。

いきなり本丸に攻め込まれた。何もかもバレていたということだ。

コーナーソファで、深田は水谷が座ったのと隣り合う辺に腰を下ろした。記憶の限り、課長がカラオケについてきたことはない。斜め四十五度から間近に窺う水谷は新鮮といえば新鮮だった。

「私の携帯を？」

他には考えられない。水谷もうなずいた。

「ひどい、か？」

「いえ。私もプリペイドを使うべきでしたね」

「そういうことかもな」

水谷はため息をついて続けて言った。

「狂言とはなあ。思わんわなあ、普通。ＩＴってのは手触りとか匂いとかがないんだよな。だから人間のセンサーが働かなくなる。気がついてみりゃ、なんだってな話なのにな。まあ矢島成浩と味川ってタッグがなかなか想像しにくいが、味川が、損させた分取り返させるとか言ったんだろうな」

「もう手筈は整ってるんですか」

「出入国記録やらカードの買い物記録やら、結構苦労したが、味川のアパートをガサ入れできるところまでどうにか持ってきた。できたら矢島成浩を押さえてからにしたいよな。トルコにはもう人を出してる。一歩違いで取り逃がしたこともあったんだ」

「知らないあいだに追い抜かれてたわけだ」

「味川が関わってると突き止めた、深田君の独断専行あったればこそだ」

ドアがノックされた。オーダーの催促かと思った深田は追い払おうとしたが、入ってきたのはボーイではなかった。身を縮めるように一礼した遠藤彰人は、そのあとも目を上げなかった。彼は、味川の周辺人物への聞き込みをしていたはずだった。

「課長。遠藤は私の指示で動いていただけです」

口にしてから深田は重ねての勘違いに気づいてぷっと噴き出した。

「いやー、まるで疑わなかったよ」

遠藤がさらにうつむく。

「気にすることなんか全然ないぞ、アキちゃん。いい仕事だったよ」

最初は遠藤だったのだ。山崎に深入りしだしたあたりで愛想をつかされたか。あるいは上が報告書の出来すぎに気づいて遠藤を抱き込んだか。いずれにせよ昨日今日の話ではないだろう。

だが深田はそれからも泳がされた。

「深田君の捜査というか調査というか、個人的趣味でする研究みたいなものかもしらんが、ともかく非常に面白かった。ずかずか踏み込んでいくのが、蛮勇なしには手を出しかねるところばかりだしな。ついつい、まだ何か出てくるんじゃないかなんて考えてしまってさ」

水谷は深田に、黙って危ない橋を渡らせた。獲物があれば横取りする。深田が橋から落ちても、勝手にやったことと言い逃れられる。

しかし、そうと分かって深田は清々（すがすが）しい気分だった。ハム総が自分なんかに好き勝手をされる甘い組織であるはずはないのだ。矛盾しているようだけれど、そういう組織に属していることが深田の誇りだった。

「財務大臣の裏金もばっちりですか？」

「いや、あっちは具体的な中身にたどり着くまでまだ壁がある。しかし国自党に協力してもらうさ。息子のほうを貸しにできるからな」

結局山崎を泣かせてしまいそうだ。だがもはやどうしようもない。

「君の処分はとりあえず保留だ」

次の水谷の言葉は意外だった。

「これからの捜査にも参加してもらう。ありがたがってもらえるかな?」

最後まで見届けたいという願望を遠藤に話したことがあっただろうか。あるいは電話で山崎か誰かに?

記憶をたどろうとした深田に水谷は付け加えた。

「君の考えそうなことは、だいたい想像がつくんだよ」


警察出身の島岡博忠官房副長官からちょっと時間を取ってもらいたいと連絡があった時、安井聡美はこんな話とはまったく想像していなかった。

矢島成浩の人質事件に関する「警視庁情報」を聞かされた安井は言葉を失い、それから脱力してソファの背もたれに身体をあずけた。

猿芝居に振り回されていた滑稽さ、みっともなさは取り繕いようもない。

人質問題に刺さっていた大きなトゲが抜けたとは言える。ただ、及川をめぐる状況が悪化し、かつ簡単に見捨てるわけにもいかなくなっている今、さほどのメリットがないかもしれない。

幹部の息子がとんでもないことをしでかしたという意味では、はっきり党のイメージダウンだ。

「いつ逮捕するんです?」

「共犯は、動き次第ですがもうすぐかもしれません。その場合でも、参院選への影響はなるべく考慮したいと言っとりましたが」

安井は少しほっとした。

「それにしても、警察は大したものですね」

矢島成浩については、まだ「身代金要求」そのものを伏せている。にもかかわらず警察の現場レベルに把握されていた。

「ヒントを出してしまいましたから」

島岡はにこりともせず続けた。

「あとは矢島先生ご本人のほうです。警視庁はそちらもつかんでいます」

二度目の不意打ちをくらった安井に、島岡は警視庁が持ちかけてきた取引を説明した。

狂言を公にするのは待つ。矢島武彦の裏金疑惑も、選挙前には情報の漏洩がないようにする。政府、国自党には、政治資金規正法違反での捜査に当たって、出せる証拠を出してもらいたい。少なくともブレーキをかけない確認がほしい。

「そんな感じですかな」

「申し訳ありません」

安井は島岡に詫びた。

警察出身であるが故にこの件は島岡に知らせなかった。容易に推測がつくだろうと思ったが、はっきり伝えるわけにいかなかった。彼は結果的に、目の前で起こっていた犯罪を後輩たちに指摘される恰好になってしまった。

「怒ってらっしゃいますよね」

「老いぼれの面子などはどうでもいいんです。ただ、私が動けるようにしていただいておれば、ここまで警察を増長させなくてもよかったですな」

島岡は言った。

「古巣が力を持つのを喜んでやらねばならんのかも知れませんがね。しかし警察などというものは、抑えつけられてるくらいが丁度いいんです。国を動かしてるつもりになっちゃあ危なっかしい」

「申し訳ありません」

「だが今は取引に乗る、とおっしゃるんでしょうな」

「その通りです」

安井は三たび頭を下げた。乗らなければ与党のスキャンダルをリークすると脅されているのだ。是非はない。

「私は政治家ですから」

5

新着メールなし。

パソコンを閉じると、味川省吾はくそっと呻(うめ)いて、六畳間の日に焼けた畳に横になった。

外務省が「ＩＨＯ」に送ったメールは、トルコにいる矢島成浩が受け取って、味川に転送される。こちらから外務省にメールを出す時は、味川が文面を考えてまずトルコに送る。矢島は英語の表現を直したりもした上で、ＩＨＯのサーバーを経由させて外務省に転送するのである。

味川は一時、六百万ドルなら手を打ってもいいとほのめかした。よその国の人質交渉で妥結を見たとされる数字が、噂のレベルではあるけれどもいくつか出回っている。比べても決して高くない額だった。

にもかかわらず外務省は、何度せっついても「検討中」。じりじりするうち、本物のＩＨＯは及川瑞希の動画を公開し、身代金を二億ドルにまで吊り上げた。この状況でこちらが別の提案などしたらさすがに怪しまれるだろう。じっとしているしかない。

及川が人質になっていたことで、味川たちの計画は狂いっぱなしだった。

うまくいったと思えたころもあった。財務大臣の息子ならすぐ身代金を出すはずとの思い込みは大外れだったが、母親が子供可愛さにトチ狂ったのをうまく麻紀がフォローした。

しかし、すぐにでも金が手に入るつもりになっていた彼らに及川の存在が明らかになる。矢島武彦が、麻紀にも事情を説明したからだ。

成浩を助けるが、必ず及川とセットでなければならない。ことの成否は、及川と本物のＩＨＯとの交渉次第ということになってしまった。本物のほうは、彼らの三倍もの身代金を要求していた。案の定そちらが長引いているうちに、サミットで首相が失言をやらかし――というわけだ。

及川はもうダメではないか。矢島だけ助けてもしょうがないと政府が判断した可能性は大きい。麻紀も矢島の母親とともに国自党の連中によって屋敷に缶詰にされ、連絡さえままならない。

潮時かもしれなかった。本物のＩＨＯと外務省の詳しいやりとりは分からないが、矢島の話も出ていないはずはない。本物は面喰らっているだろう。これまできちきち追及されなかったのは幸運でしかない。この先、矢島のほうの動画が出てこなければ一気に疑念が向けられるだろう。

味川は撤収の決断をした。

まずは矢島にその旨メールで知らせた。すぐ〈俺もそう思っていた〉と返事が来た。

〈所詮(しょせん)俺にはこんな大それたこと、無理だったんだ〉

彼はすぐ自虐的な言葉を使う。よく分かっていると思う時もあるが、味川が今〈そんなことはないですよ。運が悪かったんです〉と書いたのは、口だけの慰めではなかった。同時期に本当に日本人がＩＨＯに捕まるなんて、誰が予測できただろう？

矢島からはさらに繰り言を連ねたメールが届いたが、もう味川は構わなかった。撤収すると決めたからにはさっさとしなければ。

夜逃げは前にも経験しているから慣れたものだ。パソコンと周辺機器をスーツケースに納め、隙間に服を押し込んだ。ほかの荷物は大部分置いていくことにした。どうせ大したものはない。

用心に越したことはない。成田、羽田は避け、国際空港のある地方都市に行ってそこから国外に出よう。麻紀に貰った金がまだあるから、滞在費の安い国ならしばらく過ごせるだろう。

プログラムやコンピューターを扱う分には緻密なのに、生身の人間が作る世の中に関したこととなると、あいまいな憶測で希望的に物事を進めるのが味川という男だった。何度も失敗しているくせに行動パターンを変えられない。そもそもそれが自分の弱点だと気づいていないのである。

味川は部屋を後にした。エレベーターがないので、階段ではスーツケースを持ち上げて運ばねばならなかった。すでに噴き出してきた汗を拭きつつ玄関ホールから出た瞬間、四人の男女に囲まれた。

「令状あるんですか？　じゃあ、別に言われる通りにしなくてもいいわけでしょ」

声を震わせての抵抗は五分ももたなかった。味川は任意同行に応じ、パトカーで連れていかれた目黒署で、スーツケースの中身を任意提出した。もっとも、頑張ったとしても結果は同じだったろう。実際には使われなかったが、警察は現場からの急報後三十分で家宅捜索令状を用意した。裁判所にあらかじめ手を回していたのだ。

味川がより悔やんだのは、パソコンといくつもの携帯を叩き壊しておかなかったことだ。海外で仕入れたプリペイド携帯でも、現物を調べられれば簡単に通話履歴が分かる。パソコンでやりとりしたメールはその都度消去していたが、専門技術を使えば復元可能だ。味川ももちろん知っていたが、機械への愛着が適切な行動を妨げた。

証拠を突きつけられて味川は全面自供し、逮捕された。

大臣、国を相手に大そうな額を強請（ゆす）ろうとしたのは確かだけれど、人を傷つけたわけではない。誘拐は罪が重いと聞いているが、狂言なのだからそれほどのことにはなるまい。なお彼はこんなことを思っていた。

矢島麻紀は、いくつかの、やや複雑な理由からただちに逮捕するのは見送られたが、計画の露見を告げられ、これまで以上に厳重に行動を制限された。

狂喜乱舞したのが矢島芳恵だ。彼女にとっては、息子が生きていてくれるありがたみに比べれば、犯罪者の汚名くらい物の数でなかった。

しかし彼女は嫁には容赦しなかった。これは捜査当局の予想を裏切ることだったが、狂言計画を主導したのが味川でなく、麻紀らしいと分かってくると、怒りと憎しみは手のつけようがなく膨れ上がった。もとから嫌っていた嫁である。一時、同志のように遇していた自分にまで腹が立った。

悪魔だわ。あんなことを思いつくなんて。顔色も変えずに私を騙し続けたなんて。あの女、人間じゃないわ！

その分かどうか、芳恵は夫に対しては逆方向に態度を一変させた。「騙されていたとはいえ」ひどい言葉をぶつけ、大臣室で立ち回りを演じたあげく脅迫まがいのことをしてしまったと嘆いてみせた。実際彼女は心から夫に申し訳ないと思っていた。ただ彼女はその「脅迫まがい」が、今なお、いや彼女がその気だったころ以上に夫の政治生命を脅かし、すでに致命傷を与えつつあることをまったく理解していなかった。

「くよくよしないでくださいな。もうじき成浩も帰ってくるんですから。大丈夫ですよ、大した罪になるわけじゃないんでしょう？」

味川が考えたのと同じようなことを彼女は夫に言った。

矢島武彦はもちろん正しく事態を理解していた。妻にそれを説明する気力すらなくなっていただけだ。

あんな息子、本当にＩＨＯにでも捕まって殺されればよかったんだ！

財務大臣は腹の中で叫んだ。そして一体どのように振る舞っていれば、今日の悲惨な目に遭わずにすんだのか、考えても詮のないことを、くよくよ考え続けた。

その矢島成浩はどこに？

警察は味川から、やはり矢島がシリア国境に接したトルコの町を転々とし、最後はキリスにいたと訊き出した。しかし、味川の逮捕が先行したのは、やはり理想的な手順でなかったと思い知った。

トルコに送り込まれていた捜査員がすぐキリスに向かった。前の時よりりきわどかったが、やはり間に合わなかった。ホテルも街も、長居したくなるところといいがたいのは確かだが、今回の矢島は明らかに慌てて立ち去っていた。味川とのやりとりで、身の危険を感じ取ったと見るべきだった。

イスタンブールの空港に捜査員が張り付き、その他の出国ポイントにもトルコ政府を通じた手配がされた。もちろん、主要なホテルから順に、宿泊客の照会もかけられた。ただ、治安の悪化で激減したとはいえ、まだかなりの日本人観光客がトルコに来ていて、矢島を見つけ出すには時間がかかりそうだった。

警察は矢島と連絡をとるよう味川に指示した。新たな居場所を訊きだそうというわけだ。

〈俺はしばらくフィリピンに潜むつもりだが、先にどこかで落ち合って今後のことを話したほうがいいと思う。今どこにいる？〉

しかし何度やっても返事はこなかった。警察は、矢島のスマホの電波を探知してくれるようトルコ政府に依頼していたが、こちらもまったく引っかからなかった。

「どうなってんだ。どこに奴はいるんだ？」

詰問されても、味川は首を傾げるばかりだ。

警察は焦りを深めた。トルコを出るだけの時間的な余裕があったとは思いにくいが、手配をかいくぐったのだろうか。だとするとかなり厄介だ。

しかし翌日、パソコンをいじっていた味川が声を上げた。

「あ、来てます」

集まってきた捜査員たちは開かれたメールを目にしてみな絶句した。

〈さっきシリアに入った〉

ＩＨＯの最大拠点、ラッカを目指すと矢島は書いてきたのだった。

第六章　戦場

1

味川省吾にメールを送る前日、矢島成浩はキリスから二百キロばかり東にあるやはり国境の街、アクチャカレにいた。

　彼は道端にたたずみ、大きな荷物を担いだり手押し車に載せたりして行きかう人々を眺めていた。人々の向こうには、コンクリートブロックの粗末な建物が並んだ難民キャンプが見えた。いずれも国境に共通した風景である。

　ゲートの先はシリアだ。そこでは政府軍といくつもの反政府勢力が入り乱れて戦い、街々の建物は砲弾で破壊され、子供までもが数知れず殺されている。ことに悪名高いＩＨＯは、捕虜（ほりょ）はもちろん支配地域の住人にも、公開の銃殺、石打ち、果ては首を切ってさらすといった残虐行為を連日のように繰り返している。

国境地帯に入った当初は、テレビで見た情景を想像し、その可能な限り近くまで来たことに緊張とともに興奮を覚えて写真を撮りまくったものだった。

もっとも、いくらも経たないうち、水さえ出たり出なかったりのホテルや、何の気晴らしもない毎日にうんざりしてきた。外務省とのやりとりが止まった時は国境地帯を離れられるので、味川の許可が出るのを待ちわびてイスタンブールやカッパドキアに出かけ、普通に観光したりもした。

そう、結局は全部、観光旅行みたいなものだったと思う。

アクチャカレには何度となく来たが、当然ながら途中まで、及川瑞希がこの街で消息を絶ったことなど知らなかった。知った後は、訪れる時に多少の感慨を抱くようになった。ゲート越しにシリアを望んで、彼女はどこにいるのかなどと考えた。ＩＨＯの本拠地であるラッカも、アクチャカレからそう遠くない。

ふざけた話だった。矢島自身も、地獄のまっただ中にいる設定だったのだ。日本ではわざわざシリアに行きたがっているような芝居までした。けれど現実の自分は安全地帯にいて、たまに味川と外務省のメールのやりとりを中継するだけだ。大物政治家の息子として、守られた境遇を与えられ続けてきた矢島の生き方を象徴するかのようだった。

しかし矢島は今、まさに世界の果てるところだった国境の向こうに、どうやって行くか思案している。

ゲートを管理するのはトルコの国境警備隊だ。建前としては、ここからシリアに入るにはシリアのパスポートが必要になる。が、抜け道というものがたいていのところにはある。こうしたややこしい地域では、大通りと変わらないくらいにぎわっていたりもする。

外国人をシリアに入国させてくれるガイドがいるらしい。ホテルでも紹介してくれるという。彼はいったんゲートから離れ、ダウンタウンに向かおうとした。すると後ろからざくざくと速足で近づいてくる足音が聞こえた。

あたりにはゲートを出入りするシリア人たちのほか、彼らを目当てにした物売りや両替屋がたくさんいるから、滅多なことはないと思ったがやはり不気味だ。振り返ると、小柄な若い男が足を止めてこちらに笑いかけてきた。

「ジャパニーズ？」

少したためらったがイエス、と答える。さっき見かけた男だった。オレンジジュース売りの隣で木箱に腰を下ろして、矢島と同じように往来を眺めていたが、商売人だろうと思って特段気にかけなかった。

二十代の前半だろう。髪には強い癖がある。ジーンズにアディダスのジャージの上着という恰好で、どちらも砂埃（すなぼこり）がしみついたような色になりつつある。

――何か用か。

尋ねた矢島に男は尋ね返した。

――シリアに行きたいのか。

あんまりストレートに言い当てられて矢島はぽかんとしてしまった。顔にそう書いてあったみたいではないか。

――なぜそう思う。

――ジャーナリストだろう。

男は矢島が首からぶらさげていたカメラを指さした。

――日本人のジャーナリストは、ＩＨＯに捕まった女のことで来ているんだろう。

ダウンタウンで、ビデオカメラを持った日本人らしい一行を目にした。ランドクルーザーの中に立派な機材が見えた。どこかのテレビ局だろう。このごろは少し減ったが、及川の事件が明るみに出た直後は、そういう連中がずいぶんいた。

――しかし日本人はシリアには行かない。日本の政府が禁止しているからな。

――らしいな。

残念そうに男は言った。

――ちょっと前までは、そんなことを気にしない勇気あるジャーナリストが何人もいたけどな。勇気だけの問題ではないだろう。ジャーナリストだって危険と危険を冒して得られるものを天秤にかけるはずだ。取材に成功したところで母国で叩かれまくるとなれば、大手マスコミはもちろん、フリーの記者やカメラマンだってシリア行きを躊躇する。

しかし俺は違う。この男はラッキーだった。俺も探す手間が省けた。幸先がいい。

案外あっさりと諦めて踵をかえそうとしている男を矢島は呼び止めた。

――もしシリアに行きたい日本人がいたら、どうやってゲートを通すんだ。

――簡単だ。俺はシリア人だから好きに出入りできる。国境警備隊に話の分かるのがいるから俺と一緒に行けばいい。

――国境を越えたあとはどうする。ＩＨＯが占領している街まで案内してくれるのか。

――それは無理だ。あいつらは普通じゃない。俺までやばい目に遭いかねない。

言って男は狡そうな目になった。

――行きたいんだな、やっぱり。

――ああ。

矢島は答えた。

――IHOを取材して、どうして日本人が人質にされたのか聞いてきたい。彼女はイスラムの敵じゃないはずだ。IHOにはそのことを伝えたい。彼女を救いたいんだ。

男はうなずきながら聞いていた。

――方法がまるでないわけじゃない。IHOに伝手（つて）のある奴を知っている。そいつならお前をIHOの将軍にだって会わせられる。

――紹介してもらえるのか。

思わず勢い込んで矢島は言った。

出発は、「話の分かる」国境警備隊員の勤務に合わせて翌日ということになった。矢島はハサンと名乗ったその男に宿も紹介してもらい、夜をのんびり過ごした。

自分がアクチャカレにいると知ったら、味川や麻紀はどんな顔をするだろう。

矢島がスマホをオフにしたのは、味川が計画の断念を伝えてきてすぐだった。味川は撤収すればすむと考えているようだったが、そうは思えなかった。きっと追っ手が来る。矢島は確信した。だからその時は、まず居場所を探知されないようにそうしたのである。

しかしこんなことも考えた。

いったんは逃げられても、向こうはずっと追いかけてくる。逃げている限り心の休まる日は来ない。

いっそ捕まるのもいいかもしれない。

生まれてこのかた何をやってもうまくいかない。たまに金目当てですり寄ってくる奴も含めて、みんな矢島をどうしようもない男と思っている。最たるものが父親で、出来のいい弟ばかり目をかけ、成浩はとうに見捨てた。母親のほうは猫かわいがりしてくれるけれども、四十を過ぎての子供扱いは、されるほうからすれば侮辱と変わらない。

「あっと言わせてみなさいよ、あの人たちに」

言い出したのは麻紀だった。出会ったころから気が強くて、こんな自分のどこがいいんだろうと不思議でならなかった女。金が欲しいのかと尋ねたら「欲しいけど、それ以上にあなたのあがいてる姿に惹かれるの」と答えた女。見込みのない事業に手を出しても、カメラマンになると放浪をはじめても笑っているだけだった女。

しかし矢島があがくことに疲れ、「もう何もかもどうでもいい」とつぶやいた時、彼女は怒りの表情を見せた。

「あっと言わせるって、どうやってよ。俺、何にもできないんだぜ。迷惑かけるくらいだ」

「だったら、誰にも真似できないくらいの迷惑をかけてやんなさいよ」

その日はそれで話が終わった。けれど四、五日の後、もう忘れかけていた矢島に麻紀はやっと考えついたというアイデアを話した。馬鹿馬鹿しい以外の感想はなかったが、彼女はアイデアを実行するために必要な専門技術者として味川の消息をたどり、前の不義理の埋め合わせに協力する約束を取り付けてきた。

麻紀に引きずられるように計画を練り、とうとう実行に移した。最初のメールの送信ボタンを押した時は緊張で吐きそうになった。

一方では、すぐに見破られるとも思っていた。ところが麻紀は、父親も政府も完全に騙されていると知らせてきた。彼女には、母親の突飛な行動まである程度予想できていたらしい。本物の人質の存在が分かってまた青ざめたのに、あれこれの成り行きで身代金まで本当に支払われそうな雲行きになってくる。夢を見ている気分だった。

しかしそれも終わった。やっぱり夢でしかなかったのだ。最後の大ばくちに負けた身に、罪人の身分はぴったりではないだろうか。

その時、矢島はふと、及川瑞希という女について思いを巡らせた。

及川の事件は、トルコのテレビでも報じられている。もちろん日本ではおびただしいニュースが流れており、矢島はそれらをインターネットで見て、及川の人となりほかの詳しい情報に接するようになっていた。

うら若い身空で縁もゆかりもないシリア難民の支援に身を投じた。以前からの経歴を見ても、ボランティア活動に捧げる情熱はただならぬものに違いない。自己満足、自分探しと貶める声もあるようだが、仮にそうだとしても、命を危険にさらして自分を追求する行動は矢島にまぶしかった。

何よりも及川は「本物」だった。人質としてさえニセ物の矢島が、ずっと憧れ続けてきた存在の重みが彼女にはあった。

稲妻のように矢島は自分のなすべきことを知った。

及川の百万分の一の値打ちもない男が、彼女の代わりになる。俺の、最高の使い道だ。

当たり前にはできっこない。俺は彼女と釣り合っていないのだから。しかし今の状況なら奇跡的に可能性がある。

一つには同じ日本人だということ。そしてもう一つ、矢島は一般の日本人にはない大きなアドバンテージを持っていた。

及川がいた街に向かうべく手配をしたのは、味川からメールを受け取った翌日だ。自分の意思で行き先を決める機会は、この先もうないだろう。しかし、最後に行き先を見つけられたことが嬉しかった。

アクチャカレの安宿で硬いベッドに横たわっている矢島には、何かの虫に刺されたらしい足のかゆみまで、自分の無価値を埋め合わせてくれるもののように感じられた。

午前十時、約束通りにハサンが迎えに来た。

ハサンはまず、千ドルを渡すよう言った。前日の話では「ガイド料」は八百ドルとのことだった。指摘すると、それは自分の取り分とハサンが説明した。

——国境警備隊員に二百渡さなければならない。

要求通りに矢島は支払った。さらにハサンは、「自分の意思でシリアに行く」と書いた紙にサインを求めた。

——念のためさ。いいガイドがいれば危ないことは何もない。

これにも矢島は従った。矢島はリュックサック一つで、ハサンが運転してきたトヨタの古いステーションワゴンに乗り込んだ。

——ランドクルーザーがいつか欲しい。

ハサンは言った。

——でもこれも悪くない車だ。日本製が一番だ。

——そのお世辞は世界中で聞くね。

——お世辞じゃない。

ハサンは真顔だった。アクチャカレには、ほかのトルコの街と同じようにたくさんの日本車が走っていた。

ゲートの前で車を停めたハサンは、矢島のパスポートを持って脇にあるプレハブの事務所らしきところに向かった。事務所の前には列ができており、ハサンの番になるまで三十分ちょっとかかったが、彼は中に入るとすぐ、警察の制服を着たトルコ人を連れて出て来た。

トルコ人は車に近づくと、じろりと矢島を睨んでパスポートと見比べた。パスポートに札が挟んであるのに矢島は気づいたが、どうも百ドル札一枚のようだった。無言のままトルコ人とハサンは事務所に戻り、今度はハサンだけが出てきた。

返されたパスポートには、確かに出国印らしきものが押してあった。

——これだけ?

——これだけだ。

ハサンが運転席について車が動き出した。ゲートの向こうにトルコ側と同じような事務所があり、今度は矢島も車を降りた。机を挟んで向かい合った男は戦闘服姿だった。入り口の男は自動小銃を背負っている。シリア革命戦線の兵士たちだ。

ハサンが何かしゃべるのを向かい合った男は無表情に聞いている。

——イスラム教徒なんだな?

男が矢島に目を向けてたどたどしい英語で訊いた。矢島はハサンから教わった通り、イエスと答えて、憶えておいたクルアーンの一節を暗唱した。間違えなかったと思うが、発音など、男の英語と比べてもひどかったはずだ。しかし男は無表情のままだった。

——どこを取材する。

これも打ち合わせ通りに、革命戦線の勢力圏にある町の名を言った。ほかにいくつか質問されたが、どれも矢島がジャーナリストという前提だった。ハサンがそう説明したのだろう。最後に男は、文字が印刷されたワラ半紙のような紙切れをパスポートにホチキスで止めて大きなスタンプを押した。

——これが通行証？

ハサンに尋ねた。

——これならすぐ取ってしまえるから、日本に帰っても罰せられなくてすむだろう？

そう言ってハサンは笑った。

矢島はリュックに仕舞ってあったスマホを取り出し、久しぶりに電源を入れた。味川から何通もメールが来ていた。居場所を教えろと言っている。彼は捕まった。矢島は確信し、返信を打った。

これでスマホを使うのも最後になるはずだった。麻紀に連絡をするかどうか迷ったが結局やめた。彼女には感謝の念を抱いていたけれど、連絡して得られるものは互いにないと思ったのだ。

ゲートから車で小一時間走った。当たり前のことながら、国境を越えたからといって景色が一変するわけではなかった。

遠くに山並みが見えるだけのまっ平らな地面を、舗装の荒れた、センターラインもない道路がまっすぐに貫いている。上空から見たら、グラウンドに石灰で引かれた白線のようだろうかと想像する。

埃っぽいのは確かだが、中東地域について一般の日本人が漠然と抱いている砂漠のイメージからすれば、はるかにたくさんの緑がある。ところどころは畑にもなっていて、何が作られているのかまでは分からないけれど、ここで採れる野菜はうまそうに思えた。

やがて車は、中心部にはビルといえるくらいの建物が並んでいるそこそこの町に入っていった。さっき革命戦線の男に名前を言った町らしかった。ビルに近づくと、窓ガラスは半分以上割れ、壁のあちこちに穴が開いているのが分かった。

ここはシリアなんだ。

初めて矢島は実感した。

そうしたビルの裏の、一軒家のカフェだかレストランだかの前でハサンは車を停めた。営業しているのが不思議だったが、ガラスがなくなった窓枠にビニールをテープで固定した店内は、ほとんど満席といっていい状態だった。子供連れも多かった。太った母親の周りには、夫と、赤ん坊を含めて五人の子供がいた。

たくさん死ぬところではたくさん産まなければならないわけか、と矢島は思った。

ハサンは店内を見渡し、奥のテーブルに一人でいた男に手を挙げて近づいた。矢島もあとをついていった。

待っていた男はシャイールと言った。シャイールの英語は流暢だった。矢島は彼と小声でやりとりした。

——ラッカに連れていってくれるのか。

——安心してほしい。私がいれば決して危害は加えられない。

ハサンから、シャイールのガイド料は本人と交渉するよう言われていた。シャイールは、ラッカ滞在一日につき五百ドルと説明した。ＩＨＯの幹部にインタビューするなら、一人千ドルから三千ドル。いずれも後払いでいいとのことだった。

——お前のガイド料より良心的な気がするな。

ハサンに笑いかけると、ハサンは、そんなことはない。ここまでおぜん立てするのは大変なんだとむきになったみたいに言った。

——分かった、分かった。

矢島は頼んだコーヒーを飲み干し、三人分の代金を聞いてドルでハサンに渡した。その手を握って礼を述べ、今度はシャイールと店を出た。シャイールの車は、これまたトヨタのミニバンだった。

——ラッカまで三時間かかる。

シャイールは言った。街を離れ、またまっすぐな道を走った。だんだん緑が少なくなっていった。

——ここはもうＩＨＯの支配地域なのか？

そうだとシャイールが答えた。一時間と少し経ったところで、道路の先に検問所らしきものが見えた。停止したミニバンに兵士が二人乗り込んできた。ぱっと見たところはシリア革命戦線の兵士との違いがよく分からない。が、彼らはものも言わず、矢島の喉元にナイフを突きつけた。

シャイールは冷たい目で矢島を一瞥して、運転席のドアを開けたまま出ていった。兵士の一人が矢島の手足を縛り、目隠しをして口にタオルを突っ込んでいるあいだに、もう一人が運転席に座った。

これがそうか。

ミニバンの床に転がされた矢島は、声にこそ出せないものの独りごちていた。

集めた情報の中に、アクチャカレのガイドには、ＩＨＯに外国人を売り飛ばすブローカーも多いので用心すべしという警告があった。

ここに来て、何もかもが思い通りに進んでいる。おかしくて仕方がなかった。

2

夜の九時すぎ、札幌駅西口にあるビジネスホテルから出てきた山崎知美は、マスコミがいないかまずあたりを確認した。歩き出してからも、ひとブロックわざと行き過ぎてから引き返すなど念を入れた。

尾行を防ぐ方法は警視庁の深田央に教えてもらった。人をつけまわすプロだから逆の立場のことにも詳しいわけだ。前は深田が自分をつけていた。まったく気づかなかった。用心していたら分かっただろうか。多分深田は上を行っただろう。また自分をつけなくてはいけなくなった時、困るようなことは教えてくれない男ではないか。

そんな考えをめぐらせたのは、このところの深田の様子が変わったと感じるからだ。連絡を寄越してこない。一週間も間が空くことはなかったので、こちらから電話をした。二度目まで留守電だった。折り返しもなく、三度目にやっと捕まった。

深田は「忙しかった」と言い、山崎の近況を尋ねてきたがどこかおざなりだ。あれほど関心を示していた、矢島麻紀と味川という男の件についても、付け足しみたいに、新たな情報がないか確認しただけだった。

「そういえば、このあいだの、ちょっと考えたいことって何だったんですか」

「ああ。勘違いだったんだ。後で考えたら馬鹿みたいなさ」

話はそれで切り上げられた。

深田は謎を解いてしまったのではないか。だからもう、自分を必要としない。

気のせいかもしれない。けれど山崎は、深田が警察の人だと改めて意識してしまった。忘れて接することができた時もあったのだが。

実を言えば今日も、深田に相談したかった。はっきりした答えはもらえなくても、自分の意見を決める力が出そうに思えたから。しかしこうなっては心を明かそうと思えない。そして彼女は、自分でも奇妙だったが、深田が解いたかもしれない謎には関心がなかった。そこが深田のような人間との決定的な違いなのだろう。

山崎が向かったのは、距離にすれば数百メートルしか離れていない、駅の反対側のホテルだった。

すっかり馴染みになったフロントの係員が会釈してきた。何も言われないのは、何も起こっていないということだ。とりあえずほっとしてエレベーターに乗り込む。

二つのベッドが部屋のほとんどを占領する狭いツインルームに、及川家の二世代、四人が集まっていた。

「遅い時間にお邪魔します」

「いえ、こちらこそ手間取ってしまって」

入り口近くのベッドから立ち上がって、及川典子が頭を下げた。その隣の優香も腰を浮かせたが、大貴は鏡台の前の椅子に座ったままだった。もっとも、隆二はさらに奥にいたにもかかわらず、山崎が部屋に入ると同時にドアの前までやってきて、自分が使っていた椅子をすすめた。

断り切れずに山崎はそこに座った。小さなテーブルに、キャップの開いたペットボトルが並んでいた。部屋の空気は食べ物臭く、ごみ箱に弁当がらが入っているのだろうコンビニの袋が押し込んである。

いつまでも店を放り出して隠れているわけにいかない。といって姿を見せればマスコミが殺到するのは目に見えている。ならいっそ記者会見をしたいと、及川隆二、典子夫妻から山崎に申し出があったのが一昨日だった。

もっともな話だった。そもそもマスコミからの隔離は、実のところ夫妻以上に、外務省の都合に合わせた措置だった。首相の失言で娘の命が風前の灯となってしまった夫妻を懸命になだめてきた山崎だけれど、彼らがやるせない思いをもらすたび、いつ爆発するかとひやひやしてきた。

ついに来るものが来たと観念して、申し出をそのまま東京に伝えた。テロ対策課長の白井卓は、申し訳なさそうに上の意向を告げた。いわく、会見そのものは仕方ないが、政府批判は絶対にさせるな。

絶対にさせるなって——。

家族の会見なのだ。第三者が、何を言わせる言わせないなんておかしすぎる。

それでも結局山崎は、会見で話す内容を事前に教えるよう頼んだ。及川夫妻は幸いあっさりＯＫしてくれた。しかし子供たち、つまり及川瑞希の姉、弟とも打ち合わせるとのことで、今晩家族会議が持たれ、その後で山崎が合流する恰好になった。

「お疲れ様でした」

まずはそう言った。どんな家族だってこんな会議はしたくないだろう。しかも見通しよりかなり時間がかかった。それが山崎の気がかりでもあった。まさか弁護士でも来ていたとか？　憲民党系を含め、東京が嫌がる連中との接触はないと思っているけれど、絶対の自信までは持てない。

「疲れました」

ぶっきらぼうな大貴の口調に、山崎はいっそう肝を冷やした。

「ほんと、納得できませんよ。俺たち何も悪いことしてないんですよ。なのにどうしてこそこそ」

てっきり外務省への文句だと思った。しかし彼が憤っていたのはマスコミ、そして姉に対してだった。

「姉ちゃん、ずっとわけの分かんないことばっかりしてたけど、家族に迷惑かけんのはほんと、勘弁してほしいですよ」

大ちゃん、と、瑞希のさらに上の姉である優香がたしなめるように言った。

優香は三十一歳で、三歳と二歳の子供がいる。札幌市のベッドタウン、恵庭(えにわ)市で専業主婦をやっている。大貴は札幌のサラリーマンだ。こちらは二十六歳だが、年齢よりも幼い雰囲気がある。姉二人という生育環境のせいかもしれない。彼らのところにも、記者が来ており、断るのに苦労しているらしい。

「この子の気持ちももっともなところはあるんです」

とりなしたのは典子である。大貴は数日前、つきあっていた女性から別れを告げられたとのことだった。女性の親が反対したそうで、その原因は瑞希の事件だという。

「余計なこと言わなくていいよ」

大貴は吐き出した。

「説明しないと分かってもらえないでしょう」

「記者会見でも言うのかよ。弟がふられましたとかさ」

「そんなことまでいちいち話さないよ」

しかし大貴はかみつくのをやめなかった。

「言うつもりがなくたって言わされちゃうんだよ。マスコミはしつこいし、うまいからさ」

そして頭を抱えてつぶやいた。

「どうしても会見とかさ、母さんたちしなくちゃなんないの？」

「さっきも言ったでしょう。このままじゃどうにもなんないからって。あんたもこそこそするの嫌だって」

「そうだけどさ、おかしいんだよ。何で俺たちがさ――」

「しょうがないんだ。おかしくたって」

隆二が二人の間に入った。

「筋が通んなくたって、やらざるを得ないことがあるんだよ。一番ひどい目に遭ってるのは瑞希なんだ」

「だって姉ちゃんは――」

「うるさい！」

怒鳴った隆二は、虚ろな目を山崎に向けた。

「すみません。御覧の通りなんです。記者会見するかどうかってところからまとまらなくって。家族だっていうのに、みっともない話です」

「とんでもないです」

山崎にはむしろ、ありがたい展開だった。会見がなくなればそれに越したことはない。大貴以外の三人も、瑞希を心配するのは当然だが、山崎を責めてくる様子はないから、会見することになっても大丈夫だろう。矛先がマスコミに向くならそれもよし。

「どうしたらいいとお考えになります？」

「え？」

隆二に問われて山崎は戸惑った。

「山崎さんのおっしゃる通りにします。私らにはもう、何がいいんだか分からんのです」

「いや、私は。これはあくまでもみなさんの問題ですし」

しかし四人の顔を見回して胸が締め付けられた。隆二と典子の視線はすがるようだった。ほとんど何もしゃべっていない優香、大貴さえも山崎の答えを待っている。

「大貴さんがおっしゃったのは率直なお気持ちだと思いますが」

勝手に口が動き出していた。

「大貴さんだって、お姉さんが殺されていいわけなんか絶対ないですよね」

「当たり前です」

「だったら、ご家族の思いを世の中に伝えるべきじゃないかと思います。こんなこと言っちゃいけないのかもしれませんけど、情勢ははっきりいってとても厳しいですけれど、できることは何でもやったほうがいいです」

論点がずれたことに気づいたが、修正は後回しにした。

「あと、これも私が言うのおかしいですけど、私を含めて外務省とか政府とか、あんまり信用しないでください。私たちは私たちなりに一生懸命やってるんですけれど、みなさんのことを一番に考えているかっていうと」

言いながらどうしてだか涙があふれてきた。

「そうじゃないことが多いんです。だからみなさんは、みなさんと瑞希さんのことだけ考えて――」

後が続かなくなった山崎は、手をとられて顔を上げた。典子が目の前に立っていた。

「知ってますよ、山崎さんが一生懸命なのは。山崎さんが考えてくれることが、私たちには一番なんだって信じてますよ」

典子はベッドの脇からティッシュペーパーをとって、山崎の涙を拭いた。

3

途中で何度か停まりながら、おそらくそれから二、三時間をかけて兵士たちは矢島成浩を運んだ。おそらく、というのは縛られた時に時計を取り上げられてしまったからだ。

道は途中からはっきり悪くなった。舗装されていないらしいところも多かった。車が大きく跳ねたりすると、身体のあちこちがうちつけられて痛かった。砲弾で地面がえぐれたのか、などと矢島は想像した。

車が停まった時は、トイレに行くかと尋ねられた。目隠しはそのままだったが手と足のロープをほどかれ、外に連れ出された。ここでしろと言われて、仕方なく前を開けたが、すぐには出なかった。兵士たちが何か口にして笑った。

最後は、何も訊かれずに車から降ろされ、ずんずん引っ張っていかれたので、目的地に着いたらしいと分かった。根拠はおおざっぱな移動時間だけだが、ラッカの近くのような気がした。

及川瑞希もここにいるのだろうか。そうならありがたい。

段差に気をつけるよう言われ、空気が急にひんやりした。建物に入ったようだった。

中東全体のことはよく分からないが、トルコ南部とそれほど気候が違うわけではないだろう。六月末のそれは、暑いといえば暑いけれど空気が乾いていて日本よりずっと過ごしやすい。また日向と日陰とでかなり体感温度が違う。

階段を降りる。地下室があるようだ。砲撃などに備えて、武装勢力は地下のある建物を好むと聞いたことがあった。

背後でドアが閉まる音がして口のタオルと目隠しを外された。矢島がいるのは、十畳くらいの部屋だった。取調室とか守衛室のように見える。状況と窓がないことからそう思うだけかもしれない。ごく普通の部屋であり、ぴかぴかとはいえないにしても、ひどく汚いわけでもなかった。

目の前には、四十歳くらいの兵士が立っていた。酷薄そうな印象を持ったが、これも先入観のせいでないとは言い切れない。

矢島をここに連れてきた連中を含め、周りにいる兵士たちも目に入って、全員が揃いの迷彩服を着ているのに気づいた。というのは、革命戦線の戦闘服は、人によってバラバラだったのだ。ＩＨＯのほうが資金があり、統率がとれているということなのかもしれない。

目の前の兵士が何か言った。

——お前はスパイだろう。

隣にいる若い兵士が英語で続く。シャイール以上に流暢な英語だ。ネイティブではないかとさえ思う。

そういえばＩＨＯには、ヨーロッパからもたくさんの若者が参加しているらしい。もちろんイスラム圏にルーツを持つ場合が多いようだが、そこそこ豊かな家に育っている場合もあり、差別や貧困のせいばかりでもないという。

トルコでも若い人間の割合が多いのに驚き、ひるがえって日本の高齢化を実感したものだが、この部屋にいる中の二、三人はどう見ても十代だった。そしてその一人を含め、身体の一部を失っている者が少なくなかった。

矢島が返事をせずにいると、年長の兵士はまくしたてた。

——日本はアメリカの家来だ。アメリカの尻にくっついて我々と戦う気でいる。何を調べに来た？　我々の指導者の居場所か？　我々が持っている武器か？　知ったとしても無駄なことだ。我々は神のための戦いを決してやめはしない。もし指導者が死んでも、新しい指導者が現れる。我々が全員殺されても、別の戦士が後を継ぎ、最後は邪悪な者たちに勝利する。

誇らしげな表情になった彼に矢島は口を開いた。

——私はスパイではない。が、そう思うならそれでも別に構わない。

——強がっているのか。ジャーナリストのふりをしていたくせに。

——でないとシリアに入れなかったからだ。

——我々が日本人を捕まえたのを知らないわけじゃないだろう。そんな時にどうしてのこのこやって来た。

——知ったから来た。

矢島は言った。

——助けようとでも思ったのか。

——そうだ。

けらけらと笑い出した兵士に矢島は続けた。

——力ずくでできるとは考えていない。私にそんな力も、知恵もない。しかし私は君たちにとって多少値打ちのある人間かもしれない。

——本当におかしなことを言う奴だ。いったいお前に、どんな値打ちがあるんだ。

――私は日本の財務大臣の息子だ。

まじまじと矢島を見て、年長の兵士はさらに激しく笑い出した。周りの若者たちも手を叩き、身体をよじっていた。松葉杖の奴はそれで床をどんどんと鳴らした。喧噪がおさまるのを待って矢島は続けた。

――嘘じゃない。調べれば分かる。私のパスポートは本物だ。

若者の一人が銃の台尻で矢島の背中を殴った。痛みをこらえて矢島は声を振り絞った。

――日本政府は、女には身代金を払わないだろう。私なら可能性がある。

これにははったりが混じっていた。狂言がばれたとすれば、状況はかなり変化しているだろう。しかし矢島にはどうでもいいことだった。

――仮にそうならないとしても、殺すなら私を殺すほうが日本政府に大きな痛手を与えられるはずだ。

――何が望みなんだ。

――私を人質にする代わりに、及川瑞希を解放してほしい。

――恋人なのか?

年長の兵士の視線はあざけるようだった。

――会ったこともない。

また数発、背中を殴られた。息ができなくなって床に倒れた。薄目を開けて見上げた若者たちはにやにやしていた。IHOの兵士たちはずいぶんよく笑う、と矢島は思った。

とりあえず尋問はそこまでとなったようだった。部屋の外に連れ出されて、かなり大きな建物にいるらしいと分かった。目隠しをされなかったのは、行き先が地下にある別の部屋だからだった。

そこはさっきよりふた回りほど広かったが、十人をかなり超える人間が詰め込まれており、饐えた匂いがした。みな痩せさらばえ、髪がぼさぼさに伸びていて、ＩＨＯに連れてこられた人たちとすぐ分かった。及川がいるのではと一瞬思ったが、男ばかりだった。

矢島を連れてきた兵士がドアを閉めて出ていくと、人質の一人が近づいてきて、何人かと尋ねた。向こうはベルギー人とのことで、アレックスと名乗った。あともみな白人だった。国籍はフランス、イタリア、デンマークなどさまざまだ。

アレックスは電気技術者で、シリア政府関係機関の募集に応じてやってきたが、街を歩いている時にＩＨＯに拉致された。

――ギャラがずいぶん良かったもので目がくらんでしまった。

何度となくしているのだろう話をして、彼は長いため息をついた。矢島は、あれこれ説明するのが面倒だったので、ジャーナリストだと言っておいた。二人がしゃべっているあいだ、他の人質たちも小声でささやき合ったり、手製のカードでトランプをしたりしていたが、うずくまったまま動かない者もいた。

やがて兵士がやってきて食事を配った。一切れのパンと一ダースのオリーブ、あとはコップ一杯の水だった。

そのあと、三人ずつトイレに連れていかれた。アレックスが、朝昼晩の三回、時間が決まっていると教えてくれた。見張られたまま、一分で済ませなければならない。

一緒に行った人質たちは、ものすごい勢いで用を足したあと、一人は洗面の水で持ってきた下着を洗った。もう一人は、上半身裸になって水を身体に塗りたくり、脱いだシャツでぬぐいとった。後で訊いたところ、水を使えるのもトイレの時だけなのだという。

全員のトイレが終わると電気が消された。そのころから矢島は、ひんやりという表現では追いつかない寒さを感じはじめた。夜になったせいか、あるいはじっとしているためか。こもった臭いはそのままなのに、冷気がどこからか流れ込んでくる。

しかし部屋にはマットレスも毛布もなかった。アレックスもほかの人質たちも、慣れているのだろう、床に転がって寝息を立てはじめた。矢島は身体をできるだけ丸めて体温を逃がさないよう努めたが、うとうとしてはまた目を覚ました。

自分の選択に対する不安がわき上がった。

このまま連中に訴えを無視され続けたら、すべて無意味になってしまう。

だいたいこんな境遇にいつまで耐えられる？

何でもいい、さっさとけりをつけたいと思って、矢島ははっとした。それこそが一番の甘えだ。

気が遠くなるほど長い夜が終わった。それも兵士がトイレに連れ出しに来たからそうと推測できたに過ぎない。しばらくして、パンとヨーグルトと水が出た。

その日、部屋の何人かが連れ出された。尋問されているようだったが、矢島には何もなかった。

二度の食事と三度のトイレ。多分夜が来て、朝になった。同じことが繰り返されていった。

今日は何日だ？　ここに来たのはいつだったっけ？

日付を忘れないよう、毎日一つずつ壁に爪で傷をつけているアレックスの助けを借りなければ、矢島はすでに分からなくなりかけていた。

4

公示から二度目の週末が終わった。次の日曜は投開票だ。

報道各社の世論調査結果が出そろいつつある。細かい数字こそ違うものの国自党が大幅に議席を伸ばすとの見方は一致している。

経済指標の落ち込みや、選挙前に相次いだ議員の失言、不祥事の影響も大きなうねりにはならなかった。過半数超えはほとんど確実で、一部野党を合わせた改憲勢力が、発議に必要な三分の二に達するかが焦点になる――。

そんな報道を目にするたび、時限爆弾が残っているのにと安井聡美はいらだった。

人質事件に注目がいかないほうが国自党としてはありがたいから、文句をつけるわけにもいかないが、このあいだ及川瑞希の両親がやった記者会見は爆弾の威力を間違いなく増した。娘への思いを吐露しながら、政府批判を控えたのは、たくらんでのことかどうか分からないが共感を集めるのに効果的だった。ことが起これば批判者はいくらでも出てくるのだから、そのほうが国自党には怖い。

もっとも、マスコミが事件の影響を予測に盛り込めない事情は分かる。言及すれば、及川の死を仮定することになる。不謹慎と批判され、炎上するのは目に見えている。彼らは予想が外れたところで「不測の事態」で逃げればおしまいだ。選挙はそうはいかない。

さらにいえば、人質事件はマスコミの想像力をも遠く置き去りにする展開を見せていた。

本人からメールが来た段階では誰も本気にしなかったが、矢島成浩はどうやら本当にシリアに行ってしまった。

トルコに派遣されていた捜査員たちは、矢島の足取りを追ってアクチャカレにたどり着き、彼をシリアに越境させたというガイドを見つけた。その男は、矢島のサインの入った書類を持っていた。矢島がＩＨＯの支配地域に行きたがっていたのも、男の話に出てきた。

男は、ＩＨＯにコネがある別のガイドを紹介したと言った。だが、連絡を取らせてみても、相手は電話に出ずメールの返事も来なかった。そのガイドはブローカーと見て間違いなかった。

しかし矢島が望んでＩＨＯの支配地域に向かったのも間違いない。「危険を理解できなかったはずはありません。拉致される覚悟で行ったとしか思えません」そう捜査員は報告してきた。

矢島が味川省吾の逮捕を察知した可能性は高い。確かに警察の手はもう彼に届かない。だとしても、首切りを何とも思わない連中のところに逃げ込もうと思うだろうか？

普通には理解できない。いよいよ判断力を失ったとか関係者がさまざまに推測する中、一部で語られ出したのが、矢島がＩＨＯの一員になるつもりだという説だった。

大臣の息子という矢島の出自は、ＩＨＯには歓迎すべきものではないか。欧米社会の一員たる日本のセレブが進んで参加するのだ。大きな宣伝効果が見込める。殺すどころかＶＩＰ待遇してくれるかもしれない。そう読んで、矢島はＩＨＯに身を委ねた――。

理屈は立っている。それなりの可能性があるだろう。

しかし安井にはしっくりこない点のほうが多かった。

狂言を演じていた時、矢島は父親の名前を使わなかった。味川省吾によれば、ＩＨＯが矢島の父親を知っている設定でメールの文案を作ったこともあったが、矢島が拒んだ。日本政府へのプレッシャーを強められると説得を試みてもだめだった。「親の威光で助かろうとしてると思われたくない」矢島はそう言ったらしい。

実際、政府のほうでも、狂言を真に受けつつその点を不思議がったり、最低限の男気はあるなどと評したりする者がいた。

そんな矢島が、日本中からの軽蔑と憎しみをマックスにする行動をとるだろうか。

何より「矢島家」に彼が抱いているであろう感情に安井は想像を巡らせた。

有力者の子に生まれながら無能と陰口を叩かれ、父親からはあけすけにさげすまれて、境遇に見合う自分の価値をなんとか証明しようと矢島なりに努力を続けたのだと思う。やぶれかぶれで妻のそそのかしに乗ったが、彼は金に困っていたわけではない。むしろ犯罪者になることで、「家」を自ら捨ててみせることに主眼があった気がする。

犯罪者にしかなれなかった今、矢島はこれ以上借りを作ろうとはしないだろう。なろうことなら少しでも返したいはずだ。「家」への配慮ではなく、憎しみのゆえに。

安井はそれ以上考えるのをやめた。何が真実かなど意味はない。彼女に意味があるのはただ一つ、情報を有権者が知った時、投票行動にどんな影響が出るかだ。

矢島がＩＨＯに入ったとすればとんでもない話だし、国際的な日本の立場も悪化しそうだが、選挙に限ってはかえって対処が楽かもしれない。特殊な人間が特殊なことをしでかした、で片付けられる余地があるからだ。彼の人柄について集めたネタも、効果的に使えることだろう。

そちらは置いておいて、矢島も及川と同じように人質にされるとひとまず仮定する。

彼単独の動画が新たに公開されるパターン、殺害までされるパターン。殺害される場合、及川と一緒なのか一人ずつか。それぞれについて、国自党の受けるダメージはいかほどか。

矢島麻紀のスマホは、幸い警視庁が先に押さえていた。そのことが息子と夫双方に破滅をもたらすと知って、矢島芳恵は再び手のつけられないヒステリーを起こしたけれども、もはやどうしようもなかった。

だから金銭スキャンダルが投票前に発覚する心配はとりあえずないのだ。にもかかわらず安井の懸念は日増しに大きくなるばかりだった。

内調に集めさせた、有権者の声のレポートを何度も読み返した。

激しい政府批判もないではないが数からすれば問題にならない。しかし安井は改めてはっきり意識した。

有権者が口にするさまざまな意見、見解はほぼ百パーセントどこかからの受け売りだ。批判もそうだけれど、政府や国自党への賞賛、憲民党のふがいなさを揶揄する言葉だって体験から生まれたものではない。

また有権者は、理屈ではなく、気分で受け売りする意見を選ぶ。だから矛盾があちこちに出てくるが気にしないし自覚もない。だいたい嫌なことは深く考えない。

今、平谷政権が高い支持を得ているのは、特別嫌われてはいないというだけの話なのだ。

一方で、不思議だが、そのどうしようもないいい加減さにもかかわらず、有権者は嘘やごまかしに対する鋭い勘を持っている。

政治家が地域振興をどれほど叫んでも、いずれ田舎は見捨てられる。命は何より大切と唱えたところで、百人が一生食える金のほうがやっぱり重い。

そのへんについては有権者も諦めている。が、指導者のミスで、いらぬ損をさせられるとなったらどうだろう。

少なくとも及川は、想像力を刺激するスイッチたりうる。目をそむけたくなる悲劇が平谷英樹と結びつけられる。「調子こき」のツケが、自分に回ってくることだってあるかもしれない。そう考えだした時、有権者の気分は一気に変わるだろう。

打てる手はあるのか？

ＩＨＯとの直接交渉は途切れさせていない。が、要求額は二億ドルのままだ。これまた国民にツケ回しできる額でないのが、レポートで改めてはっきりした。

交渉人のナイーフ・アル・ザムルとはしばらく前から連絡がとれなくなってしまった。裏切られたか、あるいは彼が殺された可能性もあった。あたりをつけていた別の仲介人からは断りが来た。

トルコほかを通じたＩＨＯへの働きかけは、それこそ「手をつくしているふり」でしかない。副大臣の奥本靖男を現地本部長として派遣し、連日記者のぶら下がり取材を受けさせているけれど、何が出て来るはずもない。下手をすればかえって、手詰まりぶりを国民に印象づけかねない。

及川のイメージダウンを狙う作戦は使えないだろう。父親の税金滞納話など、あの会見の後では効果があるまい。意図的なリークと読まれたら目も当てられない。

結局のところ、受け身の対策しか出てこなかった。平谷以下、安井も含め、人質問題に関係する閣僚は、選挙運動で夏祭りなどのイベントに顔を出しても、歌ったり踊ったりしないと申し合わせた。「及川さんが殺害されたその時首相は」などと報じられたら取り返しがつかないからだ。

とにかくあと一週間。ＩＨＯがじっとしていてくれれば。

祈りたい気持ちになりながら、安井は自問も止められなかった。

人にどう思われるか、なぜそこまで気にしなくてはならないのか。これは誇張しあれは隠しと、苦心惨憺する意味などあるるか。

いっそのこと、身代金をめぐる政府内の議論から一切合切ぶっちゃけたらどうだ。不謹慎だろうが何だろうがそれが現実だ。少なくとも自分は、常に全力で課題に取り組んできた。恥じることは何もない。有権者にありのままを見せて、判断を仰いではいけないのか。

実は、こんなことを思うのはずいぶん前からなのだった。

この国を、ひいては世界をよくしたいと政治家になったのではないのか。

政治に足を踏み入れたきっかけは、勤めていた会社の苦境だ。何より、その結果吹き荒れたリストラの嵐だったが、彼女自身がリストラ対象になったわけではない。子育て、主婦業との両立に苦しみながらも、家族のサポートがあったせいか彼女自身の能力か、肩たたきを受けるようなことはなかった。

けれどほかの女性社員は犠牲にされた。絶対に受けようがない転勤命令を出され、辞めてゆく後輩を見て「私が世の中を変える」と安井は宣言したのだ。

奇跡とも思えた市議当選。とんとん拍子での国政進出。かつての同僚たちを安井は忘れたわけではなかった。演説では必ず「私の原点」として紹介した。にもかかわらず、選挙で支持してくれる経営者たちに具体的な対策を迫ることはできなかった。支持を失うからだ。

自分の政策を打ち出すには、もっと力をつけなければ。

そう思って、党、政府から与えられた仕事をこなし続けた。当選のたびに役職は重くなった。いつの間にやら官房長官にまでなって、政権の仕切り役などと呼ばれている。

なのに人の顔色をうかがうのを止められない。人の思いを読み、気分をよくしてやる。必要があれば利益も与える。そうしなければいけない相手の数ばかりが増えて、ついには世論というものの機嫌を取るためにあくせくするようになった。

こんなことに使うエネルギーを、政治家を目指した目的のためにこそ使うべきなのではないか。

今やらなければ、いつやるのか。

しかし、とこれまたいつも、安井は自分に言い聞かせる。

当たって砕けるなどという芸当ができるくらいだったら、そもそも政治家になどならなかった。まして国自党の議員になど。

思い通りになどならないのははじめから分かっていた。現実と折り合う中で、わずかずつでも「理想」の陣地を広げてゆく。それが会社員時代からの安井の能力だった。実現の可能性がない「理想」に彼女は意味を見いだせない。

安井は野心がないと評されることがある。とんでもない。手にした権力は絶対に手放したくない。総理大臣にだってもちろんなりたい。陣取り合戦を有利に進めるために、やるべき時には躊躇なく平谷の寝首をかくだろう。

けれど、上り詰めたところでどれほどのことができるわけでもないのを安井は知っている。目の前の課題に追い立てられながら、巡り合いでつかめたものをほんのちょっぴり後世に残す。そんなふうにしか政治家の仕事はなされない。

そして残念ながら、自分には上を目指す時間も残っていない。

心を固めなければいけない時に、ひそかに乳房に触れるのが彼女の癖になっていた。

だとしても。いや、だからこそ。

焦ってはならない。今までやってきたことを、続けていくしかない。

5

長いあいだ、少なくとも本人には果てしなく長いと思われたあいだ、矢島成浩は放っておかれた。アレックス以外の人質たちとも馴染んできて、寝るのでなければ彼らとカードをした。人質には作業が割り当てられたりもせず、ほかにはまったくすることがなかった。

トイレの行き帰りに、何度かシリア人の囚人を見た。シリア政府に協力したとか、酒を飲んだとかの理由で捕まっているそうだ。この施設は彼らの刑務所としても使われているのだ。

シリア人の囚人は手足にみみずばれができていることが多かった。むちの跡だった。背中はもっとひどいことになっているのだろう。部屋にいて、彼らのものらしい悲鳴やうめき声が聞こえる時もあった。人質は一応、外国政府との取引材料なので、逃げようとしたりしない限り拷問は受けないらしかった。

アレックスの記録に基づけば囚われて八日目、矢島はやっと部屋から出され、初日に尋問を受けた部屋に連れていかれた。中にいたのもあの時の年長の兵士だった。

正式な取り調べということなのだろうか。年長の兵士は、まず矢島の宗教を尋ねた。シリア革命戦線でもそうだった。当たり前だが、イスラムの戦士たちには何より大切なことなのだろう。こんど矢島は仏教徒と答えたが、それも本当でない気がして無神論者だと言い直した。

——それは、アッラー以外の神を信じている以上に重い罪だ。

通訳を通して年長の兵士が言った。しかしその日、彼はこのあいだよりずっと丁寧な口調、態度で矢島に接した。同席しているのも通訳の兵士だけだった。

いつごろから無神論者になったのか、その前は何か信じていなかったのかなどとさらに尋ねたあとで、質問は矢島の家族のことに移った。父親について特に詳しく訊かれたが、こちらの言うことをメモするでもなく、手元の紙にちらちら目をやっているのを見ると、彼らの側で調べた内容と突き合わせるのが目的のようだ。

ありがたい。自分が本当に大臣の息子だと分かっただろう。元の部屋に帰った後、食事を持ってきた兵士がからんできて、推測を裏付けてくれた。最初に見た若者の中にいた、十代とおぼしい少年だった。今のところというべきか、五体は揃っている。髭を伸ばそうとしているようだが、まだうぶ毛に近いので口のまわりだけもやがかかったみたいに見える。

——親父が大臣って、本当なんだってな。

少年も英語がうまかった。

——信じてなかったのか？

——いいや。ひょっとしたらと思ってたよ。なんとなく金持ちっぽかったしな。

強がってみせるのが子供らしい。

——ビル・ゲイツほどじゃないよ。

少年はにやりとした。

——どれだけ金があったって、本当の幸せはつかめない。

——じゃあ何が必要なんだ？

そんなことも分からないのかというふうに少年は大げさに肩をすくめてみせた。しかしそれはおそらく彼が、もといた国でアメリカ映画か何かから学んだ仕草だ。

——イスラムのために戦うことだ。アッラーを信じず、聖なる国を造ろうとしている我々に攻撃を仕掛けてくる連中を殲滅（せんめつ）する。それが本当の幸せをつかむ唯一の道なんだ。

——アメリカのことを言ってるのか？

――日本もだ。アメリカに味方するやつらはみんな。

――日本はともかく、アメリカは強いぞ。お前たちのほうが危ないんじゃないか。何てったって向こうには爆撃機がある。

――空爆するならすればいい。こっちはニューヨークとワシントンでアメリカ人を殺しまくってやる。

――自爆テロか？　痛そうだな。

愉快この上ないというふうに笑って少年は言った。

――殉教者は間違いなく天国に行けるんだ。天国がどんなに素晴らしいところか、お前たちには分からないだろう。天国の酒は、この世の酒より千倍も一万倍も旨くて、なのに酔わないんだ。

――一万倍って、この世の酒、飲んだことないんだろ。

――当たり前だ。でも分かるんだ。それから、天国に行ったら、七十二人の処女とやれるんだ。みんなすごい美人なんだ。天国では女の奪い合いなんか起こらないんだ。天国の処女は、いくらやったって処女のままなんだ。

少年の話は、矢島がＩＨＯについて知るために読んだ本やインターネットのサイトに書いてあったことそのままだった。

――俺が幼稚な話をしてると思ってるな。

気持ちが顔に出てしまったのだろう。一転して憤然と少年は矢島に詰め寄った。

――俺の話が理解できないのは、お前たちが物質文明に汚れきっているからだ。そのことがまさにイスラムの優位性を示しているのだ。

多分そんなことを少年は言った。彼は時々、妙に難しい単語を使う。矢島もよく知らないような言葉だが、意味を想像するのはたやすかった。

——馬鹿にしているわけじゃないさ。

——いいや、絶対に馬鹿にしている。

それまで面白そうに二人のやりとりを聞いていたアレックスが、とにかく謝っとけと矢島に言った。矢島も少年をやり込めるつもりではなかったので素直に従った。少年はしばらく矢島を睨みつけていたが、そのまま部屋から出ていった。

矢島はアレックスに言った。

——ほんと子供ですね。可愛いっていや可愛い。

——まあな。

つぶやいてからアレックスは、大臣の息子がなんでこんなところに来たと尋ねた。

——戦争を見たかったからかな。

——あんたも子供ってわけだ。

——否定できないですね。

——子供ってのはとんでもないこともしでかすもんだが、ここじゃそんなのが武器を持ってるからな。

IHOは人質や囚人の処刑を子供にやらせることがある。矢島も耳にしていた。

——あのガキどもは、大はしゃぎで俺たちの喉を掻き切るよ。ま、やられる分には子供でも大人でも同じだが。

アレックスがここに来てから二回、人質が処刑された。彼らは連れていかれたまま帰ってこず、数日後に兵士がパソコンで動画を見せた。一回目、アレックスは吐いてしまった。胃が空なので、口の中が酸っぱくなっただけだったそうだが。

——日本は身代金を払わないんだろ？　ベルギーと同じだなあ。

しかし彼は気がついたように付け加えた。

——でもあんたの親のパワーによっちゃ望みがあるのかな？

何も言わなかった矢島だが、おかしかった。

同じ夜、しかも遅くに、昼間の少年兵がまたやってきて部屋を出るよう矢島に命じた。昼間のやりとりのせいもあったかもしれない。吐きこそしなかったが、心臓を強く握られたような息苦しさに襲われた。何より急過ぎた。さっさとけりをつけたいと願っていたのを思い出して、矢島は懸命に自分を落ち着かせた。

アレックスは紙のような顔色になって震えていた。他の人質たちも、呆然、沈痛、同情、恐怖といったものの入り混じった表情で矢島を見た。

中の一人が、シゲヒロ、ただの移送だ、大丈夫だと声をかけた。しかしそう思っていないのも明らかだった。確かに、古株の人質は何度か施設を移らされていた。戦闘その他の都合があるらしい。けれどそういう場合、部屋の全員、少なくとも何人かがまとめて連れていかれるはずだった。

矢島は、世話になったと人質たちに礼を述べた。部屋を出ると後ろ手錠をかけられたが、目隠しやさるぐつわはなかった。建物から出て、それが広い土地にぽつんと立つ、病院みたいな建物だったのが分かった。裸足のままなので砂が足の裏に食い込んだが、すぐそばに停めてあった車に乗せられた。

——どこに行く？

——行けば分かる。

少年兵の声が隣でした。目的地まで護送するということか。目隠しがないのは、やはりこのまま殺されるということか。ひょっとするとこいつが処刑人になるのだろうか。

いや、今それ以上に心配すべきなのは、脅迫用の動画を撮影されることだ。身代金を本当に請求されるなんてみっともなさすぎだ。

いざとなったら舌を噛むつもりだった。幸い口が自由なので、ためしに舌の先を上下の歯で挟み、少しずつ力を入れてみた。しかしある程度から先に進めない。と、車が大きく揺れた。鈍い痛みとともに血のぬめりが生臭く口の中に拡がった。

たくらみには気づかれずにすんだようだったが、情けなくて思わず涙が流れたのを少年兵に見られた。

——ハッ。泣いてやがるよ。

少年兵は運転手と笑い合った。乗せられているのは屋根のない軍用車で、埃っぽい風が涙の跡に当たってすうすうした。その上にまた涙が流れる。

路面の荒れさえ楽しむように、月明りの下を車は疾走した。が、さほどの時間はかからず矢島は車から降ろされた。

街道途中の宿場町といったおもむきの場所だった。トイレ休憩かと思ったが、少年兵たちは目の前の三階建てに入っていった。役場か何かだったのだろうか。あたりではひときわ大きな建物だった。

まず連れていかれた広間風の部屋にまた大勢の兵士がいた。拉致されて以来、兵士か囚人か人質にしか会っていない。ただ真ん中で一人椅子に座っている男は、周りと同じ戦闘服こそ着ているものの、ヒゲが胸のあたりまで伸びて聖職者のような雰囲気だった。実際にそうなのかもしれない。

実は、矢島がまず連想したのはイエス・キリストだった。頬のこけたところも、さまざまな絵に出て来るイエスと似ている気がする。口にしたら即座に撃ち殺されるだろうか。しかし、イエスはイスラムでも預言者の一人ということになっているそうだから、侮辱にはならないのか。

矢島を連れてきた少年兵は、心なしか緊張した声で椅子の男に何か言った。男は無言のまま手を小さく振り、少年兵が矢島を残して出入り口の近くまで下がると、足を組んだまま矢島に話しかけた。

――女に会わせろと言っているらしいな。

矢島ははっとした。

――自分の立場を理解しているのか？

――分かっています。不相応な願いだということも。

ほう、と男は抑揚なく言った。

――アッラーの慈悲に感謝するがいい。

そして今度はそばにいた兵士の一人に合図をした。兵士は部屋を出ていったが、またすぐにドアが開いた。頭からすっぽりと黒い布をかぶった人影が見えた。

女を見るのは初めてだった。しかし会わせろと言ったのはイスラムの女じゃない。及川瑞希だ。耳に届いた日本語を、矢島は幻聴と思った。

「何しに来たんですか」

トルコでも時々電話で聴くだけだったが、それもなくなって、自分でも響きを忘れたような気がしていたのだ。しかしもう一度その人影は言った。

「私です。私が及川瑞希です」

改めて矢島は女を見た。いでたちは完全なムスリム女性だ。しかしわずかに開いた布のすきまからのぞいているのは矢島と同じモンゴロイドの目と肌だった。そして彼女の手も、後ろに回され、縛(いまし)められていた。

イエスに似た男は、矢島の反応を目にして、髭をわずかに揺らした。口の動きそのものはよく分からないが、おそらくにんまりしたのだ。若者たちほど無遠慮ではないものの、ＩＨＯの人間はやはりよく笑う。

「及川さん、その恰好は」

通訳の兵士が、英語で話せと怒鳴った。

――私はイスラム教徒になったの。

――自分の意思で？

口ごもった及川に代わるように、イエスに似た男が言葉を発した。

――その女はアッラーの愛を受けた。

――じゃあなぜ手錠をかけられてるんです。

引き続いて男が答える。

――お前たちの国が罪を犯したからだ。お前たちの国にそのことを教えてやらねばならない。そのためにその女が犠牲にならなければならない。

――イスラム教徒でも？

――人間はみな、神のために存在する。

――私が彼女の代わりに死にます。見せしめとしての値打ちなら私のほうが多少高いはずです。

しかし口にしている言葉の虚しさに矢島は絶望していた。どうしてそんなことを今までよりどころにできたのか、自分で不思議だった。

男は言った。

――犠牲が多ければ、それだけ日本人に多くを教えられるだろう。

――お願いだ。

――それが日本流か。

土下座する矢島を見下ろしながら、彼はまたひげを揺らした。

――一つだけやり方がないでもない。

――何だ。何でも言ってくれ。

顔を上げた矢島から男の視線が離れて及川に向かった。つられて矢島も及川を見た。

――お前がこいつの首を切れ。

ベールの隙間で黒い目がしばたたかれた。男は続けた。

――その一部始終が撮影されて世界中の人間に見られる。お前は神の勝利の証人になる。誇らしいことだ。

及川は無言のまま目を伏せた。しかし、黒い布の下でその身体が震えているのが見えるように矢島は思った。

――神に身をまかせる心が十分深まっていないのだな。仕方がない。お前はイスラムを知って日が浅い。

男の声に嘲る調子が加わった。

――考える時間をやろう。だが二日だけだ。日本の選挙に間に合わせなくてはいかん。お前たち二人の血を流すか、一人がもう一人に血を流させるか。どちらにしてもヒラタニには素晴らしいニュースだろう。

わんわんと頭の中で虫が鳴いているみたいな感覚の中で、ぼんやりと矢島は思った。ＩＨＯは参院選に狙いをつけた。日本の政権に最も大きな打撃を与えられるよう計算しているのだ。

男の合図で兵士が及川の後ろに近づいた。

「及川さん」

声を絞った矢島だったが、及川はすでに背中を向けていた。強いられる前に自分でそうしたみたいに見えた。イエスに似た男も及川に続いて出ていった。残された兵士たちは緊張を解いてがやがやしゃべりだした。

――おい、さすがだなあ司令官は。

矢島を護送してきた少年兵が、駆け寄ってきてはしゃいだ声で言った。

6

及川瑞希がそれまで収容されていた施設から一人で移送されたようだとの知らせは、アメリカから防衛省を通じてもたらされた。

根拠は示されず、求めても拒まれたが、そのことから逆に推測できた。米軍中心の有志連合がシリアでさかんに飛ばしている無人機（ドローン）に違いない。同盟国とはいえＩＨＯ攻撃に参加していない日本に、詳細を明かせないのだろう。特に、得られる映像の質など秘中の秘のはずだが、顔まで見分けているのだから相当な解像度だ。

安井聡美は感心するとともに、アメリカの意図について勘繰らずにいられなかった。及川については、動画が流されるずっと前から拉致されたことをアメリカに伝えているが、これまでたいした情報は提供されなかった。親切心と単純に考えるのはおめでたい。

そもそもアメリカは、及川を探してくれていたわけではない。マークしていたのはＩＨＯのナンバー３と言われる幹部のようだ。その幹部が姿を現した時に一緒にいたのが及川ということらしい。だが、それこそ作戦上の機密ではないか。そんな事情をわざわざ日本に教えるのはどうしてだろう。

及川がいたから攻撃しなかったと、アメリカは言っている。貸しを作るつもりだ。日本とＩＨＯの交渉に勘付いたかもしれない。だとするとプレッシャーをかける狙いも含まれただろう。ＩＨＯのほうでは、日本人の人質を連れていれば攻撃されないと計算して、偵察機をあまり恐れなかった可能性がありそうだが、それはそれとしてである。

いずれにしても、知らされたところで日本としてはどうしようもなかった。防衛省、外務省も、その点に関しては完全に一致した。

「アメリカの特殊部隊でも、成功率は一割もないでしょう」

防衛省の専門家は言った。相手を殲滅するだけならともかく、人質まで無事に救出するとなると難しさが段違いだ。そもそも、自国兵が死ぬのに批判的な国内世論に配慮して地上戦にすら踏み込めないアメリカが、日本人を救うために危険な作戦を実施してくれるわけがない。

で、アメリカには謝意を述べて放っておいた。ところが翌々日、また知らせが来た。東アジア系とみられる、今度は男性が同じ施設に連れて来られたというのだ。

矢島成浩のほうは、最初の「拉致」をアメリカに知らせる前に母親らによる例の騒ぎが起こり、

「救出」の方針が打ち出されたため、そのままことを進めてきた。狂言が本当になってしまった後も、対応に戸惑ううちに時間が過ぎ、結局まだ何も伝えていない。

心当たりがあるか、とアメリカは問い合わせてきた。掛け値なく知らないように思えた。写真はやはり渡してくれなかったが、米軍にコネのある役人が非公式に見せてもらった。役人ももちろん役に立つことはある。

矢島だった。

だがそう分かったところでどうすればいいのか。戸惑いが大きくなっただけだ。しかしアメリカには何がしかのリアクションをしないわけにいかない。

とりあえず知らん顔で戻ってきた役人から報告を聞いたあと、安井は、遊説先からヘリで戻ってきた平谷英樹と首相執務室に籠った。

サミットの後、こういう二人の時間が戻ってきた。最近の平谷は、以前にも増して安井の意見を尋ね、取り入れる。及川瑞希問題ではまだ時々、野党の挑発を受けて立ってしまうが、居丈高さはずいぶん抑制されてきた。

実を言えば、IHOが及川の動画を流した直後、安井がイギリスに電話をした時には、平谷はしょげ返ってまともに口もきけないくらいだった。十五分後、向こうからかけ直してきて、「私は何も間違っていない」と開き直ったが——。

安井は平谷を責めなかった。済んだことはどうにもならない。その代わりに、集めたデータを示しては、強硬な主張が選挙にプラスに働かないのではないかとソフトに、しかし繰り返し説いた。

そのたび平谷は激高した。けれどそのまま放っておかれると、彼の怒りは不安に変わった。そして少しずつ演説のトーンが落ちていった。安井は気づいていないふりをした。平谷にとって、安井の指摘で路線を修正するなど屈辱でしかなかったからだ。

何とか誇りは保てた平谷だが、一度失った自信を取り戻すのは難しかった。彼は多くの判断を安井に丸投げするようになった。初めから安井に決めさせれば、意見をされる心配がない。

「どうしたらいいだろうな」

今も、そうつぶやく平谷の口調が、安井には他人事めいて聞こえた。

ともかく状況を整理してみる。はっきりしているのは、ＩＨＯが及川と矢島を一ヵ所に集めたことだ。

「まとめて殺しちまおうってことなんだろうなあ」

考えたくはないが、最も自然な推測だろう。それにしてもどうしてこのタイミングで。

「参院選にぶつけるつもりなんでしょうか」

口に出したのを安井は後悔した。平谷が目を泳がせた。

「ＩＨＯがそこまで考えるだろうかね」

「あくまで可能性です」

しかし平谷は黙り込んでしまった。叱責されたみたいに感じるのだろう。

「ここまでは選挙もうまくいってるんだがなあ」

ようやく嘆息めいた声を出したあとで、平谷は安井を見た。

「ひょっとして、矢島の息子に、及川瑞希を殺させるっていうやつだろうか」

矢島成浩がＩＨＯ入りを志願したと考える人たちが取り沙汰していることではあった。

「もしそうなら、私たちへの責任追及を逸らしやすくなるかもしれません。おぞましくはありますが」

「分かってる」

平谷の口調にいらだたしさが混じった。

「私が望んでいるなんて思わないでくれ」

また平谷の視線が動く。二人には広すぎる首相執務室の、遠い部屋の隅や高い天井をさまよったあげく、それは窓の外にやっと落ち着き場所を見つけた。

どこからものぞき込まれないよう設計されたこの部屋の窓から見えるのは夜空だけだ。梅雨が明けて、雲もほとんどないはずだが、下界の光のせいで黒というより海老茶色に近く感じる。

今の平谷の言葉に疑いの余地はない。しかしそのせいで、彼が引き裂かれていることがいっそうあからさまになっていた。ついひと月前までの平谷なら、肉体的にどれほど疲れていても、こんな横顔は決して見せなかった。

「望む望まないは別にして、個人的にはあまりその説に賛同できません」

「安井君はずっと言ってるよな」

諦めたように平谷はつぶやいた。議論が振り出しに戻った。

「何にしても及川瑞希を助け出せる可能性はほとんどないよなあ」

安井もうなずかざるを得ない。

「三十億のうちに払っておけばよかったよ」

「総理」

しかし平谷はやめず、ついには「地震でもこないか」と投げやりに吐き捨てた。あげく、ザムルはどうなったと、説明済みのことをまた尋ねてくる。安井は指摘せず、連絡が取れなくなっていると改めて説明した。

舌打ちをした平谷が、ソファテーブルを平手で叩いた。

「早く投票が終わってもらいたいもんだ」

そしてうめいた。

「なんとかこのままで行ってくれ」

国自党の人間なら考えることは同じだ。しかし時の流れは速められない。ＩＨＯの動きも止められない。

安井に閃きが訪れたのはその時だった。

思いついたというより、ずっと前からそこにあったのに気づかなかったアイデアだ。いや。気づかないふりをしていた。目を背けていた。できっこないと言い訳まで用意した。けれど試すことは少なくともできる。

人として許されるのか？

それも逃げるためのごまかしだ。政治家は普段から山のような罪を犯している。たいていは手を下した自覚を持っていないけれど。ちょっとした規制を付け加える時。はたまた何かの補助金を打ち切る時。誰かを救う時ですら、代わりに崖から突き落とされる別の誰かが必ずいる。政治家に限った話ですらない。

にもかかわらず、だろうか。だからこそ、か。夫の照男と二人の娘、郁、あずさの顔が浮かんできた。自分が家族の憎しみを誰のものより怖れていると確認できたのは、安井にとって望外とも言える喜びだった。

怖れを噛み締め、そして振り払って安井は口を開いた。

「総理。時を速めるわけにはいきませんが、断ち切ることはできるかもしれません」

平谷の視線がゆっくり安井に戻ってくる。

「シリアに入国した日本人はいない、とアメリカにおっしゃってください」

「あ？」

安井は続けた。

「及川瑞希に関する情報提供にも感謝しているが、我が国としては貴国の情報が誤っていると考える、とも」

「どうかしたのか、安井君」

パーカー米大統領とのホットラインを使ってほしいと言って平谷をさらに驚かせたあと、安井は詳しい説明を始めた。平谷はつばを飲み込んだ。

「ともかく外務大臣と相談しないと」

「いけません。この件は私たちだけで決断しなければなりません。かかわるのもできれば通訳だけに」

「そんなこと私には――」

「お手伝いさせていただきます」

安井の左の乳房は燃えるように熱くなっていた。

「勝利を確実にするのはこの方法しかありません」

7

矢島成浩が入れられたのは二階のシャワー室だった。広さは三畳くらいあるから一人にはまず十分だが、当然湿気ている。濡れているといっていい箇所もある。

どう転んでも首を切られると決まった身には、それこそもうどうでもいいはずだった。実際、最初は床の状態など気づきもしなかった。自分の身の上は覚悟を一応決めてきたが、及川瑞希の気持ちを想像すると頭がぐちゃぐちゃになった。

確かに、彼女の命を救う道を残したとは言えるのかもしれない。けれども彼女にとってあまりに過酷な道だ。自分はぜひそうしてもらいたいし何でも手伝いたいが、はいそうですかと応じられることではない。自分が逆の立場だとして絶対できる気がしない。まして彼女は女、それも難民ボランティアに取り組むほど他者を思いやる心の深い女なのだ。

なのに三十分もすると座り込んでいた尻が不快を訴え始める。立ち上がればまたすぐ、足がだるくなる。できたら横になって眠りたい。布団がないのには慣れたけれども——。

こんな時でも寝心地の心配をしているのか俺は。

苦悩しているのは嘘じゃない。でもそれだけに集中できない。どんな時も楽になりたがる。ため息が出た。

矢島のそんなところを見透かすように、兵士がやってきてトイレはどうだと尋ねられた。意地になって矢島は答えた。

——したくなったらここでする。

——そいつはいい。水もあるからな。

兵士は案の定大笑いしたが、結局は無理やり矢島をトイレまで引っ張っていった。汚されるのが嫌だったのだろう。戻って食事を出されたあと、しょうがないので腹を決めて腰を下ろし、膝を抱えて目をつむった。いつの間にか眠りに落ちていた。

朝起こされてまたトイレ、食事。ここでも朝はパンにヨーグルト、夜がヨーグルトのかわりにオリーブで、ＩＨＯできまりを作っているのかと思った。しかしパンは質も大きさもこちらのほうが上だ。司令官がいるからだろうか。

時間がはっきりしなかったが夕方くらいだと思う。

壁の向こうに人の気配があった。この建物もコンクリート造りではあるが、前にいたところほどかっちりできていないので、そういうことが分かりやすいのだ。

が、続いての声は、またしても不意打ちだった。

「本当に私を助けるつもりで来たんですか」

彼女だ。

「わざとさらわれたとも聞きましたけど。矢島さんっておっしゃるんですよね。お父さんが財務大臣？」

「どうしたんです？」

「話をさせてほしいって頼んだんです」

「よくＯＫされましたね」

「喧嘩したら面白いなんて思ってるんじゃないですか」

「いい加減だな。昨日は日本語を使うななんて言ってたのに」

「そうですね」

「ここ、シャワー室なんですよ。及川さんはどんな部屋に入れられてるんです？」

「一階の、まあ普通の部屋ですけど——」

余計なおしゃべりをしている場合ではないというふうに及川が言った。

「さっき質問したことに答えてください」

矢島はうつむいた。

「怒ってますよね」

「ええ、怒ってます」

「やっぱりそうだよね」

「私、一生懸命自分を納得させてたんです。やっとしょうがないって思えるようになったところだったんです」

及川は涙声になった。言葉が途切れ、嗚咽が続いた。

「あの——何とかなんないですかね」

おずおずと矢島のほうから話しかける。

「俺は初めっから死ぬつもりだったんで。そっちがきついのは分かるんですけど。目つむってもらって、ニワトリかなんかのつもりで。つって俺もニワトリ絞めたことないんだけど」

「馬鹿なこと言わないでください」

泣きながら及川は怒鳴った。

「できるわけないじゃないですか。あいつらと違うんです。人なんか殺せません」

「ご免」

「だからこんなところ、来てほしくなかったんです。矢島さんでも誰でも」

「でも」

謝りながら変ではあるのだが、自分の立場を少しは正当化したくて矢島は反論した。

「及川さんだって来てるでしょ」

「私は死ぬつもりで来たんじゃありません。そんなのおかしいんです」

「でも危ないのは分かってたでしょ」

そこで矢島は気づいた。

「あ、ひょっとしたらトルコ側から連れてこられたの？　だったらやっぱりご免」

「いや」

少しためらったようだったが及川は続けた。

「そういう話になってたんですか。ガイドに口止めしたからか――」

「俺もガイドを雇ったんだ」

ただ彼女はシリアに入ってガイドと別れ、街中を歩いていた時に、いきなり頭から布をかぶせられて車に引き込まれたそうだった。

「ダーグと一緒でした」

「スウェーデンの人だっけか」

「そうです。シリアには彼が行こうって言ったんです。そっちにもっと苦しい目に遭ってる人がいるんだからって。止められませんでした。結局私もついて行くことになって」

ぴんときた矢島だったが、不躾（ぶしつけ）な質問はこらえて「ＮＧＯの、上司みたいな人？」と尋ねた。

しかし及川のほうから言ってくれた。

「つきあってました。好きでした、お互い」

「その人は？」

「殺されました。男と女と入れられたところが別だから詳しいことは分からないんですけど、逃げて捕まったらしくて、しばらくして死体を見せられました」

また及川の声が震えた。

「ただ、あいつらもすぐに殺すつもりはなかったはずだから、鞭で打たれたりしてるうちにそうなっちゃったんだと思います」

「スウェーデンの人が死んだってのはネットにも出てなかったけど」

「じゃああいつら、まだ隠して身代金交渉してるんだ」

及川は憎しみを露わにした。

「ご免」

ほかに矢島には言葉がない。それでも一つだけ気になったことを尋ねた。

「イスラム教徒になったっていうのは？」

「ガイドに言われませんでした？」

思い出した。シリア革命戦線の入国審査ではイスラム教徒と答えたのだ。クルアーンの一節も憶えさせられた。

「そのままにしといたほうがいいでしょう？　そのほうが生きてられる率が高くなるなら」

正反対に振る舞ってしまった自分の子供っぽさを思い知らされながら、矢島は及川に呼びかけた。

「あなたは生きたいって思ってるんだ。俺は死ぬしかないしそう望んでる」

「だから」

「分かってます。俺のわがままだ。及川さんからしたらそれで生き残れたって、ちっとも嬉しくなんかないだろうってのも分かります。それどころか」

「やめて！」

及川は叫んだ。

「あいつらの言うなりになんか絶対なりたくない」

そして沈黙した。

「及川さん」

呼びかけに返事はなかった。声を大きくしても、壁を叩いても無視された。しのび泣きが壁につけた耳に届いただけだった。

そしてしばらくすると、隣に誰かが入ってきた。聴き取れなかったが多少のやりとりのあと、彼女を連れ出したようだった。及川の推測通り、日本人同士のいさかいを楽しんでもういいと思ったのか、あるいは、これ以上話をさせるのはまずいと考えたか。

もう少しうまく彼女を説得できなかったか。悔やみきれなかった。一方で、あれ以上話したところで、お互い苦しみが増えただけだった気もした。

おそらくは最後になるのだろう食事を持ってきたのは、矢島を護送してきた少年兵だった。居残っているのは、やはり及川がやらない場合の死刑執行を言いつかっているからなのか。

――明日が楽しみだな。

そう言った彼は舌なめずりしているように見えた。どんな意味で言っているのか、状況をどこまで把握しているのか。矢島は考えないことにした。というより、考え続ける精神力がもうなかった。

味のなくなったオリーブの種を皿に吐き出し、矢島はまぶたを閉じた。

強烈な衝撃に眠りを破られた。矢島の身体は間違いなく十センチは宙に浮き、また叩きつけられた。

じんじんするのをこらえながら、地震か？　と矢島が考えたのは、日本の震災の時、震源からはるかに離れた東京で下からの突き上げを感じた記憶のせいだ。しかし今はほとんど同時に、ドーンともガーンともつかない轟音が響き渡り、砂利のようなものがばらばら降ってきた。

砲撃だ。

シリアに入ったばかりのころ、街で見た穴だらけの建物が目に浮かんだ。

相当な目に遭ってきたが、戦闘そのものはまだ体験していない。アレックスに「戦争を見たかった」と言ったことを矢島は思い出した。あれはあれで本心だった気もする。

何だかラッキーみたいに思った瞬間、また衝撃が来た。頭を抱えてうずくまる。大きな重いものがすぐそばに落ちた。

降ったり落ちたりがとりあえずおさまったところでゆっくり身体を起こした。窓がなく、電気を消されたあとは鼻をつままれても分からないほどだった闇が薄れていた。ドアの蝶番が外れて半開きになっていた。落ちてきたものを確かめた。コンクリの塊だった。

ドアは強く押すとほとんど抵抗なく倒れた。矢島は呆然とした。土煙がひどかったが、切れ目から明けつつある空がのぞいていた。三階が、二階の天井ごと吹っ飛んでしまったのだ。

今立っているのは廊下だったところだ。おっかなびっくり足を踏み出したが、天井や壁の一部だったのだろうものが散らばって歩くのも難しい。裸足だからなおさらだ。

と、粉まみれになったような兵士がふいに現れた。視界が利かないからよほど近づかないと分からないのだ。兵士は銃を持っていたが、矢島に気づいても一瞥をくれただけで階段のほうへ消えていった。

そうだ、彼女は？

矢島も後を追った。足に何かが刺さったが気にしていられない。ぐにゃりとしたものも踏んづけた。人間だった。生きているのか死んでいるのか分からない。

何とか階段にたどり着き、下まで降りた。一階は土煙がそれほど入ってきておらず、床の状態も二階に比べるとましだった。

部屋を順に見てゆく。

一つ目、二つ目には誰もいなかった。三つ目では、ガラスの破片を浴びたのだろう、真っ赤になった顔を押さえた兵士がのたうっていた。トイレに連れていかれた時の兵士のような気もした。

廊下を曲がって矢島はあっと声を上げた。

真上を直撃されたのだろうか、天井が崩れて行く手をふさいでいた。梁（はり）も斜めに落ちて、折れたところから飛び出した鉄筋が髭のようだ。

引き返すしかなかったが、もう人の残っていそうなところはない。

及川は逃げられたのだろうか——。

三度目の衝撃はその時だった。ダイブするように床に倒れ込んだ。落下物から頭を守ってしまうのは本能のようだ。気がつくとまた立ち上がっていた。今回も死なず、大けがもせずにすんだ。多分、幸いと言えるわけではないのだけれど。

さっき通り過ぎた広間は、辛うじて構造を持ちこたえているだけだった。壁が大きく裂け、床はもちろんがれきだらけだ。二階はまだあるのか？

推測を裏付けるように、階段の上り口が、転がり落ちてきたらしいもので半分埋まっており、その中に人が混ざっていた。近づいてみると例の少年兵だった。こいつも二階だったのかと思ったら、ううと唸り声を出した。下半身を、スーツケースほどもあるがれきで押さえつけられている。

——おい。

少年兵はうっすら目を開け、声をかけたのが矢島と分かると憎々しく笑った。

——アメリカがミサイルをぶちこんできやがったぜ。

——ミサイル？

道理で半端ない破壊力だ。無人機からの攻撃か。

——お前たちがいるから手出ししてこないと思ったのにな。悪魔め！

少年兵の言葉について考える余裕はなかった。

——日本人の女はどうなった？

——知るか。

——一階にいると聞いた。廊下の先は天井が落ちてしまってるんだ。

ははは、と少年兵が声を上げた。

——あの女はそっちに閉じ込められてたよ。

自分がやったことは何の役にも立たなかった。

しばし無言でいた矢島は、少年兵に載っかっているがれきに手をかけた。人質生活で身体が弱っているのは言うまでもないし、それ以前のトルコでも不規則な生活が続いたが、力は思ったより残っていた。

——何すんだ。

少年兵が驚いたように言った。その左足は、ひざの下あたりから不自然に曲がっていた。抱き起こそうとすると少年兵は、やめろと叫んで、激痛に顔を引きつらせた。

――ここにいて次が来たらおしまいだぞ。

――お前なんかに助けてもらいたくない。お前はアメリカの手先じゃないか。

――見捨てられたとか言ってなかったか。

懸命に振り回す腕が矢島の顔に当たった。矢島は身体を反らせて避けた。

――心配しなくていい。感謝してくれなんて言わん。俺のためなんだ。

なお少年兵は身体をばたつかせたが、構わずに矢島は抱え上げた。

外でもわあわあと騒ぐ声がした。目をやると、ガラスのなくなった窓ごしに、ミニバンが脇の車庫から出てくるのが見えた。乗っているのは逃げ出した兵士たちだろう。すでにぎゅうぎゅう詰めだが、さらに何人かが動いている車のドアを開けて、追いかけながら乗り込もうとしている。

車が窓枠から消えて数秒後、赤黒い流れが走った。わずかに遅れて爆発音。建物にいても身体をもっていかれそうな風圧を感じた。

――次はほんとにもう一発、建物だ。

少年兵が暗い目でつぶやいた。

――どうすればいい。

――身体一つでここを離れて、見逃されるのを期待するのが一番可能性があるだろうな。でも俺を担いでじゃ――。

矢島はもう、一番近い壁の裂け目に向かい始めていた。

――やめろって。逃げるんならお前一人で逃げろ。

道路に出ると、ミニバンの前半分と後ろ半分がたっぷり十メートルは離れて思い思いの向きに横たわり、それぞれ炎を吐いていた。土埃と違って油が燃える煙は黒く、鼻につんとくる匂いがした。

足元に目をやると、ちぎれた片腕が落ちていた。どこなのか分からない人体の一部もあった。しかしもうそれらは、矢島にはただのモノだった。

全力で走り出す。といっても足の裏の痛み、出血がひどくなって、ひょこひょこ歩いているのに近かった。肩にはずっしり少年兵の重みがのしかかる。

かすかなプロペラ音が聞こえ、矢島は顔を上げた。煙がかなり薄れてきている。視界の端に、灰色の機体が小さく映った。マッチ棒のような胴体に細長い翼を貼り付けたその姿はひどく不格好で、しかし禍々しかった。

——撃つな、撃つな、撃つな。

心に念じながら、百メートル少し先にある別の建物を目指した。あの陰に隠れてしまえば爆風を避けられる。

けれど先ほどミニバンを狙ったミサイルは、ミニバンが前を通りかかっていた民家の存在を意に介さなかった。向こうが殺すと決めたらおしまいということだ。

おそらくは二、三分の、しかしとてつもなく長く感じられた逃走の末、矢島は目的の場所にたどり着いた。機体は上空を旋回したままだが、ミサイルの発射される気配はない。

——助かったんじゃないか。

柔らかく、冷たい砂の上に少年兵を横たえて矢島は声をかけた。ここまではがらくたも飛んできていない。

——じゃあな。

少年兵が目を丸くした。

——おい。どこへ行く。

——戻るんだよ。

——なぜ。

——いたたまれないんだ、自分が。及川さんが死んで、俺だけ生き残るなんてあり得ないんだよ。

矢島は来た道を引き返した。三階建てだった建物が、乱暴に食べ荒らされたケーキみたいな姿になって朝日を浴びていた。

途中で一度後ろを見た。壁から少年兵が頭を出していた。

「こらー、ちゃんと隠れてろ！」

日本語で怒鳴った勢いに押されるように、頭が引っ込んだ。

及川瑞希の顔、一回も拝めなかったな。

建物の前まで来た時、矢島が思ったのはそのことだった。ふとまた空に目をやると、窓のない機首がまっすぐこちらを向いていた。

風を切る音が聞こえた。ケーキの残骸といっしょに、矢島の肉体はばらばらになって飛び散った。

8

ＩＨＯの幹部の潜伏先を突き止め、空爆を加えたと有志連合が発表したのは、参院選の当日だった。

言うまでもなく、報道機関は選挙に忙殺されていた。テレビ局のいくつかは夕方に報じたけれど、「その他のニュースをまとめて」の一つにねじこむのが精一杯だった。ほどなく投票が締め切られ、どの局も選挙特番をはじめた。

国自党の候補に次々当確が打たれ、平谷英樹首相は満面の笑みでその名前にリボンを貼り付けた。前回、国自党から奪った議席のほとんどを取り返されてしまった憲民党本部は、沈鬱な空気に包まれた。

もっとも投票率は史上二番目の低さだった。国自党の票が増えたのではなく、前回憲民党に入れた人が投票所に行かなかったのだ。それでも勝負は勝負だった。国自党は参院での過半数を得たばかりでなく、協力的な野党会派と合わせて憲法改正に必要な三分の二を上回った。要するに、ほとんどのことが事前の情勢調査通りになった。

次の朝、ＩＨＯはツイッターアカウントの一つで、幹部が空爆のミサイル攻撃を受けて死亡したことを認めたが、続けて、日本人の人質が巻き添えになったともつぶやいた。

大勝の余韻に浸るひまもなく、政府の関係者は対応に追われた。髪もセットしないまま官邸に駆けつけ、報道陣のフラッシュの中を走って執務室に向かう安井聡美官房長官の姿が、選挙結果を押しのけてニュースの冒頭で流された。

「人質の安否につきまして、政府として、現時点でＩＨＯのツイッターの内容以外に把握していることはございません」

二時間ほどして始まった会見で安井はそう述べた。それは記者たちにも納得できた。空爆があったのはＩＨＯの支配地域で、有志連合側がその成果を検証しにいくことはまだ無理だったからだ。

しかしＩＨＯは「二人の日本人人質」とツイートしていた。「ミズキ・オイカワ」「シゲヒロ・ヤジマ」と固有名詞まで挙げて。

記者たちにはペーパーが配布されていた。そこには、矢島成浩の漢字表記と生年月日、住民票のある住所が書いてあった。

「この方は、もしかしてですが、矢島財務大臣のご子息ではないでしょうか」

矢島派を担当していたことのあるベテラン記者が質問した。

「そうです」

記者たちが息をのむ中、安井は、その人物がＩＨＯの人質になったという狂言で一千万ドルを脅し取ろうとしたグループのメンバーだったと語った。

「すでに共犯者が逮捕されております。本人はその後、シリアに入国した形跡がございました」

また記者たちがざわつく。

「どうしてシリアへ？」

「分かりません。分かりませんが、捜査の進展により身辺の危機を感じ、発作的にとった行動ではないかとのご意見を専門家より頂戴しております」

「その後、ＩＨＯに捕まって人質になった？」

「可能性はあります」

「身代金を要求されていたのでしょうか」

「狂言で、矢島家に来ていたメールのほかは把握しておりません」

捜査の内容については、警視庁から別途発表がある旨を安井は告げた。

一時間に及んだ会見のあいだ、記者たちは安井の心の動きをまるで読み取れなかった。反政権的とされる東日新聞が、矢島成浩が国自党重鎮議員の家族であることについて感想を求め、「犯罪にかかわられたこと、シリアに入国され人質になった可能性が取り沙汰されていること、それぞれ遺憾に思います」との発言を引き出したが、その時でも安井の声、表情はまったく変化しなかった。

唯一の例外は、矢島成浩がらみの質問がひと段落し、人質が空爆の巻き添えになったかどうかの話が蒸し返された時だった。

「先ほども申しましたように、有志連合軍の側では今のところそのような認識はしていないということです」

「もし巻き添えになっていたとすれば、政府の対応はどうなるのでしょうか」

「厳重に抗議いたします」

かすかながら、安井は頰を強張らせた。

「いかなる状況であれ、国民の生命、安全を守るのが政府の務めです」


滝川に帰った及川隆二と典子の夫妻の元には、一報がニュースに出るより早く、山崎知美が駆けつけた。彼女もまた滝川のホテルに拠点を戻していた。夫妻はそれぞれの仕事を再開していたが、早い時間だったので典子もまだ家にいた。二人は、知らせを聞いてその場にへたりこんだ。

「確認されたわけじゃありません」

はじめてそこに来た時、上司が言ったのと同じ言葉を彼女は懸命に繰り返した。彼女も一緒に泣きたかったが、それは責任の放棄だと自分を叱咤(しった)した。

「そうよね、まだ何も分からないんだものね」

典子もつぶやく。

「ヤジマって人のこと、山崎さん知ってるの?」

なお秘密があったと明かすのは心苦しかったが、及川の家族は山崎の立場を理解してくれていた。知る限りを話した山崎は図らずも、それからいくらも経たないうちに、彼女自身が多くの秘密から遠ざけられていたことをさらけだすはめになった。

仕事を休んだ夫妻とともに、またぞろ押し寄せてきたマスコミに対応した彼女は、いったん家に入って官房長官の会見をテレビで見ていた。

「えーっ」

思わず大声を出して、隆二まで「どうしたんですか」と動転させてしまった。

「狂言――」

その後すっかり音信が途絶えた深田央の顔がまざまざと浮かんだ。彼が以前口にした「考えたいこと」。これだったのだ。

「矢島さんも人質になってるとは聞いてたんですけど」

夫妻に事情を正しくのみこんでもらうのは手間がかかった。

「何を知らなかったの？」

「脅迫が、嘘だったことです」

「でもＩＨＯに捕まってたんでしょ？」

「嘘だったのがばれてから、ほんとになったんです。自分でほんとにしたっていうか」

「ややこしいわね」

典子は頭を抱え、隆二は怒った。

「とんでもねえ野郎だ。せっかく嘘で済んでたのに。どんなわけだか知らねえが、親の気持ちってものをちっとは考えろってんだ」

その矢島夫妻はまた諍（いさか）っていた。

「アメリカは分かっててミサイル撃ったのよ！」

「成浩がそこにいたかどうかはっきりしないんだ。落ち着きなさい」

夫が何を言おうと、矢島芳恵の、自らの不幸に興奮する性向には逆効果でしかない。

「アメリカは、ＩＨＯをやっつけることしか頭にないのよ。だから、日本人なんかいようがいまいが構わないのよ」

「アメリカじゃなくて、有志連合だ」

「同じよ。同じだって、ニュースで言ってたわよ」

芳恵は目の前のワイングラスをつかんで投げつけた。白い壁に赤いしみが飛び散った。成浩がシリアに入ったことが分かってから、彼女は再び酒なしで過ごせなくなっていた。

そんな妻から目を背けた矢島武彦だけれど、諍いながら実は彼も、母親の勘に舌を巻かざるを得なかった。彼は、数日前からの官邸の怪しい動きを察知していた。成浩に関する情報は、芳恵と同じレベルでしか与えられていなかったが、担当省庁でないとはいえ、外務省、防衛省にも人脈がある。所在が確認されたらしいと耳打ちしてきた役人が、しばらくしてまた、「すべてなかったことに」する官邸の指示を知らせてくれた。

恐ろしいことが起こりつつある。我が子がらみでないとしても身震いしてしまうようなことが。

にもかかわらず武彦は、黙ってその成り行きを眺めていた。まもなく本格化するに違いない政治資金規正法違反事件の捜査にすら、大して関心を持てなかった。

深田央は、刑事部と合同で設置したチームにあてがわれた警視庁内の一室にいた。

その部屋には政治資金収支報告書の膨大なファイルが集められていた。矢島麻紀のスマホに記録された動画は、大臣の法律違反を認定するには十分だけれど、具体的な内容となると本人にしゃべらせるしかない。ぶつけるネタの下調べが深田の仕事だった。

ともかく裏金の詳細は明らかにされるだろう。それも知りたくてたまらなかったことだ。自分も、少なくとも捜査に関わっている。

こんなものだったのか、と今、深田は思っていた。

つまらない。全然わくわくしない。

この先どうなってゆくのかも、彼にはつぶさに想像できた。

もちろん、一時的には大騒ぎが起こるだろう。財務省や、矢島邸に仰々しいガサ入れ隊が突入して、喝采と、政治の腐敗を嘆く声が上がるだろう。

課長やその上は、ひょっとするとさらに大きな盛り上がりを期待しているのかもしれない。しかしおそらくそのあたりでおしまいだ。

矢島武彦は、来週にも予定される内閣改造で無役になる。言うまでもなく「現職の犯罪」にしないためだ。前大臣は容疑を認めるだろうが、弁護士が、スマホの動画を公判の証拠にしない方向で警察との交渉をすでに進めているらしい。公判すら開かれず、略式起訴と罰金刑ですむかもしれない。

議員辞職する時の矢島のせりふが聞こえてくるようだ。

私の至らなさが長男をろくでもない人間にしてしまいました。

それまでにはっきりしていればだが、死なせたのは自分だと涙ぐんでみせるだろう。成浩は「死んでもしょうがない奴」だが、死ねばやっぱり可哀想だ。そして後事は次男に託される。地盤の引継ぎに大きな支障はないだろう。

矢島家の女たちが、動画の内容をぶちまける可能性は残っているが、彼女たちの連携は壊れてしまった。

芳恵は結局、次男の将来のためにという説得を受け入れるだろう。生きている者の利益を大切にするほかあるだろうか？

最後に麻紀が意地を見せるとする。もしそうなっても、矢島成浩の身代金支払いに関する方針変更は矢島家内での決定に過ぎなかったと結論づけられる。政府の関与を立証するハードルは極めて高く、若干の材料を持っている検察にしても、政権と対立するリスクを冒すほどのメリットは見えない。

それよりもだ——。

さっきまで、ファイルを繰る手を止めて同僚たちとテレビに見入っていた。

「すげえ流れでの発表になったもんだよなあ」

一人がうなったのは、もちろん矢島成浩という人間の存在と狂言のいきさつを官房長官が明かしたことについてだった。ちなみに彼を含めて部屋にいた誰も、深田がそれらをはるか昔から知っていたとは露思っていない。処分保留の身であること、何をしでかしてそうなったのかは伏せられたまま、深田はチームに加えられていた。

「まったくだわ。しかも選挙の次の朝なんてな」

「偶然ってあるもんだ」

同僚たちは口々に言い合った。

しかし深田は、出来すぎていると感じた。

有志連合が空爆を決行するタイミングは、どのように選ばれたのか。軍事上の理由と言われればもう突っ込めない。しかしそれだけだったのか。日本の参院選が投開票される二日前だったことに理由はないのか。

ＩＨＯのツイートは信じるべきだろう。日米を分断する意図でつぶやかれたには違いないが、遺体の映像を添えればはるかに大きな効果が期待できる。そうしないのは偽り抜きで、ふっ飛ばされるかがれきに埋もれるかしたからだ。

逆に言えば、ＩＨＯが日本人の人質だけを一ヵ所に集めていたのも本当ということになる。こちらは何のためか。普通に考えて処刑だろう。そしてＩＨＯは、どうせなら、生意気な平谷英樹に精一杯の嫌がらせをしようと思ったのではないか。日本の政局くらい、インターネットにいくらでも英文の解説が出ている。

どこまで当たりかはおいておこう。しかし、人質の動きを平谷政権が知っていたら、深田と同じ推測をし、不安をかきたてられたとして不自然はない。

阻止しなければ。投票日直前に、日本人が生首を落とされるシーンがネットにさらされる事態だけは何としても避けなければ。

ただ一つ、確実な方法がある。ＩＨＯに殺される前に、人質を殺してしまえばいい。

アメリカを動かして、空爆をかけさせる。はっきりそう要望するわけにいかないだろうが、政治家同士でだけ通じる言葉を、国を越えて使うのだ。

投票が終わらないうちに「巻き添え」が明らかになったり、人質の遺体がＩＨＯの手に落ちたり程度の可能性はあったかもしれない。それでも平谷の責任はかなりあいまいになる。

アメリカのほうは、ＩＨＯの幹部が一緒にいると分かって乗り気になったということか。そうか、もともと人質がどこにいるか教えたのはアメリカか。日本の申し出は、向こうにも願ってもない話だった。

両国政府にとってのマイナスは、アメリカへの国民感情がしばらく悪化するだろうことだ。日本としては、遅かれ早かれ「断固たる態度」を示さざるを得ない。安井聡美がその時だけ意志を強調してみせたのを深田は印象深く思い出した。

しかしそれもひとときの話だ。人質の死などすぐに忘れられる。アメリカの存在感ははるかに大きく、また揺るぎないと多くの日本人は信じている。そこまで見通して、安井は舞台を勤め上げたのだ。

「おばちゃん、大したもんでしたね」

隣の席の同僚が何のことだという顔をした。

「官房長官ですよ」

「まあな。凄みが増した感じしたなあ」

「きれいにもなりましたよ」

「あ？」

「俺、抱けるかもしんないですよ」

五つほど年次が上のその同僚はげらげら笑った。深田も笑ったが、彼が安井に魅入られたのは本当だった。

いつかきっと、何もかも知り尽くしてやる。

深田はそう、腹の底でつぶやいた。

第七章　桜の木の下で

半年後に、及川瑞希が生きて帰国したことは、ほとんど奇跡として受け止められた。

有志連合の空爆は及川が拘束されていた建物を完全に破壊した。しかし一階の一画は、天井が崩れたものの、崩れた上層階に覆われた状態だったのが幸いして、ミサイルの爆圧で直接引っ掻き回されずにすんだ。そこにいた彼女がもぐり込んだベッドの鉄パイプ製の脚が、がれきの重みに耐えぬいて、肉体と呼吸のための空間を確保した。

空爆から四日経って、ＩＨＯに駆り出されて生存者を探していた近くの住民が及川を掘り出した。しかし言うまでもなく、ＩＨＯが探すよう命じていたのは生きている兵士であり、外国人の人質ではなかった。空爆への報復、あるいは人質が巻き添えになったというアピールとしても、及川は改めて処刑されるはずだった。

そうならなかったのは、及川を見つけた住民が近くの倉庫にかくまってくれたからだ。さらにいえば、ＩＨＯの兵士がそれを見逃した、というよりそそのかしたからだった。その少年兵も、空爆を生き残った一人だった。足に重傷を負ったが、ＩＨＯは杖をついてでもできるからと捜索活動の監督を命じていた。

少年兵はそのまま街に居残り、及川のもとに食べ物を運び続けた。イギリス生まれで英語がうまい彼は、助けたわけを及川に説明した。いわく、彼は、人質だったもう一人の日本人に助けられた。その男が、動けなかった自分を安全なところまで運んでくれなかったらおしまいだった。

——矢島さんが？

——そう。けどヤジマは本当はあんたを助けたかったんだ。自分はヤジマのかわりにやってるんだ。

——矢島さんはどうなったの。

少年兵は矢島成浩の最後を語った。もし矢島が、及川の死んでいないことを知っていたら別な行動をとったか。そうしたとして、空爆直後の殺気だった街で生き延びられたかは判断がつかなかった。

ところでしばらく前から、シリア各地でＩＨＯは劣勢に追い込まれつつあった。有志連合の空爆は激しくなる一方で、幹部も相次いでやられた。アメリカ軍は直接参加しないものの、訓練を受けたトルコ軍やＩＨＯと敵対するシリア革命戦線の地上部隊がじわじわ勢力圏を増していった。

その街もやがて包囲され、侵攻を受けた。住民はＩＨＯに反旗をひるがえした。及川や少年兵のことをＩＨＯに密告しなかったのは、遠からずこうなると思っていたからかもしれない。いずれにしても少年兵を含むＩＨＯの守備隊は、大した抵抗もできないまま降伏した。敵が残っていないか調べていたトルコ兵が、及川を見つけたのはほどなくだった。

あまりに劇的な生還に、及川の自己責任問題を蒸し返す勇気のある者は現れなかった。ほどほどの罰を受けたような解釈も可能だったからだろう、政府専用機で羽田に降り立った彼女を、日本人の大多数は温かく迎えた。平谷英樹首相が、夢に終わったと思っていた、並んでの写真撮影を果たしたのは言うまでもない。

矢島成浩は、遺骨、遺品の一つさえ帰ってこられなかったが、名誉だけはやはり劇的な回復を果たした。いささか滑稽ながら英雄的かつ悲劇的な彼の行動も、及川の証言でひろく知られるところとなった。もっとも彼の母親にはそのことも、癒えかけた心の傷をかきむしっただけだった。彼女は「あの子にはただ、生きていてほしかったの」と叫んで、及川を憎しみ、妬んだ。

「巻き添え」があったことが実証されたので、日本政府は「厳重な抗議」を行った。有志連合側は、事前の偵察で人質の存在は分からなかったと改めて強調しつつ、「真摯に受け止める」との声明を出して謝罪した。しかしこれらも慶事の前で今さらどうでもいい話だった。アメリカに対する国民感情が悪化する機会は、結局訪れないままになった。

つまるところ、人質事件は国自党の平谷政権にとって、想像すら超える上首尾のうちに終わったといえた。

この件に限らず、参院選後の政権は好調そのものだった。

平谷は参院選大勝の立役者として党内で絶対的な存在になった。

引退に追い込まれた矢島武彦は言うに及ばず、かつてライバルとみなされていた何人かの大物たちも、もう平谷のすることに注文などつけようがなく、派閥の議員が勝手にポストにはめこまれるのを黙ってみているだけだった。もっとも、バッジさえつけていられればいい大半の議員たちは、各方面から出される長期政権の予想に大喜びし、平谷の応援団を買って出た。

景気浮揚に重点を置いた政策もとりあえず評価されている。

召集された国会冒頭の所信表明演説で、平谷はふんだんな財政出動と増税の先送り、さらに成長戦略の一環としての女性の社会進出促進プランを唱えた。野党は前者について人気取りだと批判し、後者はもともと野党の政策だったと反発してみせたが、ほかに攻め口がないのをさらけだしただけだった。

一方で、大方の予想を裏切って、憲法改正に向けたスケジュールに触れなかったことは、世論の無用な分断を防いだ。一部の強硬な「右派」から不満が出たものの、トータルでは政権の支持基盤を広げることに成功したのである。

しかし政権はひそかに変質を遂げていた。有体に言えば、その内実はすでに、平谷英樹の政権と呼んでいいのか疑わしかった。

中心にいるのは、選挙後の内閣改造で二度目の留任を果たした安井だった。気づいている者はまだほとんどいないけれど、平谷の言動は安井によって完全にコントロールされている。あるいは、常に安井の意思を確認しながら平谷が発言し決定している。

もちろん以前から二人は親しかった。政策的にも近かったが、平谷の意向に安井が異を唱え、聞き入れられることもないではなかった。それでも主人は常に平谷であり、安井は仕える立場だった。ブリストルサミットの前には、平谷が安井の影響力を排しにかかった。

人質事件の展開とともに、二人の力関係は逆転した。決定的だったのは、投開票を目前にしたあの夜だった。

その土曜日は、昼をはさんで安井の日程に隙間があった。以前からの計画を実行に移すことにして、彼女は車を用意させた。

「所沢へお願い」

「お宅ですか？」

尋ねてきた運転手の藤本正に、安井は「違うんだけど、近いわね」と答えた。

国立の医療施設であり、存在は知っていたけれども行ったことがなかった。義母の久子は利用しているのだろうか。

それでも藤本は「ああ、あそこですか」とつぶやいて車を発進させた。カーナビはついているはずだが、藤本が使うのを見たことがない。彼の頭には、少なくとも東京と近郊の地図がそっくりおさまっているみたいだった。

距離でいえばかなり遠回りなのだろうが、高速道路を複雑に乗り継いで、一時間ほどでたどり着いた。そのあいだに安井は、エステサロンの吉野美津子のことを思った。

もう一度彼女のマッサージを受けられるだろうか？

望めばもちろん可能だろう。しかし吉野の親切と心配を無にしてしまったのを思うと、合わせる顔がなかった。すでに腕を動かすと引きつれを感じるほどに大きくなった組織を彼女にさらして怒られたい気もしたが、それは身勝手な甘えだ。

時間外受付の男は、安井を見ると眠そうだった目を見開いた。が、余計なことを口にしない慎み(つつし)は備えていた。

「リハビリセンターにお邪魔したいんですけれど、構いませんか？」

センターは基本的に年中無休である。週末の利用は入院患者に限られるけれども、官房長官の頼みを断るなど男には考えもつかなかった。そして彼は、安井が誰に会いにやってきたのか思い当たった。ひと月前にはマスコミが殺到し、立ち入り規制を潜り抜けて忍び込む連中まで出る騒ぎだったのだ。

道順を聞くと、安井は丁寧に礼を述べてエレベーターに乗り込んだ。センターでも、白衣を着た職員たちがさっきの男と同じ顔をした。

「ええ、います――すぐ呼んできます」

「いえ。お仕事中でしょう? 待ちます。それにいきなりお邪魔してしまったから」

会ってもらえるか本人の意向を尋ねてきてもらえないかと、今度は名乗った上で安井は頼んだ。

「本物だよ」と誰かが小さくつぶやく声が聞こえた。

はじかれたように走っていった職員はすぐ戻ってきた。

「申し訳ありません。十分、いや五分で来ます」

ありがとうございます、と頭を下げて、安井は廊下のベンチに腰を下ろした。迷惑をかけるのは分かっていたが、昼休みの直前ということでなんとか許してもらおうと思った。

平日には付き添いの家族がこのベンチを使うのだろう。目の前の大きなガラス越しに、リハビリに励む患者たちが見えた。手すりをつかんで壁沿いを往復する高齢者、ジムのトレーニングマシンのようなものに取り組む人、職員の指示に合わせて手のひらを結んだり開いたりしている人もいる。義足も一人、三十代くらいの女性だった。

パラリンピックでは選手が素晴らしい速さで走るけれども、その女性は立つのがやっとで、歩きだしてもすぐ転ぶ。始めたばかりなのかもしれない。職員は立ち上がろうとする女性にしきりに声をかけているが触れようとはしない。自力で起きるのがまた訓練なのだろう。

「お待たせしました」

声のしたほうに顔を向けた。及川瑞希が立っていた。写真や動画はくり返し見たが、実物は初めてだった。帰国したばかりのころに比べるとかなりふっくらして、最初に目にした浴衣姿の写真に近い印象だ。しかし当然ながら、表情はずいぶん成熟して、愛らしい目鼻立ちの中に落ち着きを感じさせる。

安井は立ち上がった。

「会ってもらえて嬉しいです」

「とんでもない、こちらこそ。こんなところにわざわざ来ていただいて」

「私の家も近いのよ」

「そうなんですか」

何を言っていいか分からないふうな及川に、安井は「びっくりさせたでしょうね」と言った。少しためらって、及川が「ええ」と答えた。

「落ち着いてきましたか」

帰国後、及川はしばらく北海道の実家に身を寄せたが、ひと月ほどすると東京に出てきて、ここで働きはじめた。この病院はリハビリテーションに力を入れており、それらの専門家を養成する学校を併設していることでも知られていた。

「仕事のほうはまだまだですけれど」

「来年は義肢(ぎし)装具士の学校を目指されるんですってね」

「やっぱりきちんとした知識とか、技術とか必要だと思うので——受かるかどうか分かりませんけど。あとお金貯めなきゃいけないんですけど、足りない分、お陰様でなんとか貸してもらえそうなところもあって」

うなずいて安井は、「話したいことがあったの。そんなに時間はとらせないから」と言った。

「事務室に行きましょうか」

「いいえ、二人きりがいいの。ちょっと寒いかもしれないけれど、天気もいいし、外を散歩しながらっていうのはどうかしら」

「ええ、先生がよろしければ」

「先生はやめて。安井でいいわ」

「でも」

「そうしてほしいの」

建物を出て向かった中庭のような場所には、桜が何本か植わっていた。入院患者が花見をしたりするのかもしれない。まだ花は見えなかったが、つぼみの中にはかなり膨らんでいるのもあって、去年、及川が拉致されたとの知らせを初めて聞いた時から、まもなく一年になろうとしているのだと改めて感じさせた。

「お話って何でしょう」

「あのね」

桜の木のあいだの小道を並んで進みながら、安井は視線を前に向けたままで言った。

「及川さんを殺しかけたのは私なの」

及川が目をぱちくりさせて足を止めた。安井は続けた。

「矢島成浩さんといっしょに死んでもらうつもりだった」

「どうしてですか」

「それで多くのものが守られると思ったから。だから謝罪はしません。しかし伝えておかなければフェアじゃないと思いました。私の職務には反するんですが」

しばらく無言だった及川はぽつりと言った。

「そんな話を聞いたことがありました」

今度は安井が虚をつかれた。

「誰から？」

「申し上げないほうがいいんだと思うんですけど、私がＩＨＯに捕まってるあいだ、家族がとってもお世話になった方です。でもその方も、別の人に聞いたんだそうです。あんまり信用できない人らしいんですが、本当のことを言ってる時もあったから、特にあんな調子でしゃべる時には、みたいなことをおっしゃって」

大きく息を吸い込んで、安井は「本当よ」とつぶやいた。

「世の中には、起こりえないことなんてほとんどないわ。人間なんてものはどんなことだって」

「私も先生――安井さんに聞いていただきたいことがあります」

遮って及川が言った。彼女は身体を四分の一ターンさせて安井と向き合った。

「私も、矢島さんを殺すつもりでした。あの人ののどをナイフで掻き切る心を、私、固めてました」

イスラム教徒になったのは、ふりだけだと矢島に言った。けれど及川はＩＨＯに捕まってから願い出て、モスクで祈りを唱える正式な入信儀礼を受けたのだった。それまで髪をスカーフで隠していただけだったが、全身を覆う黒い布、ブルカを着させてくれと頼んだ。敬虔なムスリムとしてＩＨＯに認めてもらうために、できることは何でもやろうと思った。

「ダーグがまだ生きてたはずの時に」

憑かれたみたいにしゃべり続けていた及川が不意にせきあげた。

「私、司令官に身体をまかせたんです。矢島さんといっしょだったところでもそうでした。だから
ベッドがあったんです」

「もう話さなくていい」

安井は及川を抱き止めた。

「間違ってないわ」

もう一度繰り返した。

「あなたが間違ってるなんて、言える人がいるはずないわ」

及川のすすり泣きが止むまで、二人はそうしていた。ようやく及川を離した安井は、及川の背中
に回していた手を、自分の乳房にあてがった。

「どうかされましたか」

「おまじないみたいなもの。こうすると気持ちが落ち着くの」

笑いかけて安井は尋ねた。

「学校を卒業したら何をするの？」

「多分、また行きます」

「それは聞き捨てならないわね。あなたを厳重にマークするよう、外務省に言っておかなくちゃ。

親御さんもお許しにならないでしょう」

「すごく怒られて、泣かれました。こっちに来たのは、家に居づらくなったのもあるんです。でも
やっぱり行くと思います。ジャファルも結局、片足なくしちゃいましたし」

「ジャファル？」

「矢島さんに助けられた子供です。私を助けてくれた。でもこれから裁判なんです。死刑にだけは

ならないよう、祈ってます」

突然訪問した詫びを改めて述べ、安井は暇乞いをした。及川が玄関まで送るというのも断ったが、最後に思い出したように「ご両親とはきちんと話をしなさいね」と付け加えた。

「素晴らしいご家族なんだから」

そして一人で歩き始めた。

玄関の前に車が滑り込んできた。飛び出してきた藤本は安井のためにドアを開け、また運転席に座ってから遠慮がちに後ろを振り返った。

「お伺いしていいのかどうか分かりませんが、お身体の調子、どこかお悪いんですか？」

「あら、そんなふうに見えるの？」

「実を申しますと、しばらく前から気になっておりました。お痩せになりましたし」

「それはダイエット、といいたいところだけど、ちょっといろいろあって」

秘密めかしてみせてから、安井は明るい声を出した。

「でも大丈夫。こちらにいいお医者がいらっしゃるって分かってね。来てよかったわ。大したことないそうだから」

「ああ、ああ。それだったら安心だ」

ハンドルに手をかけた藤本が言った。

「お宅にお寄りになりますか？」

「残念だけど時間がないわね。官邸に戻って頂戴」

「承知しました」

安井を乗せた車は静かに、しかし力強く動き出してスピードを上げていった。

本書は書き下ろしです。

荒木 源（あらき・げん）

一九六四年京都府生まれ。東京大学文学部卒業後、朝日新聞社会部記者を経て、二〇〇三年、『骨ん中』で作家デビュー。『ちょんまげぷりん』『探検隊の栄光』『オケ老人！』の三作が映画化されている。ほかの著書に『けいどろ』『大脱走』『ヘビメタ中年！』などがある。

N.D.C.913　358p　19cm

人質オペラ

二〇一七年五月一六日　第一刷発行

著者　荒木 源

発行者　鈴木 哲

発行所　株式会社講談社

東京都文京区音羽二―一二―二一　〒一一二―八〇〇一

電話　出版　〇三―五三九五―三五〇五
　　　販売　〇三―五三九五―五八一七
　　　業務　〇三―五三九五―三六一五

本文データ制作　講談社デジタル製作

印刷所　大日本印刷株式会社

製本所　大口製本印刷株式会社

定価はカバーに表示してあります。

落丁本・乱丁本は購入書店名を明記のうえ、小社業務あてにお送りください。送料小社負担にてお取り替えいたします。なお、この本についてのお問い合わせは、文芸第二出版部あてにお願いいたします。本書のコピー、スキャン、デジタル化等の無断複製は著作権法上での例外を除き禁じられています。本書を代行業者等の第三者に依頼してスキャンやデジタル化することは、たとえ個人や家庭内の利用でも著作権法違反です。

©Gen Araki 2017
Printed in Japan

ISBN978-4-06-220547-4